A.S. FENICHEL

NOIVA CORROMPIDA

Traduzido por Ana Flávia L. Almeida

1ª Edição

2023

Direção Editorial: Anastacia Cabo
Tradução: Ana Flávia L. Almeida
Preparação de texto: Marta Fagundes
Revisão Final: Equipe The Gift Box
Arte de Capa: Bianca Santana
Diagramação: Carol Dias

Este livro segue as regras da Nova Ortografia da Língua Portuguesa.

CIP-BRASIL. CATALOGAÇÃO NA PUBLICAÇÃO
SINDICATO NACIONAL DOS EDITORES DE LIVROS, RJ
Meri Gleice Rodrigues de Souza - Bibliotecária - CRB-7/6439

F378

Fenichel, A.S.
Noiva corrompida / A.S. Fenichel ; tradução Ana Flávia L. Almeida. - 1. ed. - Rio de Janeiro : The Gift Box, 2023.
268 p. (Noivas para sempre ; 1)

Tradução de: Tainted bride
ISBN 978-65-5636-253-3

1. Romance americano. I. Almeida, Ana Flávia l. II. Título. III. Série.

23-82916 CDD: 813
CDU: 82-31(73)

Este livro é dedicado àqueles de nós que perdemos nossa cara-metade.
Um dia, o sol nascerá de novo.

Para Dave Mansue, que é meu nascer do sol.

CAPÍTULO I

Depois de seis semanas de enjoo marítimo, as pernas de Sophia oscilaram na prancha de desembarque. Ela procurou pelos tios no cais lotado de Londres. Uma pena que seus músculos doloridos a impediram de correr para a terra firme ao encontro deles. Ela estava prestes a beijar o chão sólido.

Sua criada, Marie, e o lacaio, Jasper, não saíram do seu lado desde que a mãe de Sophia os encarregou de seus cuidados durante a viagem.

Pessoas de todas as classes sociais se apressavam ao redor do porto, descarregando provisões e reabastecendo os suprimentos para a próxima jornada. Uma mulher em um vestido simples abraçou um rapaz quando ele saiu do navio, vindo do convés da terceira classe. O reencontro entre mãe e filho a apunhalou no peito, e ela se virou, atraída pelo grito do bebê que também suportou a longa viagem.

No final do passadiço, uma mulher mais velha, usando um vestido matinal de cor borgonha, perfeitamente ajustado, observava algo que um de seus lacaios impecáveis segurava. Ela pegou o objeto e franziu os lábios. Manchas marrons marcavam sua mão magra enquanto ela arrumava seu coque, embora nem um fio de cabelo ousasse sair do penteado perfeito. Ela avaliou Sophia por cima de seu nariz afilado, franzindo ainda mais o cenho e acentuando as rugas profundas que devia exibir com frequência.

Quando Sophia chegou ao cais, um dos criados da mulher se aproximou.

— Senhorita Braighton?

— Sim. Sou Sophia Braighton.

Com um toque de simpatia no olhar, ele assentiu.

— Siga-me, por favor, senhorita. — Ele a guiou até a mulher.

Entregando a Sophia um retrato em miniatura de si mesma, ela falou com um tom formal de autoridade:

— Sou Lady Daphne Collington, sua tia-avó por parte de pai. Você ficará sob minha responsabilidade. Suas coisas podem ser colocadas na carruagem.

Jasper apressou-se com o lacaio da senhora para guardar as malas. Usando um uniforme azul-marinho, ele estava mais bem vestido do que Sophia, mas parecia medíocre em comparação aos serventes de Collington, ostentando uniformes em tons turquesa e branco limpíssimo.

Sophia devolveu seu retrato e disfarçou a consternação com um sorriso agradável. Respirando fundo para reprimir a náusea, ela esperava que o carregamento da carruagem demorasse um tempo. O pensamento de estar presa em outro veículo em movimento fez seu estômago revirar.

— Lady Collington, onde estão meus tios, Adelaide e Cecil? Fui levada a crer que eles me acolheriam nesta temporada.

Lady Collington bufou.

Ela nunca sobreviveria à temporada com sua famigerada tia. Incapaz de voltar para a Filadélfia, ela conteve sua língua e esperou pelo melhor. Não. Não havia como voltar, e com Lady Collington como sua acompanhante, não seria possível se esconder.

— Não estou acostumada a ouvir alguém tão jovem falar com tanta franqueza. Você é demasiadamente direta, uma consequência de ter sido criada nas Colônias, sem dúvida. Além disso, está muito magra e nós teremos que fazer algo a respeito destas roupas inadequadas. — Lady Collington a examinou. — Não tenho ideia de como iremos casá-la. Pele e osso não estão nem um pouco na moda nesta temporada. E esse cabelo... loiro é muito mais estiloso. É sempre tão viscoso ou é culpa da maresia? — Ela subiu em sua carruagem.

Não havia o que fazer. Ela deveria estar feliz por alguém a acolher depois que fora expulsa de casa.

— Marie, você ficará confortável na carruagem com as minhas malas?

Lacaios estavam carregando sua bagagem por trás da elegante carruagem com bastante eficiência.

— É claro. A questão é: você ficará?

Sophia deu um sorriso forçado e se inclinou na direção de Marie.

— Mamãe gosta muito da tia Daphne, mas me avisou que ela poderia ser um pouco severa à primeira vista.

Marie ergueu as sobrancelhas franzidas, balançou a cabeça, e caminhou na direção da outra carruagem.

Sophia subiu no coche e sentou-se à frente de Daphne.

Lady Collington endireitou o laço branco e ondulado de seu colarinho.

— Minha sobrinha e o marido foram para o campo. A criança está doente de novo.

O peito de Sophia se apertou. Era melhor mudar de assunto. Ela descobriria mais a respeito de sua prima com os criados do que com Lady Collington.

— Não sou tão magra normalmente. Receio que a viagem tenha sido desconfortável para mim.

Lady Collington arregalou os olhos antes de voltar para sua expressão austera.

— Enjoo marítimo é psicológico. Você deveria ter a mente mais forte do que uma garota comum e ter sido capaz de superar tal incômodo.

Sophia esperava não ter demonstrado total espanto pela declaração de Daphne quanto se sentiu. Do contrário, ela estava olhando boquiaberta para a mulher.

— Entendo. A senhora viajou muito para o exterior então, Lady Collington?

— Por que eu desejaria deixar a Inglaterra?

Os pais de Sophia contaram muitas histórias sobre sua tia-avó ao longo dos anos. A condessa havia se tornado viúva de um conde antes mesmo de Sophia ter nascido. Toda vez que o pai de Sophia recebia uma carta da tia, ele lia para a família inteira. Os conteúdos eram sempre severos, mas os Braighton se divertiam com as mensagens. Em uma carta recente, ela informara que seu filho, o atual conde, havia se casado, mas escolheu permanecer a maior parte do tempo no campo. Uma circunstância que a viúva considerou bastante incômoda.

Sophia escondeu seu divertimento.

— Não consigo imaginar. Posso lhe chamar de tia?

— Se assim desejar, mas apenas na presença da família e de amigos próximos. Presumo que lhe tenha sido ensinada a etiqueta apropriada.

Sophia forçou um sorriso.

— Oh, sim, tia. Quatro anos na Escola para Moças da Sra. Mirabelle.

Lady Daphne entrecerrou os penetrantes olhos azuis.

— Essa tal Mirabelle... era inglesa? Espero que sua mãe não a tenha enviado para alguma italiana para aprender sobre boas maneiras.

— A senhora Mirabelle era, certamente, inglesa, tia Daphne. — A carruagem começou a se mover, e ela tentou ignorar a náusea. — Eu tinha a impressão de que a senhora gostava bastante da minha mãe. Ela sempre pareceu ter muito carinho pela senhora, sempre que menciona a Inglaterra.

— É claro, eu gosto de sua mãe. Ela é um encanto e lamento que meu sobrinho tenha escolhido levar sua família para a América. Eu o aconselhei veementemente contra isso. Não significa que eu gostaria que suas maneiras fossem ao estilo italiano. Tornaria meu trabalho muito mais complicado. Homens ingleses têm uma certa expectativa quanto a uma esposa, você sabe.

— Sim, tia. — Desejar uma cama que não se movia enquanto ela dormia era seu único consolo.

Daphne lhe lançou um olhar categórico.

— Você não deseja encontrar um marido?

— Farei como a senhora orientar, tia. — Havia uma tensão, mas Sophia estava cansada e enjoada demais para discutir com uma mulher que nunca entenderia.

— É claro que sim. — Daphne deslizou o dedo por seu pescoço onde o cetim e o laço causaram uma alergia.

Ambas seguiram em silêncio o restante do caminho até a praça Grosvenor Square, em Londres, embora ela sentisse o olhar de tia Daphne sobre si a todo instante.

Quando Sophia pisou no chão firme, cobriu sua risadinha com a mão. Não haveria mais o balançar de barcos ou carruagens por um tempo. O teto de nove metros no vestíbulo era decorado com um lustre de cristal que brilhava como uma coroa. Altamente lustrado, o corrimão de madeira da escada curva tomava conta do lugar.

— Essa é a sua casa? Ninguém mais mora aqui com a senhora? — Mesmo com a enorme sala de estar à direita e a biblioteca à esquerda, as paredes se fechavam sobre ela. Tudo era tão grandioso quanto as histórias salientadas pelo pai.

Daphne pigarreou.

— Após a morte do pai, meu filho, o Conde de Grafton, me presenteou com esta residência, já que tem sido há muito tempo meu lar em Londres. Ele adquiriu outra para sua nova esposa.

— É tão grande. — Como poderia ela, Sophia Braighton da Filadélfia, algum dia se encaixar em tal lugar? Ela atravessou o mármore branco com veios cinzas. Azulejos pretos compunham formas geométricas no chão e nas paredes da entrada.

— Haverá bastante tempo para explorar a casa, Sophia. Você deve estar exausta, e eu gostaria de descansar também. A Sra. Colms, a governanta, irá lhe mostrar seu quarto.

Uma mulher rechonchuda trajando um vestido cinza e touca branca se postou ao lado.

— Esta noite, enviarei sua refeição ao quarto, mas no futuro, espero que você prefira jantar comigo. Não iremos aceitar convites para bailes ou jantares esta semana, enquanto se recupera da viagem. Contudo, temos um piquenique em três dias, ao qual iremos comparecer.

— Obrigada, tia Daphne. Estou mesmo cansada. — Ela deu alguns passos antes de se virar outra vez, vencida por uma súbita sensação de culpa por todo o trabalho que provavelmente causaria à tia. Exaustão e a ideia de descansar em uma cama que não balançava com as ondas podem ter tido relação com seu estado emocional, mas ela odiava ser um fardo. — Lamento por ter sido imposta à senhora de tal maneira. Agradeço por sua disposição em me apadrinhar nesta temporada. — Ela se atirou contra a tia-avó e a envolveu em um abraço.

Lady Collington deu um ligeiro afago nas costas de Sophia antes de abaixar os braços.

Sophia finalizou o abraço desajeitado. Seu rosto esquentou ante uma impulsiva demonstração de afeto por uma mulher a quem nunca havia conhecido antes.

Com os lábios franzidos e olhos arregalados, Daphne pigarreou.

Em seguida, a jovem depositou um beijo na bochecha de Daphne e se apressou para a escada, sem ideia de qual direção tomar.

Do andar inferior, tia Daphne disse:

— Mostre à menina seu quarto.

Os passos leves da Sra. Colms ressoaram pelos degraus e através do corredor. Ela abriu a porta de um quarto que rescindia ao perfume de flores e onde a luz do sol infiltrava-se.

— Se precisar de alguma coisa, peça a mim ou a um dos criados, senhorita.

— Obrigada. — Tudo estava limpo e novo no quarto repleto de flores recém-colhidas. Seu coração se tornou cálido ao nutrir pensamentos mais gentis sobre a severa tia. A velha dama teve o trabalho de pendurar novas cortinas cor de creme e comprar outras roupas de cama. Uma pequena escrivaninha parecia nova também e havia estoques de papéis, penas, e tinta dispostos ao lado. O papel em tom pálido rosa-adamascado cobria as paredes e também aparentava ser novinho em folha.

Já no quarto, desempacotando vestidos, Marie resmungava sobre como todos eles precisariam ser examinados. Ela esperava que houvesse uma empregada que costurasse razoavelmente bem.

Sua janela tinha a vista para os jardins ordenados. Cada arbusto era podado à perfeição. Rosas floresciam como se fossem comandadas. Também seria esperado que ela fizesse tudo perfeitamente? Temor pelo quanto ela desapontaria tia Daphne apertou seu peito. Decepcionar outro membro da família doía insuportavelmente. Lágrimas ameaçadoras surgiram em seus olhos.

— Marie, deixe isso por enquanto. Eu gostaria de dormir um pouquinho.

Marie lhe lançou um olhar compassivo.

— Devo ajudá-la a se trocar, minha senhora?

— Não. Irei apenas me deitar sobre a colcha. Venha me acordar em duas horas, por favor. Oh, e quando conversar com os criados, você poderia perguntar quanto à natureza da enfermidade de minha prima?

Com três vestidos pendurados no braço, Marie saiu do quarto.

Sophia recostou-se à montanha de travesseiros caros. Ela sentia falta da mãe e do pai. Ansiava por sua casa, mas era o lar de sua infância, não o lugar recentemente deixado para trás. A casa de seu pai não mudara naquela época, mas ela estava diferente, e tudo o que era familiar se corrompera. Sophia chorou apesar de sua determinação em ser corajosa.

Finalmente, a exaustão a dominou e ela dormiu.

Alguém a puxou para longe. Um peso a cobriu e uma mão fora pressionada sobre sua boca. Ela não conseguia gritar ou sequer respirar. Sufocou e lutou para se libertar. Uma dor excruciante surgiu entre suas pernas. Os gritos de raiva de seu pai foram ouvidos acima de uma confusão de estrondos e do choro de sua mãe. Envergonhada e com medo, ela se encolheu no chão duro. Cada centímetro de seu corpo doía. E, então, piedosamente, o mundo escureceu.

Ela acordou do mesmo pesadelo que a assombrava há três anos. Suor encharcou seu vestido e seu coração disparou enquanto ela tentava recuperar o fôlego. Havia fios de cabelo grudados em seu rosto e pescoço. Piscando para trazer foco ao quarto, permaneceu parada à medida que o pior de seu terror passava.

Os estrondos do pesadelo continuaram a ressoar. Alguém estava batendo à porta.

— Entre. — Sophia sentou-se.

Marie entrou no cômodo.

— Eu lhe solicitei um banho, senhorita.

— Obrigada, Marie. Eu adoraria um banho de verdade.

Ela se levantou, esticando o corpo. O sol lançava uma iluminação avermelhada sobre o jardim bem-cuidado. As sombras de altos arbustos, com seus formatos ondulados, esticavam-se sobre os passadiços. Ela havia dormido muito mais do que duas horas.

Marie supervisou a chegada de sua banheira e dos baldes de água.

— Eu conversei com a criada da milady. O ar de Londres não faz bem para sua jovem prima. Eles a levaram para o campo, onde ela sente menos dificuldade em respirar. Isso é tudo o que os servos daqui sabem. Pedirei que lhe mandem uma refeição quando a senhorita acabar de se banhar.

— Obrigada. — Ela mergulhou na banheira. A água quente, com aroma de rosas, lavou os efeitos do pesadelo. Quando saiu, estava exausta demais para comer. Marie a aninhou na cama macia, e o sono tomou conta de seu corpo quase antes de sua cabeça repousar no travesseiro.

Sophia acordou ofegando. A luz do sol se infiltrava por entre as persianas. Sob forte estresse, o sonho atormentava seu sono com mais frequência. Estar sob a guarda de Lady Daphne Collington era certamente estressante. Ela revirou-se na cama e puxou a cortina.

De acordo com seus pais, o clima de Londres era melancólico, mas o sol brilhava sobre o labirinto de arbustos abaixo, como se a desafiasse a ficar deprimida. Ela se aprontou para enfrentar o dia.

No salão de café da manhã, a elegante Daphne se encontrava sentada ereta e altiva. Suas bochechas eram salientes e o cabelo estava preso em um coque perfeito. Ela devia ser ainda mais deslumbrante quando jovem.

— Bom dia, tia. — Sophia caminhou até o *buffet* e serviu um prato com presunto de javali, bolinhos de ostra e pão.

O cômodo ficava de frente para a rua, claridade intensa transpassando as altas janelas. A mesa enorme deve ter sido um vestígio de um tempo em que várias outras pessoas moravam sob este teto. Ela se sentou à esquerda de Daphne.

— Você parece melhor, Sophia. Presumo que tenha dormido bem — Daphne comentou, olhando para ela acima do jornal que lia.

— Oh, me sinto ótima. Eu não poderia pedir por um quarto mais agradável. Obrigada, tia Daphne.

A senhora acenou com uma mão e manteve a expressão impassível.

— Você pode explorar a casa hoje, se desejar. Eu normalmente faço uma caminhada no parque todos os dias depois das visitas. Você pode se juntar a mim se estiver com vontade.

— Eu gostaria muito disso.

Daphne assentiu e voltou sua atenção para o jornal, bebericando o café.

Uma xícara de chocolate quente foi trazida por um criado, e a jovem ficou grata por Marie pensar em informar ao cozinheiro sobre suas preferências.

— Garota estúpida — tia Daphne murmurou.

O coração de Sophia disparou. Ela não havia lascado a porcelana ou sequer arranhado uma flor delicada da beirada do prato. Como conseguiu decepcionar a dama tão depressa?

— Como disse?

Daphne lhe entregou o jornal.

— Elinor Burkenstock se arruinou. A pobre mãe dela deve estar fora de si. Ela nunca vai conseguir que aquela idiota se case agora. Você deveria anotar isso, Sophia. Esse tipo de comportamento não será tolerado enquanto estiver nesta casa.

Sophia suspirou e leu o artigo.

"Este jornalista foi informado por uma fonte segura de que a bela reunião no Baile dos Addison fora maculada por um comportamento pavoroso. Fontes dizem que a Srta. EB foi flagrada em uma posição comprometedora com o Sr. M, por ninguém menos do que Lady P. Este jornalista está chocado com o desrespeito descarado pela propriedade exibido pela Srta. EB…"

O relato continuou, mas era tão confuso, que ela parou de ler e olhou para Daphne.

— Não entendo todo esse negócio de Srta. EB, Sr. M e Lady P.

— É um código bastante bobo que o jornal usa para evitar ser completamente difamatório. Irrelevante, na verdade, já que todo mundo conhece todo mundo, ao menos pela reputação. Srta. EB é, claro, Elinor Burkenstock. Sr. M é *Sir* Michael Rollins, um homem de honra questionável e, pelo que dizem, poucos recursos. Lady P é Lady Pemberhamble, a fofoqueira mais escandalosa de toda a Inglaterra. É realmente uma pena. A garota estúpida será colocada para escanteio, ou se por algum milagre seu pai conseguir forçar um casamento com Rollins, acabará se casando com um libertino.

— Estou surpresa que essa fofoca te interesse, tia.

Os lábios de Lady Collington se elevaram no que poderia ter sido um sorriso, que desapareceu depressa.

— Eu não perpetuo fofocas, minha querida, mas ler sobre isso faz parte de como nos viramos aqui em Londres para não morrer de tédio. Além disso, a mãe da garota, Virginia Burkenstock é uma amiga íntima minha. Era tão diferente na Filadélfia?

Três anos atrás, pessoas que ela pensava que eram suas amigas a abandonaram ao primeiro sinal de escândalo. O pai de Sophia havia revelado a verdade, mas, ainda assim, rumores circularam durante uma temporada.

— Não. Suponho que não, porém não gosto da malícia por trás de tais boatos. Até onde sabemos, pode haver pouca verdade na história. Mas, pelo fato de sua família não ter sido capaz de silenciar a notícia que acabou chegando ao jornal, ela será arruinada.

— O que você sugeriria, Sophia? — Tia Daphne ergueu uma sobrancelha, com um olhar inquisitivo.

A jovem alisou a bela toalha de mesa branca.

— A senhora disse que a Sra. Burkenstock é sua amiga. Então, você conhece essa garota. Vale a pena ajudá-la?

A segunda sobrancelha grisalha se juntou à primeira.

— Ela é uma coisinha adorável, se não a mais inteligente da temporada. Creio que, provavelmente, fora atraída para longe para um beijo e Lady P estava à espreita para pegá-los.

Sophia estremeceu com as lembranças, e sua pele arrepiou conforme as afastava. Um beijo roubado era leve comparado com sua experiência, mas esta Senhorita Burkenstock iria sofrer, e o coração de Sophia se apertou.

— A senhora seria contra se eu quiser ajudá-la?

— É arriscado se associar com alguém cuja reputação está manchada, especialmente quando você acabou de chegar à cidade. — Daphne lançou um olhar para a rua e alisou o cabelo desde a têmpora até o coque. — Mas acredito que esse pequeno erro pode ser varrido para debaixo do tapete, se ela tiver amigos dispostos a ficarem ao seu lado. Apoiarei seu desejo de ajudar, contanto que a Senhorita Burkenstock não faça nada mais para constranger a si mesma ou à sua família.

O coração de Sophia saltou, não apenas porque ela teria a permissão para ajudar uma desconhecida, mas, sobretudo, porque sua tia austera mostrara um lado mais sensível. Ela levantou-se em um pulo, deu a volta na mesa e beijou a bochecha de Daphne.

— É bastante incomum esta exibição constante de afeição, Sophia. — O tom de Daphne voltou para sua rispidez habitual.

As bochechas de Sophia enrubesceram.

— Peço desculpas, tia. A senhora preferiria que eu não te beijasse ou abraçasse?

— Eu não disse isso. — Se Daphne tivesse penas, elas estariam batendo. Ela franziu os lábios, o que esticou seus lábios severamente. — Eu apenas apontei que é incomum.

— Sim, tia. — Alegria aqueceu o restante de seu corpo. Sua tia-avó era exatamente como papai e mamãe sempre a descreveram. — Podemos visitar a Srta. e a Sra. Burkenstock esta manhã? Seria bom mostrar apoio imediato, a senhora não concorda?

— Você tem certeza de que está disposta a adentrar na sociedade hoje?

— Eu não iria querer comparecer a um baile ainda, mas acho que uma visita matinal não seria muito desgastante, e eu devo ter um vestido diurno adequado.

— Muito bem. Apronte-se e eu pedirei que tragam a carruagem em cerca de uma hora.

CAPÍTULO

II

Os pais de Sophia disseram que Londres seria úmida e deprimente, mas até agora, esse não era o caso. O sol a aqueceu e nada era tão maravilhoso quanto estar em terra firme. A mansão Burkenstock ficava a apenas alguns quarteirões da residência dos Collington, e teria sido uma caminhada tranquila, porém elas pegaram a carruagem adornando com o brasão da família, para que todos vissem. Daphne a informou que andar para fazer uma visita não era bem-quisto.

Um mordomo todo encurvado, com grandes sobrancelhas grisalhas, recebeu-as à porta. Com os olhos arregalados, ele as encarou.

— A senhora da casa não está recebendo qualquer visita hoje.

Se elas fossem deixadas ali do lado de fora, seria sua culpa o constrangimento que isso causaria à tia Daphne. Seu estômago revirou como se ela estivesse de volta ao mar.

Lady Collington lançou um olhar mordaz ao velho.

— Nós seremos aceitas. Vá e informe sua senhora que estou aqui e não ouse me deixar parada na varanda como um limpador de chaminé. — Ele empalideceu, pediu desculpas e as atendeu.

— Por favor, queiram aguardar no salão vermelho, minha senhora. Informarei a Sra. Burkenstock de sua chegada. — A residência não era tão luxuosa quanto a dos Collington, mas era encantadora e decorada com peças simples que a tornavam aconchegante. O salão vermelho tinha apenas uma poltrona vermelha entre todos os móveis marrons e verdes.

Daphne sentou-se ereta como uma árvore com as mãos em seu colo, seu rosto uma máscara de serenidade.

Sophia tentou permanecer imóvel, mas foi impossível, então decidiu se encaminhar à janela. A casa era próxima da rua e a sala ficava de frente apenas para a lateral de outra mansão.

— Talvez nós não devêssemos ter vindo, tia.

— Fique quieta, Sophia. É como se você fosse um coelho pego em uma armadilha. É apenas uma visita matinal, não a inquisição. Tente se comportar como uma dama.

A porta se abriu e uma mulher de cabelo loiro, preso em um coque, entrou marchando enquanto retorcia as mãos. Os olhos azuis estavam inchados, as bochechas coradas, mas a Sra. Burkenstock exibiu um sorriso ensaiado.

— Lady Collington.

Tia Daphne permaneceu sentada e assentiu.

— Sra. Burkenstock, posso lhe apresentar minha sobrinha, Sophia Braighton?

Sophia fez uma reverência.

— Como vai, Senhorita Braighton? Temo que vocês tenham nos visitado em um dia complicado — disse ela, com a voz vacilante.

Sophia forçou um sorriso.

— Virginia, sente-se e peça chá. Chá sempre faz as coisas parecerem um pouco mais toleráveis.

Virginia sentou-se perto de tia Daphne, e assim que uma criada entrou na sala, a bebida quente foi servida. Virginia relaxou como se, de fato, degustar daquela xícara tivesse tornado alguma coisa melhor.

Elas bebericaram o chá conversando sobre o bom tempo e sobre pessoas que Sophia não conhecia até que uma garota chegou, os olhos azuis e nariz empinado vermelhos e inchados.

— Senhorita Braighton, essa é a minha filha, Elinor.

A jovem fez uma reverência com a mesma graça de um cisne.

— É um prazer conhecê-la, Senhorita Braighton. Olá, Lady Collington. Foi gentil de sua parte nos visitar esta manhã. — Com o cabelo igual ao de Virginia, sua pele era clara e brilhante.

Tia Daphne assentiu.

— Sophia é minha sobrinha da América. Acho que vocês duas irão se dar bem juntas.

Sentando-se do outro lado da sala, Elinor se afastou um pouco da área onde as damas conversavam. E, pouco depois, Sophia se juntou a ela no sofá.

— Eu acabei de chegar da América.

— Sim. Sua tia comentou — Elinor sussurrou.

— Não tenho nenhuma amiga em Londres.

Elinor encarou Sophia diretamente, com os olhos entrecerrados.

O momento se estendeu até que Sophia começou a se remexer, inquieta. Ela uniu as mãos para se manter imóvel.

— Por que você veio? — Seu tom de voz foi mais educado do que a pergunta.

— Bem, eu não tenho amigas, e pareceu que você precisava de uma agora.

Um pequeno sorriso tocou os lábios de Elinor, mas uma lágrima escorreu por sua bochecha.

— Vamos dar uma volta no jardim enquanto minha tia e sua mãe conversam? — Sophia perguntou.

Elinor assentiu e murmurou uma explicação indicando por onde deveriam ir.

Elas se apressaram para fora do cômodo antes que suas lágrimas fluíssem incontrolavelmente.

Os jardins eram um pouco descuidados, reconfortantes, comparados aos perfeitamente aparados e visíveis do lado de fora da janela de seu novo aposento na residência dos Collington. Assim que encontraram um pequeno banco, Elinor sentou-se depressa e chorou, cobrindo o rosto com as mãos. Cachos dourados se espalhavam e balançavam ao ritmo de seus tremores.

Sophia afagou as costas da jovem. Chorar não ajudaria a situação.

— Já chega, Senhorita Burkenstock.

— Você deveria me chamar de Elinor, se vamos ser amigas — Elinor ofegou entre soluços.

— Maravilha, e você me chame de Sophia. Entendo que você enfrentou alguns dias difíceis, mas não pode chorar pelo resto da vida porque um libertino roubou um beijo.

Elinor enrubesceu e abaixou o queixo na direção de seu ombro.

— Ele não roubou exatamente.

— Oh? Você gosta do Sr. Rollins, então?

Elinor suspirou.

— Ele é tão bonito, e charmoso e dança tão bem. Mamãe disse para esquecê-lo, já que seu pai desperdiçou todo o dinheiro deles, mas apenas pensei em compartilhar um único beijo verdadeiro antes de encontrar um marido adequado.

— Você tem um dote?

Elinor fungou e secou as lágrimas.

— Sim. Por que pergunta?

— Você acha que, talvez, ele seja simplesmente um caça-dotes?

Elinor observou as árvores como se esta fosse a primeira vez em que considerou a possibilidade.

— Eu não me importo. Ele tem terras, e se precisa de dinheiro, por que não deveria se casar por isso? Mulheres se casam por dinheiro e status o tempo todo e ninguém as culpa por isso. A propósito, vários homens também o fazem. Talvez ele queira construir a fortuna de sua família de novo? Afinal, não é culpa dele que seu pai tenha sido irresponsável.

— Talvez ele queira apostar, beber, e quem sabe o que mais... — Sophia insinuou.

Elinor franziu o cenho.

— Eu gostaria de saber o motivo. Então, talvez, eu possa convencer meu pai a me deixar casar com Michael. Eu não desejo ser feita de tola perante Londres inteira.

Poucos tolos preocupam-se em se parecer com tolos. Sophia gostou de sua honestidade apesar de todo o choro dramático e lamúrias.

Uma moça, com mais ou menos a idade de Sophia, encontrava-se a alguns passos de distância ouvindo sua conversa. Ela afastou o cabelo loiro escuro de sua testa, e os inteligentes olhos verdes sequer piscaram enquanto encarava Sophia de volta.

Elinor deu um salto, se lançou nos braços da garota e começou a choramingar outra vez.

Sophia suspirou e se levantou.

— Eu havia acabado de fazê-la parar.

A jovem deu um meio-sorriso enquanto afagava as costas de Elinor.

—Pare de chorar, querida. Vai ficar tudo bem. Apresente-me para a sua amiga.

Elinor se endireitou e secou as lágrimas.

— Oh, minha nossa, você deve pensar que sou a pior anfitriã.

— De forma alguma.

— Lady Dorothea Flammel, Senhorita Sophia Braighton, da América. — Ambas fizeram uma reverência, inclinando as cabeças ligeiramente.

Dorothea a encarou.

— Quando chegou em Londres, Senhorita Braighton?

— Ontem, pela manhã.

— E como conhece a Senhorita Burkenstock? — Ela alisou o tecido da saia impecável.

— Acabamos de nos conhecer. Você deve ter visto minha tia, a Condessa-Viúva de Grafton, quando chegou.

— De fato. — Ela permaneceu parada como uma estátua, olhando para Sophia por cima de seu nariz bonito. — O que a traz aqui hoje? Você deve estar bastante exausta depois de sua viagem. De onde disse que é, Austrália?

Elinor arquejou.

— América, como tenho certeza de que você ouviu um instante atrás. Posso lhe fazer uma pergunta, Lady Dorothea?

Ela assentiu e ondas de cabelo dourado balançaram suavemente antes de voltarem para a posição perfeita em seu rosto com formato de coração.

Elinor alternou o olhar entre as duas com um misto de admiração e ansiedade.

Se Sophia não estivesse tão concentrada em Lady Dorothea, ela teria rido.

— Você está sendo propositalmente grosseira porque está preocupada que eu tenha más intenções com a Senhorita Burkenstock, ou este é seu temperamento normal?

— Faria diferença? — O divertimento nos olhos de Dorothea não chegou aos lábios.

— É claro que faria diferença. — Sophia precisava conhecer pessoas, embora esperasse fazer uma amiga ou duas. Ela encontrara uma amiga e uma adversária. Não foi uma manhã ruim. Londres seria um lugar miserável se ela não tivesse amigos em todos os bailes e piqueniques. — Se sua grosseria é apenas para proteger a Senhorita Burkenstock, então me esforçarei para lhe provar que não quero causar nenhum mal. Vi o artigo no jornal esta manhã, como tenho certeza de que você também o fez, e senti que a Senhorita Burkenstock precisava de uma amiga. Falei com a minha tia, que me disse que ela era uma ótima moça, e ela concordou em lhe mostrar apoio.

— Oh, céus, isso é tão gentil da sua parte. — As lágrimas de Elinor escorreram outra vez. Sophia e Lady Dorothea continuaram a se encarar.

Sophia fingiu que havia uma sujeira em suas luvas brancas.

— Contudo, se é com este nível de grosseria que você normalmente passa seu dia, então não tenho tempo ou o desejo de lhe conhecer melhor. Portanto, irei, daqui em diante, te ignorar da melhor forma que eu puder.

— Ora, você sabe fazer discursos, Senhorita Braighton. — Dorothea sorriu. — Acho que devemos tentar uma amizade, se isso lhe convém. Você é a primeira pessoa interessante que conheço há um bom tempo. Eu ficaria contente se você me chamasse de Dory.

— Obrigada, Dory. Meu nome é Sophia.

— Oh, ainda bem que isso terminou. — Elinor deu um suspiro dramático. — Agora, o que iremos fazer quanto a minha reputação? Afinal, sou eu quem está arruinada.

— De fato. — Dory assentiu. — Diga-nos exatamente o que aconteceu, Elinor.

Sua pele clara adquiriu um tom rosado, mas ela falou com empolgação, como se tivesse esperado a vida inteira para dizer a alguém suas novidades.

— Bem, Michael e eu dançamos no baile dos Addison duas noites atrás. Na verdade, dançamos duas vezes. Eu teria dançado com ele uma terceira, pois ele é um dançarino maravilhoso e tão bonito... No entanto, mamãe proibiu. Estava bastante quente no salão e ele perguntou se eu gostaria de ir para o terraço. — Os olhos de Elinor brilharam com a lembrança do homem que destruiu suas chances de encontrar um bom partido.

Sophia se forçou a não bufar alto.

— É claro que concordei. Eu estava com muito calor, e me sentindo um pouco impressionada pela proximidade dele. Pensei que um ar fresco era o que precisávamos. Mas, quando chegamos ao terraço, Michael disse que estava abarrotado demais, e que não havia como conversarmos, então questionou se eu não gostaria de ir a um lugar mais sossegado.

Dory alisou a saia muito bem-passada de seu vestido matinal.

— Estou surpresa que você tenha concordado com isso, Elinor.

— Eu sabia que deveria dizer não, mas os olhos dele eram tão calorosos e adoráveis. Ele realmente parecia gostar de mim, e eu gosto tanto dele. — Envolveu os braços ao redor de seu corpo e observou uma borboleta pousar em uma rosa. — Encontramos um pequeno salão deserto. Quando ele me puxou para o calor de seus braços, simplesmente não consegui me obrigar a afastá-lo. Na verdade, eu não queria fazer isso. Nós nos beijamos, e foi como se o meu mundo inteiro tivesse se limitado àquele momento. — Ela ergueu as mãos. — E então, aquela mulher horrível apareceu. Ela deu um sorrisinho e saiu sem dizer uma palavra.

Sophia não entendia como alguém desejaria estar tão fora de controle assim. A raiva por ter sido flagrada pela Lady Pemberhamble, ela entendia. A parte sobre não querer que ele parasse e seu mundo inteiro diminuindo, uau, que bobagem.

— O que o Sr. Rollins fez depois? — Dory esmagou um mosquito.

— Ele beijou meu nariz e disse para eu não me preocupar. Alegou que tudo ficaria bem, e que eu deveria confiar nele. Depois, me levou de volta para mamãe.

— Talvez ele queira te fazer uma proposta — Dory comentou.

Elinor soluçou ainda mais.

— Ele saiu da cidade. Enviou um bilhete e foi embora.

Como um som tão irritante brotava de uma garota tão bonita, era um mistério.

— Pare de chorar! — Dory e Sophia disseram em uníssono. Reprimindo o riso, ambas sorriram uma para a outra.

Dory revirou os olhos e puxou um lenço de sua bolsinha, entregando-o a Elinor, que assoou o nariz fortemente.

— O que o bilhete dizia, Elinor?

— Ele dizia: "Devo sair de Londres por um tempo. Confie em mim, Michael". — Seu pranto se tornou mais alto. — Mas, como posso confiar nele? Por que ele saiu da cidade? O que devo fazer?

Dory se levantou e colocou as mãos nos quadris.

— Primeiro, você vai parar com esse choro, já que está começando a me deixar nervosa. Sei que gosta dele, mas ele tem poucos recursos, de acordo com as fofocas, então ele não é realmente um bom partido. Porém, você tem dinheiro, então pode funcionar. O fato de ele ter saído da cidade te coloca em uma posição estranha. Já que não sabemos as intenções dele, devemos proceder para reparar sua reputação sem considerar o *Sir* Michael Rollins. Você vai comparecer ao baile dos Watlington?

Elinor escancarou a boca.

Sophia disfarçou uma risadinha com uma tosse.

— Eu… eu deveria, mas agora mamãe acha que é melhor nós não sairmos perante a sociedade. Eu... devo…ser colocada... de lado. — Ela ofegou em meio aos soluços, antes de liberar novas lágrimas.

Resistindo à vontade de esganá-la, Sophia afagou a mão de Elinor.

— Você não será deixada de lado, querida. Você não pode ficar nessa casa para sempre. Isso só confirmará o que o jornal relatou. Vou perguntar à minha tia se podemos comparecer ao baile dos Watlington, e você convencerá sua mãe que também deve ir. E então começaremos a reparar os danos.

Dory assentiu e as três foram se juntar às mulheres no salão vermelho.

Na quarta-feira, elas compareceram a um piquenique no parque. Tia Daphne apresentou Sophia a uma dúzia de pessoas que encontraram no gramado perto do rio Serpentine. Um cavalheiro com o cabelo ruivo escuro, que brilhava à luz do sol, se aproximou dela.

Ela aquietou seu nervosismo.

Seus olhos azuis-marinhos e sorriso cativante aqueceram sua pele mais do que ela gostaria. Contudo, por mais que tentasse, não se lembrava de seu nome. Ela torceu para que conseguisse manter a conversa por tempo o bastante para que alguém dissesse e a salvasse de um momento constrangedor.

— Você gostaria de uma taça de vinho, Senhorita Braighton? — O sorriso dele a fez retribuir o gesto.

É claro que ele se lembrava do nome dela, pois tinha apenas um nome novo para memorizar. Ela poderia apenas perguntar seu nome, mas então todos saberiam quão tola ela era.

— Não, obrigada, senhor. Não bebo vinho.

— Não? Que estranho.

— É?

— A maioria das jovens são bastante ansiosas por um vinho ao invés de limonada. — Ele se serviu de um copo de bordô escuro.

Sophia deu de ombros.

— Minha mãe é italiana, então sempre havia vinho à mesa. Nunca tomei gosto. Minha mãe dizia assim — ela abaixou a voz, suavizou as vogais, e dobrou a língua, criando um pesado sotaque italiano: — Bella, todo mundo bebe vinho. Faz bem para o coração. Experimente. Experimente. Você aprenderá a gostar.

Lady Collington quase sorriu.

— Essa foi uma imitação muito boa, Sophia. Por um instante, pensei que sua mãe tivesse se juntado a nós.

Em um grave sotaque britânico, Sophia respondeu:

— Deixe-a. Não é crime ficar sóbria, pelo menos não na América. — Oh, como ela sentia falta do sorriso caloroso e dos conselhos sábios de seu pai.

— Imitação mais perfeita ainda de seu pai. — Daphne bateu as mãos e riu.

Seu admirador sorriu para ela. Os dentes eram brancos e retos, e ele nunca desviou o olhar dela.

— Você consegue imitar apenas membros da família, Senhorita Braighton?

Ela voltou à sua própria voz.

— Qualquer pessoa que já ouvi falando.

Todos se viraram em sua direção. Ela imitou a senhora alemã do mercado e depois a Sra. Mirabelle de sua escola de etiqueta. Ela personificou algumas outras pessoas da Filadélfia, a quem imitara bem e todos aplaudiram.

— Isso é muito bom. Pode tentar com alguém que nós todos conhecemos, sua tia, por exemplo?

— As pessoas não costumam gostar muito de serem imitadas. — A ideia de insultar alguém a fez querer fugir e se esconder. Ela ficaria em maus lençóis se afastasse a tia Daphne. Queria apenas passar a temporada sem qualquer escândalo.

Daphne agitou a mão enluvada.

— Vá em frente, sobrinha. Eu aguento.

Sophia sentou-se ereta sobre a toalha. Em seguida, franziu os lábios, endireitou os ombros e uniu as mãos.

— Primeiramente, nunca é adequado sair à sociedade antes das dez horas da manhã. Não posso tolerar o motivo de alguém desejar sair porta afora antes deste horário.

Lady Collington não disse estas exatas palavras, mas o tom, sotaque e similaridade vocal foram idênticos, e todos aplaudiram, incluindo o alvo de sua personificação.

— Como aprendeu isso? — ele perguntou.

Ela deu de ombros e respondeu, agora imitando a forma dele de falar:

— É uma coisa na qual sempre me destaquei. — Em sua própria voz, disse: — Uma brincadeira boba para divertir meu irmão.

— É bastante divertido. Você gostaria de caminhar comigo até o rio, Senhorita Braighton?

Ela olhou para tia Daphne, que assentiu.

— Obrigada, eu adoraria. — O frio em sua barriga se acentuou. Por Deus, ela ainda não se lembrava do nome dele. Enquanto caminhavam, reviu as apresentações de mais cedo, e era como se houvesse um cobertor sobre sua memória.

Ele esperou até que estivessem longe do alcance das pessoas no piquenique.

— Posso lhe fazer uma pergunta, Senhorita Braighton?

— Acredito que acabou de fazê-la.

— Suponho que isso seja verdade. Outra, então?

Ela assentiu, mas encarou a água e rezou por uma intervenção divina.

— Você faz alguma ideia de qual é o meu nome?

Ela se virou de frente a ele. Seu coração saltou pela garganta, e ela tentou, mas fora incapaz de encontrar as palavras para respondê-lo.

Ele ergueu gentilmente o queixo dela, fechando sua boca aberta.

— Eu... eu sinto muito. Não consigo me lembrar do nome de ninguém que conheci hoje. As apresentações foram feitas tão depressa. Eu estava nervosa e não prestei muita atenção — continuou a divagar.

Ele estendeu a mão.

—Vamos começar de novo?

Ela sorriu e aceitou o cumprimento.

— Senhorita, posso me apresentar a você? Eu sou Thomas Wheel. — Ele fez uma longa reverência e retirou o chapéu formalmente, balançando-o para o lado.

— É um prazer conhecê-lo, Sr. Wheel. Eu sou Sophia Braighton. Espero que sejamos ótimos amigos. — Ela fez uma mesura tão acentuada que poderiam confundi-lo com um duque ao invés de um cavalheiro.

— Suspeito que seremos amigos, Senhorita Braighton. — Então continuaram a caminhada ao longo do Serpentine.

— Você sabia o tempo todo que eu não me lembrava de seu nome, Sr. Wheel?

— Devo admitir que suspeitei desde o início. Além do seu dom para imitação, você também tem um talento nato para demonstrar tudo o que sente em seu semblante. Você é bastante fácil de ler. Aconselho que nunca participe de jogos de aposta.

Ela virou a cabeça para o outro lado.

— A maioria das pessoas não consideraria isso um dom. É mais como uma maldição que o mundo inteiro saiba o que estou pensando.

Ele deu de ombros.

— A maioria das pessoas não está prestando atenção a nada que não seja diretamente relacionado a elas. Acho que não tem que se preocupar com isso aqui em Londres. Você descobrirá que quase todos são tão egocêntricos que mal enxergarão o seu rosto.

— Você percebeu.

— Ah, sim, bem, sou uma das poucas pessoas em Londres que admite o fato de que a minha vida é extremamente monótona. Portanto, passo todo o meu tempo analisando outras pessoas. É, de fato, uma vocação absurda e estou terrivelmente envergonhado. — Ele não parecia nem um pouco envergonhado. Na verdade, seus olhos estavam brilhando de contentamento.

— Eu não acredito em você. — Ela deu uma risadinha. — Talvez meu interesse em você seja único.

— Não tenho certeza se acredito nisso também, mas é uma gentileza, então aceitarei a resposta e direi 'obrigado'.

Depois de uma curta caminhada, eles voltaram para o piquenique.

A carruagem chacoalhou ao longo da estrada de volta à residência dos Collington. O ruído de cavalos, carroças e pessoas seguindo com seus dias encheu a cabine, mas a voz de Daphne interrompeu:

— O Sr. Wheel pode ser um excelente pretendente. Ele vem de uma família bem respeitada. Seu pai fez fortuna com transporte marítimo, e aumentou a riqueza da família com suas novas ideias. Já que sua família também lida com navegação, deve ser uma ótima união. Eu aprovaria você encontrá-lo mais vezes, se assim desejar.

A carruagem sacudiu e virou em uma esquina. Sophia segurou a almofada para se distrair. Thomas Wheel tinha um sorriso bonito e era descontraído. Contudo, ele era alto e corpulento e poderia dominá-la com facilidade. Ela segurou a almofada com mais força para impedir que sua voz vacilasse:

— Ele é simpático, eu suponho.

Daphne arqueou uma sobrancelha.

— Você não gosta dele. A maioria das mulheres o acha bastante encantador. Ele não possui títulos, mas você também não.

— Ele é encantador, e eu realmente não me importo com títulos, tia. Tenho certeza de que ele é um partido maravilhoso.

Tia Daphne cruzou os braços e franziu os lábios. Ela se sentou ereta como uma flecha, mesmo quando a carruagem fez uma curva fechada.

— De fato, ele é.

Empoleirada na beirada da cama de Sophia, tia Daphne inspecionava enquanto Marie tirava diversos vestidos do armário. A cada amostra, ela balançava a cabeça e dispensava o item.

— Estes trajes podem ser bons para os terrenos ermos das colônias, mas não são suficientes para a verdadeira sociedade. O baile Watlington acontecerá em alguns dias e nenhum dos seus vestidos servirá.

— Bem, eles são tudo o que tenho, tia. — Sophia manteve o tom de voz equilibrado. — A senhora sabe que os Estados Unidos não são mais considerados colônias da Inglaterra?

Daphne balançou a mão, dispensando o comentário.

— Devemos ir imediatamente à Madame Michard e ver o que pode ser feito o mais rápido possível. Você precisará de um guarda-roupa completo para a temporada, mas talvez consigamos um ou dois vestidos a pronta entrega para que você tenha algo para o baile Watlington. Depois, devemos comparecer ao dos Fallon, também. A filha fará sua estreia na sociedade e será o maior evento da temporada.

Apenas uma hora mais tarde, elas estavam acomodadas na loja de Madame Michard com metros de tecido estendidos à frente de Sophia.

A proprietária havia comprimido seu corpo curvilíneo em um vestido de cetim vermelho com rendas pretas, e o traje mal a continha. A renda cobria tanto seu busto quanto o quadril, mas não envolvia a cintura minúscula.

A Madame insistiu que o novo estilo francês, usado sem um espartilho, era o único estilo que faria justiça ao corpo da jovem.

Contudo, Daphne fez questão de dizer que um leve espartilho deveria ser usado todas as vezes. Ela não deixaria que sua sobrinha perambulasse por aí nua. O vestido era revelador o bastante.

Eliminar os espartilhos apertados em favor dos leves parecia maravilhoso. Ela experimentou um vestido verde-claro com um decote baixo. O cetim caía logo abaixo de seus seios. Laços verde-escuros estavam amarrados na mesma linha e balançavam a cada movimento. A silhueta de seu corpo estava sedutoramente visível. Corou de satisfação ao pensar na ideia de ir a um baile com tal vestido.

Ou Lady Daphne não era tão antiquada quanto fingia ser, ou estava impaciente para despachar Sophia antes que a temporada acabasse.

Madame Michard alisou o cabelo escuro e sorriu para o espelho por cima do ombro de Sophia. Seu pesado sotaque francês aqueceu suas palavras:

— Você aprova o estilo?

Sophia admirou a si mesma no reflexo.

— É tão bonito. Nunca usei um vestido tão lindo. Temo que não seja possível lhe fazer justiça.

— Irá servir — Lady Collington disse à Madame Michard.

Madame Michard ficou de pé atrás de Sophia e encontrou seu olhar no espelho.

— Você deveria focar mais no reflexo, *mademoiselle*. Veria que o vestido não é nada em comparação a quem o está usando.

Ser atraente havia trazido apenas sofrimento à vida de Sophia. Ainda assim, foi um elogio adorável e o vestido lhe deu uma confiança de que ela poderia sobreviver à sua temporada em Londres.

Madame Michard sugeriu outras cores de tecidos e laços que combinariam.

Elas encomendaram ao menos uma dúzia de vestidos e marcaram de buscar três deles no dia seguinte. Foi um golpe de sorte que as peças tivessem acabado de ser finalizadas como amostras do novo estilo, e precisado somente de alguns pequenos ajustes. Madame Michard, provavelmente, recebera um belo pagamento por preparar vestidos em uma velocidade sem igual.

Sophia estava vestida, penteada e pronta para ir ao baile dos Watlington. Ela mal reconheceu a mulher encarando-a através do espelho. Decidiu-se por usar o vestido verde-claro que havia experimentado na loja e seu cabelo estava perfeitamente ondulado e trançado com fitas verdes e pérolas entrelaçadas pelos fios. Sua tez estava corada de empolgação por seu primeiro baile em Londres e mesmo que fosse a única a notar, pensou, ela estava bastante bonita.

O Sr. Wheel havia falado com ela naquela manhã e concordado em ir ao baile. Ela ficara feliz com isso, mas apenas seu lado vaidoso gostou da atenção de um belo admirador. Ela se sentiu lisonjeada com sua atenção, e gostava dele, porém o rapaz não fazia seu coração disparar ou seu estômago se retorcer da forma como Elinor descreveu. Talvez este tipo de entusiasmo nunca aconteceria com ela.

Melhor assim.

Enquanto Sophia descia a escada, Daphne sorriu do andar inferior.

— Você será o diamante mais brilhante desta temporada, Sophia.

— A senhora acha?

— Marque minhas palavras. Nenhum homem será capaz de resistir. Você terá uma proposta de casamento antes que o mês acabe. Só podemos torcer para que seja a proposta certa.

— Sim, tia Daphne. — Ela tomou cuidado para não exibir o olhar abatido enquanto aceitava silenciosamente seu agasalho de Wells, o mordomo.

As duas chegaram ao baile vinte minutos depois, junto com um sem-número de carruagens. O mordomo dos Watlington anunciara:

— Lady Daphne Collington, a Condessa-Viúva de Grafton, e sua sobrinha, Senhorita Sophia Braighton.

O recinto se tornou silencioso conforme adentravam o salão, descendo uma imensa escadaria. Na altura dos olhos, acima dos degraus, havia um lustre de cristal tão grande quanto a maioria dos salões. Ela se forçou a fechar a boca para impedi-la de se escancarar.

— Não encare, menina. Se nossa anfitriã pegar você olhando, ela irá te entediar por várias horas com histórias sobre a procedência de cada cristal e quanto tempo leva para acender aquela coisa horrorosa. — Os lábios de Daphne mal se moviam enquanto a advertia. Ela ajeitou o cabelo grisalho, embora não houvesse uma mecha fora do lugar.

— Eu nunca vi nada igual. — Uma luz ofuscante saía da monstruosidade de cristal. Preenchia todo o cômodo e era tão alto quanto o teto de sua casa na Filadélfia. Um homem muito alto conseguiria tocar o cristal mais baixo. Era impossível não encarar a coisa, embora doesse os olhos só de fazê-lo.

— É claro que não. Poderia existir mais de uma dessas monstruosidades no mundo? É como se alguém pegasse um cavalo e o empalhasse no salão do andar de cima. Pode ser um lindo cavalo, mas quando está no salão, é apenas uma grande besta da qual ninguém consegue desviar os olhos.

Sophia cobriu a boca e deu uma risadinha, então seguiu Daphne para conhecer os anfitriões. O Conde de Watlington e sua esposa eram rechonchudos ao extremo, mas bastante agradáveis. Eles sorriram alegremente e o conde beijou a mão enluvada de Sophia.

Daphne caminhou até um grupo de mulheres sentadas em um lado do cômodo, enquanto Sophia se juntou a Elinor e Dory do outro lado do salão.

O vestido azul-claro de Elinor combinava com a cor de seus olhos e destacava a pele clara.

— Ninguém me pedirá uma dança. Ninguém sequer falará comigo.

— Eu te proíbo de chorar — Dory murmurou em meio a um sorriso e puxou a manga de seu vestido lilás. Seu cabelo dourado estava arrumado em cachos perfeitos e seus olhos brilhavam diabolicamente.

Elinor fez um biquinho.

— Dory já dançou várias vezes e eu nenhuma. Nenhuma.

— Vocês viram o Sr. Wheel? — Sophia examinou o salão.

Os olhos de Dory se arregalaram.

— Sr. Wheel? Você não está em Londres há nem uma semana. Não me diga que já decidiu conquistar Thomas Wheel... Ele está no topo da lista dos solteiros cobiçados pelas mães casamenteiras.

— Não. Não para mim. Para Elinor.

Elinor gritou:

— Eu não quero me casar com o Sr. Wheel! Nem o conheço direito. Eu o vi em somente duas ocasiões e embora seja respeitado, não é para mim. Eu nunca poderia gostar dele o bastante para me casar. Ele é sempre tão inteligente e todos sabem que seus interesses são música e negócios. Ele combinaria muito mais com Dory, mas é claro, ele não tem títulos. A condessa nunca aprovaria.

Sophia ergueu uma mão.

— Você não vai se casar com ele. Pelo amor de Deus, Elinor. Ele irá simplesmente te chamar para dançar e isso fará com que outros homens saibam que está tudo bem em dançar contigo. Logo toda esta situação começará a se resolver.

Um rapaz de cabelo preto e suor escorrendo pela testa parou diante delas e pediu a Dory um lugar em seu carnê de danças.

Ela agitou o leque lilás sobre a parte inferior do rosto e piscou os olhos. Foi uma transformação incrível. A renda branca ao redor de seu pescoço balançou com o vento.

Assim que o homem se curvou e se afastou, o sorriso de Dory tornou-se genuíno.

— Isso é brilhante, Sophia. Mas como pretende fazer com que ele dance com ela? Além disso, talvez ele nem compareça a este baile. Ele e os amigos raramente vêm a esses eventos, pois não gostam de ser pressionados por todas as mães que querem casar suas queridas filhas.

Sophia deu uma risadinha.

— Não fale tão desdenhosamente, Dory. Nós três somos essas filhas.

Dory também riu.

— Eu sei, mas não torna menos verdade. Como sabe que ele virá?

— Eu pedi, e ele disse que viria.

— Ele não virá. — Elinor afastou uma mecha clara de seu rosto.

— É claro que ele virá — Sophia garantiu.

— Não, ele não virá. — Agora ela estava fazendo um biquinho.

— Ele acabou de chegar. — Dory apontou a cabeça na direção da escadaria.

O mordomo apresentou Thomas e o cômodo explodiu em cochichos tão altos que ela não conseguiu ouvir o nome do cavalheiro ao lado dele. Ele era o homem mais bonito que ela já havia visto. Seu cabelo lembrava ouro escuro e a luz daquele lustre ridículo enviou raios sobre suas ondas indomáveis. Os dois homens usavam fraques pretos com simples gravatas brancas.

Seu estômago revirou, arrepios se alastraram pelos braços, e ela teve dificuldade em recuperar o fôlego.

— Quem é aquele com ele?

Dory deu um sorriso perverso e sussurrou:

— Aquele é Lorde Daniel Fallon, o Conde de Marlton.

CAPÍTULO

III

— Não acredito que você me convenceu a vir a este baile ridículo, com aquele lustre mais ridículo ainda — o Conde de Marlton resmungou para Thomas.

Thomas deu um sorrisinho.

— Não aponte para a coisa. Acabaremos passando a noite inteira ouvindo histórias sobre os cristais da Áustria. Tenho outros planos para hoje.

— Sim, você já falou, uma deusa com talento para humor. Então, onde está esse ícone da beleza e da diversão? O que você disse que ela faz, malabarismo? Muito deselegante.

— Ela é uma excelente imitadora, como tenho certeza de que se lembra. E está bem ali. — Thomas acenou para a direita. — Ao lado de Lady Dorothea e Elinor Burkenstock.

— A criança que foi flagrada com Michael?

— A própria.

Ele quase estacou em seus passos e forçou os pés a se moverem antes que alguém notasse seu deslumbramento. Ela era alta para uma mulher, com um cabelo tão escuro que parecia preto, exceto que a luz que incidia do lustre grotesco destacava mechas vermelhas e douradas. Sua pele era como mel.

Completamente fora de si, Daniel recuperou o controle antes que fizesse papel de bobo.

Thomas curvou-se em uma mesura para as damas.

— Deixe-me apresentar Daniel Fallon, o Conde de Marlton. Marlton, acredito que conheça a Senhorita Burkenstock e Lady Dorothea. Esta é a Senhorita Sophia Braighton, da América.

Daniel inclinou o corpo, o coração disparado.

— É um prazer conhecê-la, Senhorita Braighton.

Seu vestido revelou a curva dos seios perfeitamente redondos quando ela fez uma reverência.

— Meu senhor. É um prazer conhecê-lo.

— Meu amigo não falou sobre mais nada depois que a conheceu. — Ele ansiava tocá-la para descobrir se sua pele era tão macia quanto aparentava.

— Tenho certeza de que ele exagerou. — Ela não encontrava seu olhar, o chão e seus sapatos parecendo mais interessantes.

Daniel queria continuar a conversa, mas ela pediu licença e puxou Thomas para o lado. Os dois começaram a sussurrar. Bater em seu amigo de longa data até ele virar uma polpa não estava fora de questão. Ele cerrou os punhos com força, pronto para brigar.

Thomas franziu o cenho, mas depois deu um sorriso cavalheiresco, curvando-se diante de Elinor Burkenstock, em seguida a convidando para uma dança. Ela aceitou educadamente, e os dois se afastaram para se juntar aos outros dançarinos, sob os cochichos da multidão, sem sombra de dúvidas a respeito de como o rico e popular Thomas Wheel havia escolhido sua primeira parceira de dança da noite, uma garota envolta em escândalos.

Daniel odiava esses eventos. Contudo, havia certa simetria em um deles limpar a bagunça de Michael.

Apesar do sotaque americano, o sussurro dela quase o incendiou:

— Você também dançará com a minha amiga, meu senhor?

Ele encarou os olhos dourados como os de uma tigresa.

— Isso te deixaria feliz, senhorita Braighton?

— Isso... isso me deixaria muito feliz. — Sua voz era musical, baixa e calorosa.

Ao menos ele não era o único fora de si. Suas palmas formigaram para envolvê-la e acalmar toda e qualquer preocupação até que ela estivesse maleável em seus braços.

— Então solicitarei a próxima dança, desde que você aceite dançar comigo também esta noite.

Ela assentiu e abaixou o rosto, privando-o de seu olhar.

Ele desejou tocar a pele rosada e ver se era tão quente e suave quanto parecia. Ele sabia que ostentava um sorriso idiota no rosto. Esperar para segurá-la em seus braços durante a dança seria um tormento. Desesperado para disfarçar o desejo ridículo pela americana, ele se virou na direção de Lady Dorothea.

— Lady Dorothea. Eu não a vejo há anos. Você está obviamente bem. Como está seu irmão?

Um sorriso enviesado iluminou o rosto de Dory, que alternou o olhar entre ele e Sophia.

— Markus se casou enquanto você estava no exterior, como tenho certeza de que ficou sabendo. Ele e Emma estão alegremente acomodados no campo. E preferem o campo a Londres. Acredito que passarão apenas uma quinzena aqui, durante o período da temporada, e isso somente porque minha mãe insiste. Você deveria visitá-los. Sei que meu irmão ficaria feliz em lhe ver.

Ele assentiu.

— Eu os visitarei assim que puder.

Ela se aproximou.

— O senhor também é um bom amigo de *Sir* Michael Rollins, não é?

O irmão dela, Markus, e Michael Rollins faziam parte de seu círculo íntimo de amigos. Os dois, com ele e Thomas, eram inseparáveis desde a escola.

— Você sabe que sou.

— Por acaso, saberia dizer para onde ele foi? — Dory perguntou.

— Senhorita, sinto em lhe dizer que não faço ideia. Mesmo se soubesse, não divulgaria a informação. Se *Sir* Michael não deseja ser encontrado, então devemos deixá-lo em paz. — Seu tom de voz não deu espaço para discussão.

Sophia disse:

— Seu amigo é um covarde.

Ele olhou para a jovem, esperando um pedido de desculpas imediato, mas a tigresa apenas o encarou de volta.

— Senhorita Braighton, embora seja, de longe, a mulher mais linda que já encontrei, não permitirei que você, ou qualquer um, difame meus amigos.

— É difamação somente se o que digo não for verdade, meu senhor. — Algo cintilou em seus olhos meigos quando ele a chamou de linda. Talvez alegria, mas, provavelmente, vaidade. Todas as mulheres amavam um elogio.

Ele não sabia por que a havia elogiado. Não possuía interesse na garota, ou em qualquer outra debutante inexperiente, por sinal. Ela era linda, mas todas eram iguais. Jocelyn havia lhe ensinado isso. Ele nunca mais seria feito de tolo.

— Já que apenas acabou de chegar em Londres, você pode não estar ciente de que *Sir* Michael é um herói de guerra. Ele, certamente, não é covarde. Acho que seria melhor se mudássemos de assunto. Não desejo discutir em nosso primeiro encontro.

Ela deu de ombros.

— Na próxima vez, talvez? Ou devemos esperar até um terceiro encontro? Sempre me esqueço desta regra. Existem tantas em Londres.

Ela era encantadora, e ele riu. Muitos convidados se viraram ao ouvir o som. Lady Dorothea se afastou alguns passos.

— Onde você vivia na América, senhorita Braighton?

— Filadélfia.

Ele sorriu.

— Gostei bastante da cidade, e não notei a falta de regras a serem encontradas na sociedade em geral.

Quando ela sorriu, seu rosto estava tão iluminado de alegria que ele se esforçou para não tropeçar em seus próprios pés. Parte dele queria se mover na direção dela, mas seu cérebro sinalizou a presença de perigo. Ela o intrigava, porém ele se manteve firme.

— Você está certo. Regras, regras e mais regras. — Sua voz se elevou. — Você viajou para a América?

— Eu passei um ano lá. Fiquei na Filadélfia por várias semanas. Só voltei para Londres no mês passado. Como sinto falta do mar aberto. — Ele suspirou profundamente, lembrando-se do cheiro do oceano.

Ela franziu o nariz e todo o prazer desapareceu de seu rosto.

— A senhorita não gostou da viagem?

— Temo ter estado doente a todo momento. Devo ter perdido um bom peso durante a travessia. — Ela pressionou o punho sobre o estômago e fez uma careta. Embora fosse magra, seu vestido revelava suas curvas.

— Se este é o resultado de seu mal-estar, acho que deveria viajar com mais frequência, senhorita Braighton.

Seu rubor começou nas bochechas e se espalhou até a raiz do cabelo, seguindo para baixo antes de desaparecer sob o intrigante vestido. A boca dele ficou seca como um deserto.

— Devo constrangê-la mais frequentemente, senhorita Braighton. O efeito é a coisa mais encantadora que já vi.

Ela tocou sua bochecha.

— Quisera eu poder impedir isso. Estou sem prática, pois estive afastada da sociedade nos últimos anos.

— É mesmo? Que estranho. Você esteve adoentada no continente assim como no mar? — Seu estômago se apertou e não com desejo, como havia acontecido assim que a viu, mas com preocupação genuína por sua saúde.

Thomas e a senhorita Burkenstock retornaram e Sophia exalou um longo suspiro. A tensão em sua postura se aliviou como se ela tivesse sido salva de ter que responder. Todos os pensamentos em sua cabeça eram claramente legíveis naqueles olhos deslumbrantes e lábios irresistíveis.

Daniel manteve sua palavra e convidou Elinor para a próxima dança. Alívio e anseio o inundaram enquanto ele se afastava de Sophia.

— Você me agraciaria com uma dança agora, senhorita Braighton? — Thomas perguntou.

Ela inclinou a cabeça, e eles caminharam para a pista de dança. Era um minueto, logo, tiveram pouco tempo para conversar. Sophia estava contente por poder pensar. O que estava acontecendo com ela? O conde chegou e sua mente se encheu de pensamentos sobre ele. Seu coração retumbou e calor aqueceu suas bochechas. A dança terminou rápido demais. Agora, teria que dançar com Daniel Fallon.

Escapar parecia a única opção.

— Vamos pegar uma limonada, Sr. Wheel?

— Como quiser.

Eles caminharam até a mesa de refrescos.

— Há quanto tempo você conhece o conde? — O calor do salão ou o clima ameno teriam sido assuntos muito mais seguros.

— A qual conde se refere, senhorita Braighton? Conheço vários cavalheiros com este título. — Ele sorriu.

— Você sabe perfeitamente de qual estou falando.

— Eu já a perdi, então? Bem, não seria a primeira mulher adorável que perco para Daniel, mas talvez, seja a última.

— Não seja absurdo. Eu mal o conheço. Ele foi muito gentil em dançar com Elinor.

— Eu também dancei com a garota boba.

— Você fez isso como um favor para mim, e não a chame de boba. Ela é uma garota adorável e se o seu amigo não a tivesse abandonado, não estaria nesta situação.

Do outro lado do salão, seus olhos flamejaram, conforme ela gesticulava para a esquerda e direita enquanto conversava com Thomas. Ele não deveria se importar com a conversa deles. Seria fácil o bastante ir embora do baile e seguir para seu clube como ele e Thomas pretendiam fazer a princípio. Daniel caminhou em meio à multidão na direção dela.

Assim que o viu, ela franziu o cenho.

Vê-lo a desagradava, embora ela estivesse feliz e animada na companhia de Thomas. Talvez ele houvesse interrompido uma conversa íntima. *A amizade que se dane*, ele iria esmurrar Thomas.

— Você abandonou a pobre Elinor? — Seu tom de voz era como o de uma mãe repreendendo o filho.

— Pobre Elinor? Perdoe-me, a senhorita Burkenstock tinha uma longa fila de parceiros de dança esperando sua disponibilidade. Seu plano parece ter funcionado. — Ele pegou um copo de limonada, engasgou-se com a acidez da bebida e colocou-o de volta na mesa.

— Oh, que maravilha. — Ela bateu palmas e sorriu.

O coração dele estava prestes a explodir.

— Agora, explique-me, por que seu amigo teria ido embora com tanta pressa? — Alternou o olhar entre os dois. — O Sr. Rollins frequentemente faz promessas para jovens e foge dessa forma?

— Nunca, não que eu saiba — Thomas disse.

Uma valsa teve início.

— Acredito que tenha me prometido uma dança, senhorita Braighton.

Seus olhos se arregalaram, e ela analisou o recinto.

— Eu... eu não tenho permissão para dançar uma valsa.

Ele seguiu a direção de seu olhar e deparou com Lady Collington sentada em meio a um grupo de senhoras.

A Condessa de Grafton observava a troca com uma expressão ilegível.

Ele ofereceu seu braço.

— Ficará tudo bem. Sou um grande admirador da sua tia.

Assim que se viu em seus braços, girando ao redor do salão em uma questão de três segundos, ela se aquietou.

Muitas das jovens solteiras passaram a dança inteira tentando impressioná-lo com todos os seus feitos. Sophia não ergueu o rosto, piscou, sorriu, ou tentou se aproximar. Seu calor infiltrou-se pelo fino tecido de seu vestido. A mais nova moda deixava pouco para sua imaginação. Ele estava em chamas. Ela despertou nele sentimentos com os quais jurara nunca mais se distrair.

Ela pigarreou.

— O que quis dizer quando falou que é um admirador da minha tia?

— Ela é única. Gosto quando a pessoa não é somente mais uma em meio à multidão, e Lady Collington é original. Alguns a chamam de condessa cruel e talvez tenham motivos. Ela pode ser um tanto mordaz se contrariada. Também pode ser uma feroz e leal aliada. Gosto bastante dela.

— A condessa cruel. Creio que consigo entender por que ela ganhou esse apelido.

— Ela é desagradável com você? — Ele não tinha o direito de se preocupar com seu bem-estar, mas não conseguia negar a faísca de aflição.

— Não. Tia Daphne tem sido muito gentil e atenciosa à sua maneira. Só queria que ela não ficasse desapontada. — Sophia deu um suspiro pesado, e o movimento elevou os seios ainda mais no decote.

— Por que a Condessa ficaria desapontada com você?

Ela meneou a cabeça e as mechas sedosas balançaram de um lado ao outro.

— Você não irá me contar? Então, deixe-me adivinhar. Você não é a mulher que aparenta ser. Você é, na verdade, a copeira da casa dos Braighton, na América? Não? Você é o sobrinho dela, não a sobrinha?

Ela deu uma risadinha, e Daniel balançou a cabeça.

— Não, não pode ser isso. Você já é casada?

Enquanto ele tentava adivinhar, sua boca e olhos se abriam mais e mais até que ela explodiu em um ataque de risos. Ela era adorável.

— Chega.

O som fez seu coração bater tão depressa que ele poderia ter uma crise, como se fosse um daqueles personagens horríveis de um romance ruim.

— Eu lhe direi, desde que me prometa guardar meu segredo.

A dança terminou, e o conde segurou seu braço e caminhou rapidamente para o terraço. Apenas a luva branca que ela usava impedia o contato de sua mão ao cotovelo. A ideia de realmente tocá-la era inebriante. O ar fresco da noite ajudou a refrear seu desejo.

Ela respirou fundo, os seios se ergueram perigosamente no decote do vestido.

Lá se vai o efeito refrescante do ar noturno.

Ela se inclinou sobre a balaustrada do terraço e observou os jardins obscuros, iluminados apenas por tochas.

Havia algumas pessoas por ali – moças fugindo do calor do salão lotado e alguns casais se escondendo atrás de estátuas gregas e pilares romanos.

— Você está com frio?

— Não. — Sua voz soou baixa e distante.

Ele ansiava por seus pensamentos.

— Você ia me contar um segredo.

Um sofrimento de partir o coração dominou os olhos agora marejados, embora nenhuma lágrima tenha caído. Ela endireitou a postura e ergueu o queixo. Essa mulher se portava como uma rainha.

Ele a queria mais a cada segundo que passava em sua presença.

Sophia falou baixinho, para que apenas ele pudesse ouvir, porém o sussurro o assombrou:

— Meu segredo é que nunca irei me casar. Eu deveria ter dito à minha tia, mas minha mãe me fez prometer tentar aproveitar a temporada e não a arruinar com tais pensamentos. — Quando ela disse as últimas palavras, sua voz adquiriu um exuberante sotaque italiano.

Ele supôs que o sotaque pertencia à mãe, e Thomas dissera que seu mimetismo era divertido. No entanto, não havia piada aqui.

Seu semblante sereno deixava claro que ela realmente acreditava que nunca se casaria. E isso era ridículo, óbvio. Ela era linda, inteligente, engraçada e perspicaz. Ele percebera tudo isso em apenas um curto período em sua presença. Ela tinha o corpo de uma deusa, e arranjaria um excelente casamento. Ele tinha certeza de que ela receberia inúmeros pedidos antes do final do mês, se não antes.

— Eu acho que você irá se casar. — Arrependimento escorria de sua voz.

— Não. — Seus olhos se encheram de lágrimas, e ela se afastou para esconder-se à sombra de um dos pilares que cercavam o terraço.

A mente dele gritou para que se desculpasse e fosse embora, mas seu corpo desobedeceu, e ele a seguiu para as sombras. Daniel tirou a luva de sua mão e acariciou gentilmente a pele suave do cotovelo até a ombreira do vestido. Em seguida, ele abaixou a mão.

Ela se virou, parada a uma curta distância. O calor de seu corpo o alcançou mesmo que não estivessem se tocando.

— Por favor, não chore. — O tom suave mal lembrava sua voz. Ela o comoveu de uma forma que ninguém jamais havia feito.

— Não farei isso. Sinto muito por fazer uma cena. — Secou os olhos. Mais uma vez, a tigresa retornou, triste, feroz e distante.

As lágrimas fizeram-na parecer ainda mais implacável, de alguma maneira tornando-a ainda mais perfeita. Ela não era uma debutante enfadonha, que não pensava em ninguém além de si mesma. Ela era delicada, emotiva, cheia de vida, e ele não queria mais nada no mundo além de puxá-la para seus braços, contemplar os olhos de tigresa se fechando quando seus lábios cobrissem os dela.

— Acho que vou te beijar, senhorita Braighton. — Ele se aproximou.

Ela arregalou os olhos, ofegando quando ele roçou os lábios levemente contra os dela.

— Não. — A palavra soou mais baixa que um sussurro.

— Tem certeza? — ele perguntou, pressionando a bochecha à dela.

— Não posso gostar de você. — Sua voz aguda e contrita.

Ele estava curioso para saber por que ela acreditava em algo tão ridículo, mas não teve oportunidade para pressionar mais. Ouviu o leve pigarro feminino e se afastou dela.

— Sophia, aí está você. Olá, meu senhor. — Dory Flammel estava a apenas alguns passos de distância. Ela puxou a garota Burkenstock detrás de si. — Lady Collington está lhe procurando. Acredito que ela esteja cansada e gostaria de ir para casa.

— É claro. — Sophia fez uma reverência. — Obrigada pela dança e pela conversa, meu senhor. Parabéns pela noite bem-sucedida, Elinor. Dory, irei vê-la amanhã?

— Eu vou te visitar pela manhã e então podemos cavalgar no parque. — Dory deu uma piscadinha.

Sophia franziu o cenho para Dory, fez outra reverência apressadamente e correu para o salão ao encontro de Lady Collington. A garota Burkenstock seguiu Sophia e ambas desapareceram na multidão.

Seu estômago se agitou enquanto ele a observava ir embora. Ela dissera que nunca se casaria e que não poderia especificamente gostar dele? Inaceitável.

Quando afastou o olhar das janelas, encontrou Lady Dorothea Flammel o observando. Ele entrecerrou os olhos diante de seu escrutínio.

— O que está olhando, minha senhora?

— Estou olhando para um homem encantado. — Sua franqueza era descabida e, ainda assim, revigorante entre os membros da elite.

— Você vê demais para o seu próprio bem.

— Alguns diriam que vejo somente o que quero ver, meu senhor. Meu irmão, Markus, gosta muito de você.

Daniel sorriu.

— Markus, Thomas, Michael e eu éramos inseparáveis durante nosso tempo em Eton. Ainda os considero meus amigos mais próximos. Não vejo tanto Markus, já que estive fora e ele está muito bem-casado, mas eu morreria por ele, se assim ele me pedisse.

Dory estremeceu.

— Vamos torcer para que não chegue a isso. Você irá partir o coração da minha nova amiga? Eu só a conheço há alguns dias, mas já gosto bastante dela. Eu odiaria vê-la machucada de qualquer maneira.

— Está me pedindo para estender a amizade que tenho por seu irmão a você, minha senhora?

— Eu não lhe pedirei para morrer por mim.

— Não tenho intenção de conquistar a senhorita Braighton.

— Estou vendo. — Seu tom de voz tinha um leve toque de dúvida.

— Como eu disse, você vê coisas demais.

Ela sorriu, mas o gesto não chegou aos olhos. O sorriso pode ter sido por causa dele ou por conta do grupo de pessoas que havia acabado de chegar ao terraço. Ela esperou o grupo se afastar.

— Sabia que Jocelyn era minha amiga próxima? Sei que muito do que aconteceu entre vocês foi mantido em silêncio, mas ela veio até mim depois que você rompeu o noivado.

Seu corpo enrijeceu à menção da mulher com quem ele planejava se casar. Raiva substituiu suas emoções de mais cedo.

Ela sorriu com mais gentileza para ele.

— Ela foi até a minha casa e chorou enquanto contava a história. Quando terminou, eu disse que sentia muito por ela. Sentia mesmo. Sentia muito que ela tivesse sido tão tola. Sentia muito que ela fosse tão mau-caráter, que pensasse tão pouco de si mesma, e que se entregasse sem nem ao menos considerar a honra. Sentia muito que eu a tivesse julgado mal. Pedi que ela fosse embora da minha casa e desfiz nossa amizade. Ela me chamou de nomes terríveis antes de meu irmão intervir. Foi uma cena feia. Até aquele momento, eu não tinha percebido quão importante era a capacidade de saber julgar o caráter de uma pessoa.

Sua raiva atenuou-se.

— Uma lição valiosa.

— De fato.

— Não havia percebido que outra pessoa foi magoada pelo comportamento de Jocelyn.

— Temos algo em comum, meu senhor.

— Sinto muito — ele sussurrou.

Dory agitou uma mão enluvada e afastou um cacho rebelde.

— Nada do que ocorreu foi sua culpa. Você deveria se perdoar e, talvez, encontrar alguém em quem confie para se casar. — Ela se virou e o deixou no terraço, não lhe dando chance de responder.

O White's estava lotado quando Daniel e Thomas chegaram tarde da noite. Eles encontraram uma pequena mesa em um dos salões e pediram conhaque.

— Então, o que achou da minha deusa? — Os olhos de Thomas brilharam de alegria.

Daniel abaixou o copo e encarou o amigo de longa data.

— Acho que não aprecio que a chame assim.

Thomas riu.

— Eu já suspeitava disso. Você, meu amigo, está encantado. A questão é, você fará algo sobre isso, ou vai continuar deixando aquela meretriz de quem foi noivo arruinar a sua vida?

Pura fúria se agitou em seu peito. Seu instinto ainda lhe dizia para defender a ex-noiva, mas ele deu de ombros e controlou as emoções. Era, afinal, a verdade.

— Irei me casar eventualmente. Tenho que fazê-lo, mas não será com Sophia Braighton. Encontrarei alguém com que eu possa desfrutar de um casamento agradável. Deixarei Sophia para outra pessoa. Eu só iria preferir se não fosse você.

— Você é um tolo, Dan. Eu vi a forma como olhou para ela e a forma como ela olhou para você. Ela vai te assombrar pelo resto da sua vida como seu único grande erro, se não correr atrás de seu interesse.

Seu estômago se apertou e uma gota de suor escorreu pela lateral de seu pescoço.

— Você pode estar certo. — Tomou um longo gole de conhaque. — Entretanto, prefiro ser um tolo em particular do que ter a minha estupidez exibida diante de Londres inteira mais uma vez.

Thomas balançou a cabeça.

— O que acredita que pode ter acontecido com Michael, que o tenha motivado a ir embora de Londres? Você realmente acha que ele fugiria por ter sido flagrado com a garota Burkenstock?

Daniel bebericou seu conhaque.

— Falei com ele alguns dias antes do incidente, e tive a impressão de que ele pediria a garota boba em casamento. Ela é bastante rica e é um colírio. Não tenho certeza do porquê ele fugiu. Ele mencionou algo sobre uma oportunidade com alguns grãos que iria comprar, na esperança de juntar dinheiro o bastante para fazer algumas obras na propriedade dele, em Essex.

Thomas ergueu uma sobrancelha.

— Talvez ele queira propor compromisso com mais do que as mãos vazias e sem perspectivas. É bom ele se apressar. Ela é rica, bonita, e não é muito inteligente. Ela pode encontrar outro antes que ele volte.

— Se ela é tão volúvel, ele está melhor sem ela.

Pegando seu copo outra vez, Thomas terminou sua bebida.

— A garota não tem motivo para esperar. Pelo que sei, ele não deixou nenhuma garantia. Não é nada como o que Jocelyn fez contigo. Você tinha assinado um contrato. Ela sabia que você se casaria com ela. Caramba, acho que você a amava. Ela não era o tipo de mulher que teria sido fiel, e não era esperta o bastante para ser discreta. Você está certo sobre uma coisa, porém: está melhor sem Jocelyn.

— Eu não a amava — ele disse, baixinho. — Cheguei até a pensar, por um momento, mas era apenas luxúria e desejo. Ela era linda e charmosa. E, sim, poderia ter sido discreta, porém eu me esforcei demais diante do meu desejo de vê-la. Se tivesse me mantido longe, nunca os teria descoberto. Ela alegou estar indisposta. Pensei em surpreendê-la e passar a noite em sua companhia, mesmo que fosse jogando gamão no salão, qualquer coisa para estar perto dela. Como fui tolo. Quando cheguei, encontrei-a no salão, mas ela e Swanery não estavam jogando gamão. Ah, não... o jogo entre eles tem sido jogado entre homens e mulheres desde o início dos tempos.

— Meu Deus, amigo, você nunca disse nada sobre tê-la pegado em flagrante. O que fez?

Uma raiva antiga se inflamou. Ele ainda via sua amada embaixo daquele imbecil na espreguiçadeira.

— O que qualquer cavalheiro inglês faria. Eu fiz uma mesura, dei um soco na mandíbula de Swanery, me virei e fui embora.

— O que Jocelyn fez?

O rancor repulsivo que ele ainda nutria pela mulher veio à tona.

— Ela gritou e me xingou. Usou palavras que nunca ouvi uma mulher proferir, mesmo vindo de mulheres de virtude duvidosa no submundo dos jogos.

— Acho que não há muito o que questionar — Thomas referiu-se à virtude das prostitutas.

— Não, assim como não havia em relação a Jocelyn. Ela era, da cabeça aos pés, a meretriz que aquelas mulheres no submundo são. Pelo menos com uma prostituta você sabe do que está indo atrás. Jocelyn era um lobo em pele de cordeiro. E você está certo, estou muito melhor sem ela. Michael aparecerá em algum momento, ou para reivindicar a senhorita Burkenstock, ou para encontrar uma nova jovem com uma fortuna. Ele não tem escolha, pois deve reparar o dano que o pai causou.

— Você está certo, é claro. — Thomas pediu mais um conhaque.

CAPÍTULO IV

Sophia estava vestida e pronta quando Dory chegou na manhã seguinte, para uma cavalgada no parque. O traje de equitação de veludo azul-escuro de Dory lhe cabia perfeitamente e mostrava suas curvas. Sophia vestiu uma roupa semelhante, embora a sua fosse de um profundo tom de vinho.

— Sophia, você e eu precisaremos de um chicote para afastar os admiradores. Nós somos a dupla perfeita de equitação.

— Você está adorável.

— Olá, Lady Dorothea. — Daphne entrou, trajando um vestido matinal verde, pronta para fazer suas visitas.

— Irá se juntar a nós no parque, minha senhora?

— Eu seguirei na minha carruagem, mas deixarei vocês quando chegarmos. Tenho alguns assuntos a tratar e algumas visitas para fazer. Dois lacaios e a criada de Sophia as acompanharão pelo restante de seu passeio.

— Eu também trouxe um lacaio e a criada de minha senhora, Condessa. Sinto que estaremos muito seguras, de fato. — A voz de Dory estava repleta de sarcasmo.

Daphne franziu os lábios.

— Dorothea Flammel, eu sempre gostei de você. Acho que você é original, mas não tente me encantar como faz com os imbecis da elite, ou mudarei minha opinião a seu respeito. Você é esperta e é por isso que aprovo a amizade surgindo entre você e minha sobrinha. Não me faça repensar meu ponto de vista.

Dory nem se moveu. Ela fez uma reverência, inclinando a cabeça.

— Eu nunca sonharia em lhe insultar, Lady Collington. Também acho que a senhora é bastante extraordinária. Fico feliz que aprove minha nova amizade com Sophia. Eu odiaria ter que continuar visitando sua sobrinha pelas suas costas.

Nem mesmo a condessa resistiu a uma risadinha.

— Vamos, meninas?

Depois de montadas, Sophia disse:

— Você é ousada demais para o seu próprio bem, Dory. Ela não é chamada de condessa cruel sem motivo. Ela pode arruinar sua reputação se quiser.

Dory deu de ombros. A jovem montava um cavalo como se tivesse nascido para isso.

— Sua tia é feroz, mas justa. Olhe o que ela fez por Elinor. Se ela não admirasse Elinor de alguma forma, nunca teria colocado o nome dela e o seu em risco ao ajudar. Eu nunca faria algo que fosse realmente mal-educado, portanto, acredito que sempre permanecerei nas boas graças da "condessa cruel".

Cavaleiros, pedestres e pessoas em carruagens em busca de fofocas dificultavam a passagem delas pelos portões do parque.

Tia Daphne se despediu, deixando três lacaios e duas criadas para seguir a uma distância apropriada atrás de Sophia e Dory.

Elas, por fim, se afastaram da grande multidão. Sophia manteve os olhos à frente, apesar do fato de todos parecerem estar observando-a.

— A reputação de Elinor irá se recuperar completamente?

Dory soltou um alto suspiro ao dar de ombros.

— Não, a menos que Michael Rollins retorne e peça a mão dela. Se outro homem fizesse o pedido, e ela aceitasse, isso serviria também. Porém, não acho que ela vá aceitar outro nesta temporada. Elinor pode parecer bobinha, mas ela é mais esperta do que deixa transparecer. Ela também é muito leal. E se diz apaixonada pelo *Sir* Michael e, até que tenha certeza de que o romance não irá progredir, ela não arranjará outro.

— Como pode ter tanta certeza? — Lealdade a um homem que a deixou quando mais precisava não faz sentido.

— Conheço Elinor desde o berço. As propriedades rurais das nossas famílias ficam lado a lado. Quando tínhamos dez anos, ela ficou do lado de fora da minha casa o dia inteiro esperando que eu me desculpasse por tê-la insultado. Ela tinha tanta certeza de que eu me desculparia, que se recusou a ir embora. Eventualmente, eu me senti culpada e corri até ela, implorando por seu perdão.

Sophia imaginou as duas garotinhas resolvendo a discussão. Ela amava a ideia de uma amiga de longa data, mesmo que não tivesse ninguém para comparar.

— O que Elinor disse?

— Ela me abraçou e disse que já havia me perdoado. Nós somos melhores amigas. Quando digo que ela irá esperar pelo *Sir* Michael até que toda esperança desvaneça, pode acreditar.

— Senhoritas — a voz grave e familiar do Conde de Marlton interrompeu a conversa. — Vocês são a dupla mais deslumbrante que já vi.

Ele cavalgava um garanhão preto. O chapéu escuro e casaco eram impecáveis, e ele sorriu para elas de sua montaria. Até mesmo sua gravata estava amarrada em nó perfeito.

O animal reclinou a cabeça e bateu as patas no chão, resfolegando pelas narinas enormes.

— Acho que seu cavalo iria preferir se você não parasse para conversar, meu senhor. — Sophia manteve o olhar cauteloso sobre ambos, homem e animal.

Daniel saltou para o chão e entregou as rédeas ao lacaio.

— Sinto muito se Mangus a assustou. Ele é um pouco arisco e prefere muito mais o campo do que Londres.

— O que o traz ao parque esta manhã, meu senhor? — Dory perguntou, exibindo seu sorriso mais perverso.

— Decidi que um pouco de ar e exercício me fariam bem. Você mencionou que sairiam em uma cavalgada matinal. Confesso que esperava encontrá-las, já que a senhorita Braighton e eu estávamos envolvidos em uma conversa interessante ontem, antes que a condessa encurtasse a noite.

Não. Ela deve ter confundido. Ele não teria vindo ao parque somente para vê-la.

— Oh, tenho certeza de que sua noite prosseguiu sem obstáculos. Todos os homens não se dirigem aos seus clubes e bebem até o amanhecer depois que os salões de baile esvaziam?

Ele deu um sorriso brilhante, e seus olhos se iluminaram de alegria. A gargalhada divertida e alta ressoou.

O som a deixou fascinada.

— Fazemos isso, é claro, mas me senti bastante insatisfeito.

A palavra “insatisfeito” inflamou o temperamento de Sophia. Os homens sempre buscam sua própria satisfação sem se importar com os outros. Ela agarrou suas rédeas com um pouco mais de força e o cavalo relinchou.

— Nesse caso, tenho certeza de que havia pessoas que poderiam ter cuidado disso também.

Algo sobre ele a fazia falar quando deveria ficar quieta. Ela desejou retirar suas palavras imediatamente. Na noite anterior, disse coisas demais, e agora se sentia exposta. Se ao menos ela não tivesse vindo ao parque. Lágrimas nublaram seus olhos e um nó obstruiu sua garganta. Ela pressionou o dedo no canto do olho e ordenou a si mesma para não chorar.

Daniel recuou um passo.

— É um hábito americano insultar novos conhecidos, ou isso é apenas uma tendência sua, senhorita Braighton?

Ela virou a cabeça para evitar seu olhar, desceu do cavalo e entregou as rédeas a um lacaio. Sem notar, afastou-se a uma curta distância, franzindo os lábios. Agora teria que se desculpar, e nem sequer estava arrependida. Ela havia dito somente a verdade.

Ele ocupava espaço de uma forma que mais ninguém fazia. Postando--se atrás dela, seu calor a cercou.

— Você está zangada comigo? — Ela esfregou os braços. — Admito estar confuso com sua raiva evidente.

— Suponho que eu deva me desculpar. — Depois que afastou as lágrimas acumuladas, ela se virou para encará-lo.

— Apenas se realmente quiser, e consigo ver pelos seus olhos que esse não é o caso. — O sorriso dele fez o estômago dela se revirar agradavelmente.

— Eu sinto muito pelo meu rompante, meu senhor. — Sophia usou seu tom ensaiado e aprendido na Escola para Moças da Sra. Mirabelle.

Ele franziu o cenho.

— Eu aceito, mesmo que não esteja falando sério. Acredito que foi muito difícil fazer essa tentativa, mas serei o mais maduro e não desafiarei sua sinceridade.

— Obrigada. — Sentiu os lábios formando um sorriso apesar de seu constrangimento.

— Você gostaria de me dizer por que tem uma opinião tão ruim quanto ao meu sexo?

— Não.

Ele deu um sorriso brilhante.

— Simplesmente não? Sem maiores explicações?

Ela sentiu as bochechas aquecendo.

— Acredito que "não" é uma frase completa e não precisa de mais nada, meu senhor.

Dory interrompeu:

— Vocês dois estão causando um belo rebuliço.

Carruagens e pedestres diminuíram a velocidade para dar uma boa olhada na jovem com quem o conde conversava tão intimamente.

Dory segurou o braço de Sophia.

— Talvez esta conversa possa continuar em alguns dias, no baile de Lady Cecelia. Acredito que tanto a senhorita Braighton quanto eu estaremos lá. Tenho certeza de que não perderá a estreia de sua própria irmã, meu senhor.

— Eu estarei lá. — Ele não desviou o olhar de Sophia em momento algum. Logo após, curvou-se em uma mesura para ambas, subiu na sela da besta que ele chamava de Mangus, e saiu trotando sem dizer outra palavra.

Sophia ficou parada por um longo tempo, encarando as árvores exuberantes do parque. Dory era como uma irmã há muito perdida, mas ela desejou estar sozinha. Ela não conseguiria encará-lo no baile de sua irmã. Além de ter permitido que ele a beijasse, ainda perdeu a paciência. Ele devia achá-la uma tola. Sophia precisava aprender a manter seus sentimentos para si mesma, sobretudo diante de um homem a quem mal conhecia.

Dory pigarreou e um largo sorriso se espalhou por seu rosto.

— Acredito que você tirou o Conde de Marlton do mercado matrimonial, Sophia. Vocês dois vão causar um alvoroço.

Sophia virou-se tão violentamente que o cabelo escuro se soltou dos grampos que o prendia.

— Eu não quero causar um alvoroço. Não me importo com o que ele faz, e, de forma alguma... nunca me casarei com ele. — Lágrimas surgiram em seus olhos e escorreram pelo rosto. Ela as afastou, montou em sua sela e cavalgou na direção da residência dos Collington a toda velocidade.

Dory chamou seu nome, ao som do trote dos cavalos em seu encalço.

Assim que chegou aos degraus da mansão, Sophia desceu da montaria sem ajuda e correu para a varanda. Quando Wells abriu a porta, ela apressou-se pela escadaria. Não queria companhia, mas Dory marchou logo atrás dela.

Ela ansiava por um momento para pensar e talvez chorar um pouco. Assim que entrou em seus aposentos, Dory se virou para falar com Marie, que também subiu os degraus às pressas.

— Marie, sua senhora não precisará de você por enquanto. Iremos lhe chamar se for necessário.

Marie fez uma mesura e saiu do quarto. Dory fechou a porta atrás dela.

— O que raios está acontecendo, Sophia? — Dory exigiu saber.

— Nada. Oh, Dory, vá para casa. Estarei bem na próxima vez em que nos encontrarmos. — Ela odiou o tom suplicante em sua voz.

Dory sentou-se na beirada da cama e observou a amiga andando de um lado ao outro sobre o tapete sofisticado.

— Não irei embora, então é melhor me dizer por que desgosta do conde dessa forma.

— Eu não desgosto dele. — Lágrimas estavam escorrendo livremente pelo seu rosto. Tentou afastá-las, mas outras seguiram e ela desistiu de contê-las.

— Mas você nunca se casará com ele?

— Nunca me casarei de jeito nenhum. Nunca. — Ela se sentou em uma poltrona próxima à lareira.

Dory se levantou, atravessou o quarto e se ajoelhou diante dela.

— Por que não, Sophia? O que aconteceu contigo para ser tão contra o matrimônio? Sem contar o quanto foi grosseira com o conde, de quem acabou de admitir que não desgosta. Ninguém disse que você deve se casar com ele. Por acaso, ele fez alguma coisa no terraço ontem à noite que te chateou?

— Ele me beijou. — A voz dela vacilou.

— Foi terrível? John Allendale me beijou na semana passada, e achei bastante agradável. Não fui grosseira, embora tenha contido seus avanços muito depressa.

— Não. Foi muito bom. Adorável, na verdade — ela sussurrou, secando as lágrimas.

— Eu não entendo — Dory murmurou.

O peito de Sophia estava tão apertado que ela agarrou a frente de seu traje de equitação e abriu a jaqueta. Em sua pressa, vários botões se espalharam pelo chão. Dizer a uma pessoa a verdade, mesmo que fosse um erro, tiraria a pressão se avolumando dentro dela. Ela deu um suspiro e encontrou o olhar de Dory.

— Não sou virgem. Sei que me odiará agora, e é por isso que eu não queria contar a você. — As palavras escaparam de sua boca atropeladamente. Agora que Sophia disse em voz alta, sentiu-se mais forte. — Eu gostei, demais, de ter você como amiga, e agradeceria se guardasse meu segredo. Eu odiaria constranger a condessa.

Dory sentou-se sobre os calcanhares e olhou para Sophia. O choque estava estampado em seus olhos verde-claros. Pena, ou talvez tristeza, criara vincos profundos ao redor de sua boca.

— Ainda sou sua amiga, Sophia. O patife não quis se casar com você?

Arrepios percorreram a coluna de Sophia à menção da vida que ela poderia ter tido.

— Ele ofereceu, mas meu pai o expulsou de casa, e agradeci a Deus por tê-lo feito. Não consigo imaginar um inferno pior do que estar casada com aquele homem horrível. — Ela estremeceu com outro arrepio violento.

Dory se levantou e virou-se de costas.

O coração de Sophia desabou. Ela havia arruinado uma das únicas duas amizades que fizera em Londres.

As costas de Dory estavam rígidas, os punhos cerrados. Ela se virou e encarou Sophia com os olhos entrecerrados. Talvez ela a até mesmo a ofenderia ali mesmo.

— Ele a violentou.

Sophia apenas assentiu. A noite no escritório de seu pai voltou à sua memória, fazendo mais lágrimas surgirem.

— Quantos anos você tinha? — Dory ajoelhou-se à sua frente de novo.

Sophia estava surpresa com a raiva que transparecia no semblante de Dory. Zangada com um homem a quem ela nem conhecia.

— Dezesseis. Foi minha primeira temporada na sociedade. — O ritmo dos seus batimentos diminuiu. Dory não havia fugido da casa no minuto em que soube sobre a vergonha de Sophia. Ela não a chamou de nomes terríveis que passaram na própria mente de Sophia. Ao contrário, se ajoelhou diante dela com empatia.

— Ele deveria ter sido morto pelo que fez com você. Por que seu pai não o matou?

Pela primeira vez desde aquela noite horrível, ela contara a verdade a alguém além de sua mãe e seu pai. Sua imaginação havia criado um cenário horrível como resultado que incluía vergonha e remorso.

Dory encarou seus olhos arregalados e as mãos trêmulas enquanto as segurava.

O coração de Sophia ficou mais leve, e a dor que há muito existia em seu peito aliviou.

— Acho que papai teria gostado imensamente de tê-lo matado na hora.

— Pensei que vocês, americanos, saíssem atirando uns nos outros a torto e a direito. — Uma pequena risadinha escapou, então cobriu a boca com a mão.

— Normalmente não.

Dory caminhou pelo quarto com as mãos cerradas.

— Tudo bem, então. Se você não quer se casar, então devemos criar um plano para que não precise fazê-lo. Seu pai não lhe daria uma pequena pensão?

— Por ele, sim, mas mamãe insistiu que eu viesse para Londres para tentar encontrar um marido. Ela disse que devo esquecer o 'incidente'. Mas, de verdade, não consigo. Não suporto sequer pensar em um homem me tocando. — A noite anterior voltou à sua memória e um arrepiou se alastrou pela sua pele. — Porém, quando o conde me beijou, foi bastante suave e agradável.

— Eu gostaria de saber mais sobre tais assuntos. Minha mãe não fala muito sobre isso. Contudo, devo acreditar que estupro não é a mesma coisa do que aquilo que alguém compartilharia com um marido. Pensarei um pouco sobre como ajudá-la a permanecer solteira. Por enquanto, não se preocupe tanto. Ninguém lhe fez uma oferta, então não há motivos para não aproveitar sua temporada. Se alguém fizer uma oferta, então pensaremos em razões pelas quais cada uma é inadequada. Posso ser esperta quando preciso. Vou chamar sua criada e solicitar um banho para você. Virei visitá-la amanhã com Elinor.

Sophia levantou-se em um salto.

— Oh, não conte a Elinor. Por favor.

— É claro que não. — Dory a abraçou. — Viremos apenas para uma visita a fim de discutir sobre vestidos para o baile dos Fallon.

Sophia queria abraçar sua nova amiga e nunca mais a soltar. Ela não poderia ter sonhado em ter alguém ao seu lado, ainda menos a apoiando de tal forma.

— Estou feliz que seja minha amiga, Dorothea Flammel.

Dory sorriu.

— Eu também.

Quando Dory foi embora, Sophia contou com a ajuda de Marie para despi-la para o banho. Com os olhos fechados, mergulhou ainda mais na água quente. Talvez tudo ficaria bem. A ideia de uma pequena casa, aqui ou na Filadélfia, surgiu no fundo de sua mente. Ela gostaria de permanecer no campo, onde poderia cultivar um jardim e ninguém fofocaria sobre o fato de ela não ter um marido. Isso seria perfeito.

Não ter um marido também significava a ausência de um filho a chamando de mãe e, consequentemente, nenhum neto que sua mãe desejava com tanto ardor.

Talvez não fosse perfeito.

O vestido amarelo cintilou e deu à sua pele um brilho dourado. Marie havia se superado ao fazer o penteado de Sophia, entrelaçando fitas vermelhas e cristais por entre as madeixas escuras. Fitas da mesma cor, amontoadas sobre o colo de seus seios, fluíam logo abaixo do decote. No entanto, o belíssimo traje a manteria livre de constrangimentos.

A mansão dos Fallon em Londres era maior do que a dos Collington. Poucos passos depois do vestíbulo, duas grandes escadarias se curvavam ao redor do saguão oval. A madeira reluzia, bem como o elegante lustre no centro, com seus cristais polidos, iluminavam a entrada com um brilho espetacular. À direita, o salão de festas tirou o fôlego de Sophia.

Tia Daphne se juntou às viúvas que já se encontravam reunidas como aves.

De repente, Sophia viu-se sozinha, observando os dançarinos e encarando maravilhada a beleza majestosa da casa.

A presença dele a aqueceu antes mesmo que qualquer palavra fosse proferida, e sua coluna retesou. Seu estômago deu um pequeno salto, apesar da determinação de permanecer indiferente a ele.

— Você gostou? — disse, baixinho, logo atrás de sua orelha.

O teto devia ter cerca de doze metros, com arcos dourados e um afresco de reis e rainhas desfrutando um piquenique no parque. Altas portas de vidro cobriam uma parede inteira e cortinas de seda cintilavam à luz das velas.

O som da voz dele a fez estremecer por dentro. Vários segundos se passaram até que conseguisse falar:

— É uma casa adorável. Você mora aqui?

— Não. Tenho uma casa não muito longe daqui. Minha madrasta e irmã é que moram nesta mansão.

Seu interesse fora atiçado.

— Isso foi parte dos desejos de seu pai?

Ele deu de ombros e o corpo largo pressionou as costuras de seu paletó preto antes que tudo voltasse ao lugar. Era como se ele ordenasse que suas roupas o obedecessem e o tecido não ousasse desafiá-lo.

— Realmente não faço ideia. Minha mãe gosta de ficar por aqui quando está na cidade, e eu gosto que ela esteja feliz.

— Você se dá bem com sua madrasta então?

Seu sorriso aqueceu o rosto dele e causou um arrepio pelo corpo dela.

— Minha mãe faleceu ao me dar à luz, e meu pai se casou de novo quando eu tinha cinco anos. Janette é a única mãe que conheci. Ela me criou como seu próprio filho e me deu uma irmãzinha maravilhosa, a quem adoro. Por que não nos daríamos bem?

Ela dizia a coisa errada constantemente.

— Não quis insinuar nada, meu senhor. É só que você não tem obrigações legais de mantê-las nessa casa e muitos homens em sua posição não se incomodariam em se importar com a madrasta e a meia-irmã.

Dando de ombros, ele encontrou seu olhar.

— Suponho que isso se aplique a muitos.

— Mas não a você.

Ela gostaria de conseguir encontrar um traço cruel nele, se afastar e não pensar mais no cavalheiro. Seria muito mais fácil ignorar um homem que colocaria as mulheres que dependem dele na rua. Porém, ele obviamente amava sua família e isso o tornava ainda mais cativante. Ela proibiu a si mesma de gostar dele.

— Você gostaria de conhecer minha mãe e irmã? — ele perguntou.

Antes que pudesse se conter, ela assentiu. Por algum motivo, queria conhecer sua família. Porém, por mais que tentasse, Sophia não conseguia imaginar o porquê. Ele não significava nada para ela.

Daniel deu apenas alguns passos antes de parar subitamente. A jovem tropeçou e agarrou o braço musculoso para manter-se firme. Erguendo o rosto, deparou com o conde a encarando.

Os olhos dele brilhavam com uma intensidade que fazia seu coração disparar.

A música mudou para uma valsa e ele inclinou a cabeça a um centímetro da dela.

— Talvez uma dança primeiro, senhorita Braighton? Odeio deixar escapar a oportunidade de te segurar em meus braços.

— Eu gostaria que você não dissesse tais coisas.

— Isso é um sim, ou um não, para a dança? — Seus olhos mostravam divertimento.

Ela assentiu, e os dois circularam pela pista de dança. Nos braços dele, era difícil pensar em qualquer coisa que ela decidira antes do baile. Sophia planejou evitá-lo e, caso cruzasse com ele, o trataria com educação. Contudo, agora que suas mãos estavam sobre ela e que seu calor irradiava pelo tecido frágil de seu vestido, ela ansiava estar mais perto dele. Havia segurança no abraço de Daniel. Uma palavra que ela nunca pensou em aplicar a um homem que não fosse seu pai.

— Por que gostaria que eu não dissesse tais coisas, Sophia? — sussurrou, agora mais perto de seu ouvido do que era apropriado.

Fugir era sua melhor opção, mas ela se manteve firme.

— Você não deveria me chamar de Sophia. Não é certo e não lhe dei permissão para isso.

— Parece impossível eu me comportar corretamente com você, Sophia. Prometi a mim mesmo que a evitaria, mas assim que entrou no salão, tornei-me consciente de sua presença, e não consegui me manter longe. Não sei o que me atrai tanto e, acredite em mim, eu preferia ser indiferente ao seu charme. Eu me senti assim uma vez antes, e acabou de uma forma muito ruim. — Meneou a cabeça e enrijeceu a postura, completamente diferente do comportamento galanteador de um instante atrás.

Seu coração disparou e ela tinha certeza de que ele podia ouvi-lo, mas não conseguiu pensar em nada para responder à sua confissão pessoal.

Ele sorriu.

— Você deve achar que sou um tolo.

— Não.

Ele riu.

— Aí está essa palavra novamente. Se você fosse inglesa, elaboraria mais.

— Sim, vocês são um grupo prolixo. Contudo, meu pai é inglês, minha mãe é italiana, e eu sou americana. Portanto, "não", normalmente, basta. — Ela sentia falta de sua família e das diferenças maravilhosas que os tornavam únicos.

— Suponho que terá que servir. — Ele a girou uma última vez antes que a música acabasse. Em seguida, curvou-se em um cumprimento cortês.

Sophia retribuiu ao fazer uma reverência, ciente de que a multidão os observava com ávido interesse.

Ele a guiou de volta pelo salão movimentado.

Um fato sobre sua confissão a incomodou.

— Por que acabou?

— Perdão?

— Você disse que se sentiu assim uma vez, antes que tenha acabado da pior forma. Perguntei-me por que acabou.

— Seria grosseiro da minha parte falar que eu preferia não dizer? — Ele elevou-se sobre ela e encarou seus olhos. Sua proximidade encheu seus sentidos com especiarias e outro aroma unicamente dele.

Ela respirou fundo para guardar seu cheiro na memória.

— Não se for para proteger a moça.

Sem dizer uma palavra, ele a guiou para o outro lado do salão.

Elegante e pequena, com cabelo castanho e olhos brilhantes, Janette Fallon lançou um sorriso luminoso para seu enteado. Ela não parecia ter idade o bastante para ter sido mãe de Daniel por mais de vinte anos.

Ele se curvou e beijou sua bochecha, e a adoração que nutriam um pelo outro cintilou em seus olhos.

Se ela nunca se casasse, nunca teria um filho que olharia para ela dessa forma. Seu sangue esfriou, e ela fechou os olhos contra a onda de angústia. Engoliu em seco, respirou fundo, e afastou tais pensamentos.

— Mãe, eu gostaria que conhecesse a senhorita Sophia Braighton. Senhorita Braighton, esta é a minha mãe, Lady Janette Fallon. — O sorriso dele aqueceu e seu olhar suavizou enquanto as apresentava.

Lady Marlton a encarou por tanto tempo que a jovem se conteve para não demonstrar inquietação. Seu olhar não era desagradável, e um pequeno sorriso permaneceu em seus lábios enquanto avaliava Sophia da cabeça aos pés.

— É um prazer conhecê-la, senhorita Braighton.

— Obrigada, Lady Marlton. É uma honra estar aqui.

Os olhos de Janette se arregalaram.

— Você é americana. Acabou de chegar em Londres?

Foi Daniel quem respondeu:

— A senhorita Braighton é sobrinha-neta da Lady Collington, mãe.

— Entendo. — O sorriso de Janette se iluminou. — Eu me lembro que sua tia tem um sobrinho que partiu para a América no ano em que fiz minha estreia. Ele era casado com uma garota italiana adorável. Também me lembro que Charles Braighton fez uma boa fortuna em transporte marítimo. É seu pai, senhorita Braighton?

Ela adorou encontrar que alguém conhecia seus pais. Era quase como se eles estivessem aqui.

— Sim, minha senhora. Meus pais e meu irmão ainda estão na Filadélfia.

— Você tem um irmão? Que maravilha. — Agora seus olhos estavam radiantes, a mamãe casamenteira vindo à tona. — Ele é mais velho ou mais novo que você, minha querida?

— Mãe, Cissy está estreando em sua temporada esta noite. Não a mande para a América tão cedo.

Sophia deu uma risadinha.

— Anthony é mais velho, mas apenas um ano. Temo que ele ainda não esteja muito pronto para o matrimônio.

Ainda sorrindo, Janette deu de ombros.

— Talvez um pouco jovem demais para Cissy, mas nunca se sabe.

— Mãe, a senhora é incorrigível.

Ela franziu o cenho, porém os olhos ainda cintilavam em divertimento.

— Eu sou uma mãe com dois filhos solteiros. É completamente normal tentar encontrar para eles parceiros adequados. Na verdade, seria negligência da minha parte se eu não o fizesse.

Ele sorriu para ela.

— Talvez, mas é a forma descarada como lida com isso que é enfadonha, querida mãe.

— Por que eu não deveria ser desavergonhada? Se eu não for, então o que será da minha filha? — O lamento fora acompanhado por uma risada de Daniel.

Ele inclinou a cabeça para o lado.

— Aqui está a pirralha agora. Tenho certeza de que a senhorita Braighton entende por que a senhora está tão preocupada. Como iremos conseguir que ela se case?

A garota que se aproximou era pequena como Janette, com o mesmo cabelo e olhos. Sua pele era clara e imaculada, e ela tinha um narizinho arrebitado e um queixo forte. Para uma garota de cerca de dezesseis anos, ela andava com uma confiança resoluta. Assim que viu Daniel, seus olhos se iluminaram. Sua alegria a deixou ainda mais linda enquanto o abraçava e beijava.

— Você veio. Estou tão feliz.

— Eu não perderia sua estreia, querida.

Sophia pensou na expressão de seu próprio irmão quando descobriu que ela tinha planos de nunca se casar. Ele ficou chateado e decepcionado que ela tivesse se recusado a cumprir seu dever. No entanto, não poderia contar a ele o motivo, pois tinha medo do que ele poderia pensar dela, ou pior, de que decidisse fazer algo imprudente e se meter em problemas. Não, era melhor que o irmão não soubesse, mesmo que significasse que ele a considerava desobediente e teimosa.

O carinho dos Fallon a fez ansiar para ver seu próprio irmão e implorar por seu perdão.

Daniel fez as apresentações, mas Sophia estava a quilômetros de distância em seus próprios pensamentos e voltou a si quando ouviu seu nome sendo repetido.

— Desculpe-me. É um prazer conhecê-la, senhorita Fallon.

Lady Marlton encarou a jovem, com a cabeça levemente inclinada para o lado.

— Você deve sentir muito a falta de sua própria família, não é mesmo?

A intuição da mãe de Daniel a surpreendeu. Era isso ou todos podiam ler seus pensamentos como Thomas dissera.

— Eu sinto, mas minha tia tem sido maravilhosa, e estou gostando imensamente de Londres.

— Gostaria de saber se você e sua tia viriam para o chá amanhã... — Lady Marlton sondou.

Sophia tentou esconder o choque perante o convite, respirando fundo e relaxando o semblante.

— Terei que verificar com Lady Collington, mas acho que não estaremos ocupadas com outra coisa. Seria um prazer para nós. Obrigada.

— Até amanhã então, senhorita Braighton. Cecilia, eu gostaria de lhe apresentar ao Lorde Hadlington. — Com isso, a mãe de Daniel afastou-se com a filha em seu encalço.

— Sim, mãe. — Cissy a seguiu, revirando os olhos, mas o sorriso nunca vacilou.

— Elas são muito simpáticas — Sophia comentou.

— Concordo. Devo devolvê-la a sua tia, senhorita Braighton, ou estaria disposta a caminhar pelos jardins comigo?

Sua voz suave e suplicante quase a fez aceitar seu convite.

Dory e Elinor apressaram-se pelo salão com as saias flutuando como duas velas de navios nas cores rosa-claro e azul-celeste.

— Que baile maravilhoso. Sua mãe se superou, meu senhor. — Elinor transbordava de entusiasmo.

Ele curvou-se para as duas moças.

—Direi isso a ela, senhorita Burkenstock. Com licença, meninas. Talvez uma outra hora, Srta. Braighton. — Ele fez uma mesura, segurou sua mão e a beijou.

Seu coração retumbou tão violentamente que talvez precisasse se sentar.

E então ele se fora.

— O que foi isso? — Dory exigiu saber.

Sophia balançou a cabeça.

— Nada. Ele apenas me apresentou à mãe e à irmã. Elas são adoráveis. A senhorita Fallon é tão bonita que tirou o meu fôlego.

Dory entrecerrou o olhar.

— De fato.

— Você viu *Sir* Michael? Pensei que ele estaria aqui, já que ele e o Lorde Fallon são bons amigos. — As palavras de Elinor saíram apressadas.

— Como nunca o vi, eu não o reconheceria se estivesse aqui nessa multidão — Sophia salientou.

Elinor animou-se e os cachos loiros balançaram.

— Sim, isso é verdade. Ele poderia estar aqui e eu apenas não o vi ainda. Talvez eu dê uma volta pelo salão para ver se o encontro. Vocês duas se juntarão a mim?

Sem conseguir escapar, as duas garotas concordaram em caminhar pelo salão em busca de *Sir* Michael. A missão não foi bem-sucedida, mas as três conseguiram preencher seus cachês de dança.

Uma hora depois, Sophia dançou com Thomas Wheel.

— O que aconteceu com a noiva do Lorde Fallon?

Thomas franziu o cenho.

— Talvez esta seja uma pergunta a ser feita ao conde.

— Ele não quis me contar — ela admitiu.

— Então também não lhe contarei.

Sophia sabia que deveria deixar o assunto de lado, porém continuava incomodada.

— Por quanto tempo eles ficaram noivos?

Ele suspirou.

— Quase seis meses. Faltavam apenas duas semanas para o casamento.

— Isso é horrível. Quem rompeu o compromisso? — Ela parou de dançar, e Thomas a puxou.

— Não perca o passo, senhorita Braighton.

Ela gostava de Thomas. Ele era verdadeiro e sincero quando a maioria das pessoas apenas fingiam.

— Sr. Wheel, seria terrivelmente inapropriado se nós nos chamássemos por nossos nomes próprios? Gosto muito de você, e realmente acho que seremos bons amigos.

— Mas nada mais... — Sua voz soava triste, no entanto, ele manteve o sorriso maroto no lugar.

— Temo que, embora goste de você, eu nunca lhe corresponderei com esses tipos de sentimentos, Sr. Wheel.

— Uma pena. Chamar-nos por nossos nomes de batismo é completamente inapropriado, porém sempre que estivermos longe do alcance dos ouvidos da elite, insisto que me chame de Thomas ou Tom, e eu sempre lhe chamarei de Sophia.

— Excelente!

A dança terminou e os dois seguiram calmamente até a lateral do salão, onde ele pegou dois copos de limonada.

— Foi ele, não é mesmo, Tom? Ele rompeu o noivado.

Ele assentiu.

— Por quê? — Sua voz saiu suave, a fim de que ninguém ouvisse a conversa. O ruído era tão alto na festa que havia poucas chances de alguém a trinta centímetros de distância escutar uma palavra sequer. Centenas de pessoas conversavam, discutiam e riam. A banda tocava e o retumbar dos pés dos dançarinos dificultava bastante ter uma conversa particular.

Thomas deu de ombros.

— A honra da dama fora questionada.

Sophia enrijeceu.

— Entendo.

— É mesmo? — Seu sorriso maroto retornou.

Ela o encarou.

— É claro. Alguém alegou que a jovem fez algo e todos acreditaram. Assim, a reputação dela foi arruinada e o conde rompeu o noivado para salvar a própria reputação. É muito claro para mim.

Ele arregalou os olhos e deu um passo à frente.

— Sophia, você está enganada. Não posso entrar em detalhes, mas sua amiga, Dory, estava lá na época. Acho que se perguntar, ela poderá lhe dizer mais.

Ela ouviu sobre Daniel Fallon o bastante para uma vida inteira. Endireitou a postura, aliviada por encontrar um defeito no homem, mas, ainda assim, seu coração se apertou.

— Tenho certeza de que isso não será necessário.

A próxima dança teve início, e ela foi levada por outro cavalheiro.

CAPÍTULO

V

O jardim estava fresco e silencioso. Sophia convenceu Elinor a se juntar a ela para uma caminhada, pois precisava se afastar da multidão e do barulho para pensar. A ideia de que Daniel rompeu o noivado porque questionara a honra de sua noiva continuava a girar em sua mente. Como Daniel pôde não estar ao lado dela quando mais precisava dele? Ele não era melhor do que qualquer outro homem. Era quase um alívio saber seu verdadeiro caráter, assim ela não teria mais dificuldade em dissipar seus sentimentos por ele.

— Ainda não tinha estreado quando o conde estava noivo. Sei apenas dos rumores — Elinor disse.

— E quais são os rumores? — A raiva de Sophia inflamou-se.

Elinor estremeceu na mesma hora, e a jovem americana se compadeceu.

— Esqueça, Elinor, você não precisa me contar.

— Eu odeio boatos. — O tom choroso de Elinor pareceu muito mais o de uma garotinha do que o de uma moça. — Eles são frequentemente exagerados e nenhum de nós sabe, de fato, a verdade. Bem, exceto aqueles que estão envolvidos.

— Sim, é claro, você está certa.

Os arbustos se agitaram à direita. Um jovem rapaz as observava.

Seu coração parou de bater por um segundo e ela segurou o braço de Elinor, pronta para puxá-la e correr em direção à casa.

Ele surgiu à vista assim que seus olhares se encontraram. Ao se curvar em cumprimento, a claridade incidiu sobre o cabelo escuro e olhos azuis-claros. Suas roupas refinadas estavam amarrotadas e havia uma folha presa em seu ombro.

— Perdoem-me, senhoritas.

— Michael — Elinor sussurrou.

Sophia se acalmou um pouco. Pelo menos isso não era algum tipo de ataque.

— Eu estava esperando até que pudesse conversar com a senhorita Burkenstock a sós. Espero não ter lhes assustado. — Flexionou as mãos enquanto alternava seu peso de um pé para o outro.

Elinor enrubesceu e os olhos marejaram.

— Devo ir embora, Elinor? — Sophia perguntou.

Elinor olhou para ela como se tivesse acabado de se lembrar que estava acompanhada.

— Obrigada, Sophia.

— Tem certeza de que ficará segura? — Sophia lançou um olhar severo ao *Sir* Michael.

Ele sorriu.

— Você tem minha palavra de que não farei mal algum a ela.

— Elinor?

— Eu ficarei bem.

Sophia assentiu e se afastou, olhando para trás apenas uma vez para ver os dois se encarando com saudade.

A jovem deixou o casal apaixonado, torcendo para que tivesse feito a coisa certa. Seria um desastre se ambos fossem descobertos. Elinor nunca se recuperaria de um segundo ato de imprudência.

Ela caminhou e admirou o jardim iluminado pelas tochas, maravilhada com a elegância e grandiosidade do lugar. A lua cheia e o tempo agradável tornaram a noite particularmente clara, nada parecido ao clima sombrio e chuvoso que sua mãe descrevera.

Um lindo chafariz exibia diversos querubins; deslumbrantes rosas amarelas se espalhavam por toda parte. Ela se ajoelhou e inspirou a doce fragrância antes de ouvir passos. Ao erguer a cabeça, Daniel se materializou do nada como sempre parecia fazer.

— Você irá estragar o seu vestido. — Ele se aproximou e estendeu a mão. Ela hesitou antes de segurá-la, e depois se afastou.

— Obrigada.

— Você está zangada comigo de novo. — Não foi uma pergunta.

— Eu mal lhe conheço, meu senhor. Por que estaria zangada contigo? Não tenho motivos. — O eco das palavras de Thomas reverberou em sua mente.

— Não sei, senhorita Braighton, mas já que você é incapaz de não demonstrar os sentimentos em seu semblante, consigo ver claramente que está zangada.

Ela se afastou, irritada consigo mesma por não conseguir esconder suas emoções.

Ele a seguiu e colocou as mãos em seus ombros, roçando os dedos gentilmente sobre a pele do pescoço dela ao dizer:

— Não me lembro de ter feito algo para aborrecê-la esta noite. Nós não discutimos, e minha mãe gostou muito de você. O que foi que eu fiz? Você pode me dizer, e me esforçarei para consertar.

Por mais gentil que fosse seu toque, as calosidades de seus dedos a surpreenderam. Por que um conde estava executando algum tipo de atividade que deixaria suas mãos tão ásperas? Não era usual de um cavalheiro.

— Não quero que conserte nada para mim. Você não fez nada comigo e não tenho reclamações. Pode fazer o que desejar.

Seu coração disparou. Por que ele possuía esse efeito tão intenso nela? Sophia deu um passo para trás e tocou uma rosa amarela que subia por uma treliça próxima.

Mais uma vez, ele se postou às suas costas, seu perfume inebriando seus sentidos. Então, seus lábios quentes lhe tocaram o pescoço.

Seu coração martelou e ela se esforçou para recuperar o fôlego.

— O que está fazendo?

Ele beijou mais acima de seu pescoço e colocou as mãos em seus quadris para puxá-la contra si.

— Não sei. Sempre que te vejo, perco todos os pensamentos racionais.

— Então talvez devêssemos evitar um ao outro. — Seus pés estavam congelados no lugar.

Ele a acariciou desde os quadris até pouco abaixo dos seios. A sensação de seu toque se alastrou por cada centímetro do corpo feminino, culminando entre as pernas. Ela nunca sentira algo tão maravilhoso e assustador em sua vida. Estava com medo, mas não o impediu. Na verdade, queria mais, mais de Daniel e mais de seus beijos.

— Você está certa, é claro. Este é o meu outro problema. Parece que não consigo ficar longe. — Ele traçou a borda do vestido com os lábios, espalhando beijos ao longo da linha que tocava seu ombro, e empurrou o tecido para o lado. A mão máscula se esgueirou ao redor da cintura delgada até que a palma estivesse totalmente apoiada contra sua barriga.

Ela não conseguia respirar ou pensar. Em três anos, nunca se permitiu ficar a sós com um homem. Isso era um erro. Ela deveria ir embora. Ele era tão cálido, seguro e parecia tão certo estar em seus braços. Seguro? Um pensamento louco para ter sobre um homem.

Ele a pressionou com mais firmeza contra o corpo rijo. Ela podia sentir sua excitação através dos tecidos que os separavam. Sophia segurou o fôlego, sentindo uma pressão comprimir seu peito. Não havia nada de seguro e reconfortante sobre essa cena no jardim. A realidade desabou sobre ela, fazendo-a estremecer e recuar.

— Não.

— Sophia, não há motivos para temer. Eu nunca a machucaria. — Ele deu um passo à frente.

— Fique longe de mim. — Ergueu as mãos como se isso pudesse protegê-la. Ela tinha que fugir, precisava se afastar dele.

Ele parou.

— Não vou te machucar. Não irei te tocar se não quiser.

— Apenas fique longe, Daniel.

— Não avançarei mais, Sophia, mas se não olhar por onde anda, você acabará caindo no chafariz e, então, nos veremos, realmente, em uma situação complicada.

Ela olhou para trás, vendo que ele dizia a verdade.

— Você quer me dizer por que está com medo de mim?

Ela balançou a cabeça em negativa. Dizer a ele a verdade não era uma opção; sua garganta estava apertada com a emoção.

— Que tal me contar por que estava tão zangada comigo há pouco tempo?

Nada que ela pudesse dizer faria sentido. Ela balançou a cabeça outra vez.

— Sinto muito por ouvir isso. Espero que mude de ideia em algum momento, mas até lá, talvez seja melhor você voltar para o salão. — Sua voz era suave e gentil, como se estivesse falando com uma criança perdida.

Sim, o salão seria seguro. Ela passou pelo conde e se apressou em direção à casa. Chegou a dar vários passos antes de se virar.

Daniel agora se encontrava sentado no banco próximo ao chafariz com a cabeça apoiada entre as mãos. Ela queria reconfortá-lo. Ele não era diferente de qualquer outro homem. Nenhum deles era confiável. Então saiu correndo dali.

Quando chegou ao terraço, sentou-se em uma mureta e respirou fundo algumas vezes. Era incompreensível que ela tivesse permitido tais liberdades a um homem. Ela ajeitou o cabelo, se levantou, arrumou o vestido e entrou no salão de festas dos Fallon. Em seguida, procurou por Elinor, Dory ou tia Daphne, qualquer rosto amigável em meio ao mar de desconhecidos.

Alguém esbarrou nela e depois segurou seus braços. Virando-se para se desculpar, deparou com Alistair Pundington, a única pessoa que ela realmente odiava. Ele a encarou com um olhar raivoso e um sorrisinho perverso.

— Sophia, que surpresa vê-la aqui em Londres.

Um arrepio percorreu sua coluna. Vomitar no meio do baile iria arruinar sua reputação por completo.

— Sr. Pundington, estou igualmente surpresa. Se me der licença, preciso encontrar minha tia.

Alto e esbelto, seu perfume almiscarado encheu a mente dela de horror. Ele poderia estar mais velho, mas seu agarre na pele de Sophia fora forte o suficiente para deixar uma marca.

— Não se apresse, senhorita Braighton. Estou feliz por vê-la. Talvez possamos reavivar nossa amizade. Ficarei em Londres apenas por pouco tempo, mas eu faria valer a pena para você.

Ela engoliu a bile que subiu pela garganta.

— Não sou uma prostituta, seu porco. Fique longe de mim, ou farei você se arrepender de ter nascido.

Os olhos pequenos do homem estreitaram-se abaixo de suas espessas sobrancelhas grisalhas, mas ele riu. O som assombrava seus pesadelos. O hálito amargo pelo uísque a atingiu assim que ele se inclinou.

— O que você pode fazer comigo, garotinha? E eu te garanto, você não é melhor do que uma puta ordinária, apenas mais bem-vestida. — Ele rasgou a manga de seu vestido.

Com um arquejo, Sophia segurou o tecido. O pânico começou a tomar conta de seu corpo, fazendo-a procurar uma rota de fuga.

— Oh, querida, sinto muito. Como sou bruto. — Seu sorriso sarcástico fez o estômago dela revirar.

O demônio que roubou sua inocência tinha a aparência de um perfeito cavalheiro. Ninguém mais notara sua maldade.

— Senhorita Braighton, você está bem? — A voz de Thomas foi tão bem-vinda que ela relaxou pouco antes de se endireitar.

— Como sou desajeitada, acabei rasgando meu vestido. Você pode me mostrar o toilet feminino? — disse alto o bastante para que as pessoas por perto ouvissem sua desculpa. Ela esperava que seu tom de voz estivesse tranquilo e que as fofocas não alardeassem que fora mais do que um acidente.

— É claro. — Thomas estendeu o braço. Ele balançou a cabeça em um cumprimento. — Sr. Pundington.

— Sr. Wheel.

Quando estavam fora da vista do homem repugnante, Thomas sussurrou:

— Sophia, o que foi aquilo?

— Oh, Tom, por favor, não me pergunte isso. Apenas me leve para algum lugar onde eu possa ficar alguns minutos sozinha para me recompor. Você será meu amigo e fará isso por mim? — Ela estava à beira das lágrimas, e não queria ter que explicar nada. Como poderia? Não era possível.

— É claro. — Ele a conduziu até uma imensa porta dupla no corredor central e a abriu. A biblioteca mais se parecia a uma caverna enorme, as estantes do chão ao teto repletas de livros. Havia um conjunto de poltronas e um sofá dispostos no meio do cômodo, enquanto uma ampla mesa se localizava no canto oposto.

Thomas a guiou para o sofá, e ela se sentou. Sem perder tempo, ele sentou-se à sua frente, em uma das poltronas.

Sophia encarou o chão. Pundington estava em Londres. Era um pesadelo. Seu pesadelo ganhando vida.

Ele rompeu o silêncio:

— Devo ficar ou deixá-la sozinha? Você gostaria que eu encontrasse sua tia? Sério, Sophia, não tenho certeza do que fazer por você, mas quero ajudar. Tem certeza de que não irá me contar o que aconteceu lá com Pundington?

Ela balançou a cabeça.

— Tom, você se importaria em encontrar Dory para mim?

Ele assentiu e saiu apressado em busca de Lady Dorothea.

Ela não sabia quanto tempo permaneceu ali imóvel, encarando um único ponto do tapete ornamentado. Estava perdida nas lembranças horríveis de seu passado quando a porta se abriu. A jovem nem se incomodou em erguer o rosto.

— Oh, Dory, estou encrencada. Ele está aqui.

— Quem está aqui? — Daniel perguntou.

Ela levantou a cabeça de supetão.

O semblante do conde exibia um misto de surpresa e preocupação.

— Meu... meu... senhor. Eu... eu... sinto muito. É claro, esta é a sua biblioteca. Não quis me intrometer. Eu estava... apenas... descansando por um momento. — Ela se levantou e recuou.

— Sophia, você está realmente com tanto medo de mim, ou alguma coisa aconteceu depois do ocorrido no jardim? O que houve com seu vestido? O que quis dizer com aquilo quando entrei? Quem está aqui e em que tipo de problema você está? — Ele foi em sua direção.

— Não. — Ergueu a mão, como se estivesse se protegendo de um golpe.

Ele parou. Foi como se todo o ar tivesse saído do cômodo.

— Você acha que eu a machucaria? Desconfia tanto assim de mim?

A porta se abriu outra vez e Dory entrou, fechando-a logo atrás de si.

— Meu senhor, o que está acontecendo aqui?

Ele se virou para Dory.

— Não sei bem o que houve, mas é evidente que a senhorita Braighton está transtornada. Irei deixá-las a sós. Por favor, fiquem à vontade, e não se preocupem, pois não serão incomodadas. Eu cuidarei disso.

Ele se curvou e saiu da biblioteca.

Sophia não conseguia respirar. Seu coração estava na garganta e o estômago se revirava com as mesmas náuseas que enfrentou em mar aberto.

Dory se aproximou e perguntou suavemente:

— Sophia, o que aconteceu?

Era demais. Os joelhos da jovem cederam e ela caiu no chão.

— Oh, caramba. — Dory apressou-se e se ajoelhou ao seu lado. — O que raios está acontecendo? Marlton fez alguma coisa para te chatear?

— Não, ele... e depois... no jardim... eu entrei... e ele estava lá... e... rasgou meu vestido... — Ela não conseguiu continuar.

Dorothea entrecerrou o olhar.

— O Conde de Marlton rasgou seu vestido?

— Não, não foi Daniel. — Sophia chorou.

Dory ergueu as sobrancelhas.

— Quem foi então, querida?

— Alistair Pundington. — Mais lágrimas escorreram.

— Vamos nos sentar no sofá por alguns minutos. Você pode recuperar o fôlego, começar do início e me dizer exatamente o que aconteceu.

Suas pernas tremiam, mas ela se levantou com a ajuda de Dory. Ambas se acomodaram no sofá vermelho-escuro, em silêncio, até que a respiração de Sophia se acalmou, e ela conseguiu controlar a crise de choro.

— Alistair Pundington é o homem do qual te falei. Foi ele quem me violou — sussurrou, mas a voz estava firme. Ela estava determinada a ser corajosa.

Dory assentiu, com os olhos arregalados.

— Vá do começo, Sophia. Por que você estava com medo do conde?

Sophia contou a Dory sobre o encontro no jardim. Não mencionou Elinor e *Sir* Michael, no entanto, pois não pretendia trair a confiança da jovem. Também deixou de fora os toques mais ousados que permitira. Ela disse que não estava com medo no início. O medo surgiu depois, porém assim que ela o expressou, o conde parou com seus avanços e sequer sentiu raiva. Ela explicou sobre o terrível encontro com Pundington no salão e como o monstro havia rasgado seu vestido intencionalmente. Por fim, falou sobre Daniel encontrando-a na biblioteca.

— Mas o conde não queria te acertar. Você só estava com medo por causa do que havia acontecido no salão e reagiu erroneamente.

— Sim. — A palavra saiu em uma lufada de ar. Estava exausta.

Dory envolveu-a em um abraço reconfortante.

— Não se preocupe, querida, tudo ficará bem. Vou encontrar sua tia e dizer que você rasgou o vestido na maçaneta de uma porta e que gostaria de ir para casa. Já está tarde e todos estamos cansados. Ninguém suspeitará de nada. Agora, vamos dar uma olhada em você. — Ela alisou a renda do vestido para que parecesse menos amarrotado. Não havia o que fazer quanto à manga rasgada, então embutiu a borda do tecido e assentiu em aprovação.

— Seu penteado resistiu muito bem, considerando os eventos da noite. — Dory sorriu.

Sophia realmente achou graça disso.

— Obrigada, Dory.

— Isso é o que amigas fazem. Você precisa me emprestar sua criada para cuidar do meu cabelo. Essa moça é um prodígio. Tenho certeza de que todos os meus cachos estão desfeitos.

Dory estava tentando distraí-la, e fizera um trabalho excelente.

— Você está linda como sempre.

— Agora, espere perto da porta, pois irei atrás de sua tia e depois pedirei sua carruagem.

Sophia assentiu e abriu a porta.

O mordomo, um homem baixo e magro, com cerca de sessenta anos, estava do lado de fora. Ele fez uma longa reverência ao ver as senhoritas.

— Eu sou Fenton, minhas senhoras. Meu senhor pediu que eu esperasse aqui, caso precisassem de alguma coisa. — O homem ficou completamente imóvel, esperando por uma resposta. Ele era estiloso para sua idade. Fora atencioso da parte de Daniel deixar a biblioteca protegida.

— Você poderia solicitar a carruagem de Lady Collington, Fenton? — Dorothea perguntou.

Rigidamente, ele se curvou em uma mesura.

— É claro.

O homem se afastou, mas um segundo depois, um lacaio surgiu do nada e se postou ao lado de Sophia.

Dory ergueu uma sobrancelha e saiu em busca de Lady Collington.

CAPÍTULO

VI

O chá foi servido nas louças mais refinadas que Sophia já havia visto. Rosas amarelas foram pintadas à mão em cada xícara e pires, as porcelanas intactas, sem lascas ou arranhões. Estava inquieta na propriedade de Daniel, mas como ele não se encontrava ali, acabou ficando mais calma. A condessa serviu o chá enquanto Sophia manteve as mãos unidas em seu colo o tempo todo, esforçando-se ao máximo para não se remexer.

Depois de descansar pela maior parte da manhã, Sophia chegou à sala para o desjejum e a tia declarou que ela não estava apresentável e que deveria voltar ao quarto. Quando se juntou a ela para o almoço, não houve menção do que acontecera na noite anterior ou de seu estado naquela manhã.

— Está gostando de Londres, senhorita Braighton? — A irmã de Daniel, Cecelia, estava sentada na poltrona branca e dourada, completamente relaxada como se ela fosse uma das rosas do jardim.

Em comparação, Sophia sentia-se como uma grande tola desengonçada.

— Estou aqui há apenas uma semana, mas tem sido bastante interessante até agora.

— Quanto tempo você ficará? — Cecilia perguntou.

— Suponho que até minha tia se cansar de eu ocupar espaço demais em sua casa.

— Bobagem — Daphne resmungou.

Lady Marlton riu e bebericou seu chá.

— Cecelia, leve a senhorita Braighton para uma caminhada no jardim. O dia está magnífico e a jovem não viu os jardins à luz do dia. Eles são um tanto quanto adoráveis.

O coração de Sophia disparou e um nó se formou em seu estômago. Como Lady Marlton soube que ela esteve nos jardins à noite? O que mais ela sabia? Todas as outras mulheres exibiam expressões calmas. Talvez a condessa tenha presumido que todos no baile admiraram seus deslumbrantes jardins iluminados por tochas e lanternas.

— Você gostaria de vê-los, senhorita Braighton? — Cecilia perguntou.

— Não consigo pensar em nada que eu adoraria mais. — Mesmo enquanto dizia isso, temia qualquer lembrete da noite anterior.

Apesar de sua hesitação, o jardim a impressionou com sua beleza. Contudo, o abraço íntimo compartilhado com Daniel voltou à sua memória. Ela lutou contra o rubor quando chegaram ao grande chafariz no centro do jardim. Ela inspirou a doce fragrância das rosas, e o momento em que Daniel a beijou pela primeira vez a aqueceu de dentro para fora.

Ela pode ter se assustado no jardim, mas ele foi gentil e atencioso em sua biblioteca, dando-se até mesmo ao trabalho de mantê-la protegida até que sua carruagem chegasse.

As rosas amarelas brilhavam à luz do dia. Os galhos altíssimos rodeavam o chafariz; cada roseira era podada para manter um largo caminho no centro, enquanto outros quatro trajetos igualmente espaçosos levavam na direção ou para longe do foco do jardim. A água corria suavemente por entre as cubas de três níveis, e já que sua companhia mantinha um silêncio tranquilo, ambas se sentaram e desfrutaram do chilrear dos pássaros e da cascata de água.

— Estou sendo grosseira — Cecelia rompeu o silêncio.

— De forma alguma.

— Mamãe sempre briga comigo por ficar calada demais.

— Tem sido muito sereno e agradável apenas me sentar e pensar. A maioria das pessoas não consegue ficar em silêncio nem por um instante. Gosto de sua companhia, Lady Cecelia.

— Pode me chamar de Cissy.

— Então você deve me chamar de Sophia. Você se senta aqui fora com frequência? É um jardim maravilhoso.

— Adoro ficar aqui, mas nossa casa no campo é ainda mais bonita. Amo caminhar, e posso fazer isso sem uma acompanhante quando estamos lá. A propriedade de Daniel é enorme e ninguém nunca me incomoda. Gosto de levar um livro e encontrar uma árvore sossegada para me sentar. Londres é ótima, mas prefiro a solidão tranquila do campo. — O olhar de Cissy se desviou, e ela encarou o jardim com um leve sorriso e olhos meigos.

— Você ficará em Londres a temporada inteira? — Sophia lamentou um pouco por Cissy que, obviamente, sentia falta de sua casa no campo. Ela entendia o desejo de estar em outro lugar e não ser capaz de mudar a situação. Mesmo em uma cidade grande, as circunstâncias eram semelhantes às de uma prisão.

Ela sorriu alegremente.

— Pensei que ficaríamos. Esses eram os nossos planos para a minha primeira temporada, mas agora parece que retornaremos depois de um curto período.

— Oh? — A ideia de Daniel ir embora de Londres fez seu coração doer. Ela afastou o sentimento, mas ele corroeu a boca de seu estômago como se ela tivesse ingerido carne de carneiro estragada. Só porque sua mãe e irmã iriam embora, não significava necessariamente que ele as seguiria.

Cissy sussurrou:

— Mamãe está planejando uma festa na nossa propriedade no campo.

— Por que você está sussurrando? — Sophia perguntou, também sussurrando. Elas se entreolharam e riram.

— Não faço ideia, mas minha mãe estava sussurrando quando discutiu isso comigo. Normalmente, isso significa que ela quer esconder os planos do meu irmão por um tempinho. É provável que ela queira enganá-lo para ele se juntar a nós.

— O conde não gosta do campo? — Sophia conseguiu que a pergunta fosse neutra, e estava satisfeita consigo mesma por mostrar tão pouco interesse.

— Ele gosta. Na verdade, acho que prefere muito mais aquela casa. É a casa onde crescemos. Papai detestava Londres e só vinha à cidade por motivos políticos ou diplomáticos. Daniel gosta de cavalgar e caçar, mas não gosta de ser manipulado pela nossa mãe.

— Entendo. — Era engraçado pensar em Daniel, tão grande e forte, sendo mandado por sua pequenina mãe. — Sua mãe normalmente consegue o que quer? — perguntou.

— Sempre. Daniel não pode negar nada a ela ou a mim, por sinal.

— Tenho certeza de que você pede muito pouco ao seu irmão. Por que ele iria dizer não?

— De fato. — Daniel apareceu na entrada leste do chafariz.

Cissy saltou e correu para abraçá-lo.

— Estou tão feliz que você veio esta manhã.

Ele sorriu e beijou o topo da cabeça da irmã, mas manteve o olhar focado em Sophia.

— Eu queria te parabenizar por sua estreia espetacular noite passada. Você me deixou muito orgulhoso, Cissy.

— Obrigada. Foi um baile adorável.

Ele se inclinou para mais perto de seu ouvido e perguntou:

— O que a mamãe está tentando me convencer a fazer?

Cissy o acertou de brincadeira.

— Não me meta em problemas. Você terá que esperar e ver. Ela tem um plano, e não serei eu a estragá-lo.

Ele sorriu para a garota antes de dedicar sua total atenção em Sophia. Seu coração doeu ao pensar no que seu irmão estava fazendo e como estava indo na Filadélfia.

Sophia se levantou e fez uma reverência.

— Meu senhor.

Ele fez o mesmo.

— Senhorita Braighton.

— Sua mãe nos convidou para o chá. — Ela se apressou em explicar sua presença ali. Não queria que ele pensasse que estava lá para vê-lo.

— Sim, eu me lembro. Você está muito bonita esta manhã, senhorita Braighton. Presumo que tenha se recuperado do que quer que tenha lhe afligido ontem à noite.

Sophia espiou Cissy de relance que os observava com olhos arregalados. Ela usava um vestido branco bordado com pequenas flores azuis. O tecido era volumoso, sem revelar os contornos de seu corpo como o traje da noite anterior.

— Estou bem, meu senhor. Obrigada.

Cissy perguntou:

— A mamãe sabe que você está aqui, Daniel?

Ele pigarreou e afastou o olhar de Sophia.

— Dei uma passada na sala antes de vir lhes encontrar. Conversei brevemente com mamãe e Lady Collington.

— A senhorita Braighton e eu estávamos conversando sobre o campo e o quanto prefiro a reclusão e o silêncio à agitação de Londres.

Daniel assentiu.

— Senhorita Braighton, você também gosta do campo?

Ele não se aproximou ou disse qualquer coisa desagradável, mas, ainda assim, ela enrubesceu.

— Nunca estive no interior da Inglaterra, mas gosto do silêncio. Prefiro uma longa caminhada tranquila à atividade exigida na vida da cidade. Minha mãe nunca entenderá essa tendência à solidão. Ela ama festas, teatros e visitas domiciliares.

Cissy praticamente saltitou em concordância.

— Oh, eu concordo com você, senhorita Braighton. No campo, posso caminhar por quilômetros. Eu amo. Mal posso esperar para voltar. Embora, devo ir à Rua Bond e comprar alguns livros antes de voltarmos. Li tudo na biblioteca em Marlton, e os livros aqui na casa de Londres são na maior parte entediantes.

Daniel perguntou:

— Você irá atrás da última atrocidade da senhorita Radcliffe então, Cissy?

— Talvez. E não fale assim. Eles são extremamente divertidos, e também leio outros livros. Eu li todos os de Shakespeare. — Ela deu uma pequena bufada.

— É mesmo? Todos? — Sophia estava impressionada.

— Oh, sim. Passei um ano inteiro sem ler nada além de Shakespeare. Até mesmo algumas peças e sonetos menos conhecidos. — Cissy sorriu com alegria. — Você leu muitas obras de Shakespeare, senhorita Braighton?

Sophia negou com um aceno de cabeça.

— Apenas as peças comuns: Hamlet, Rei Lear, Romeu e Julieta e algumas outras.

— Cissy, você sabia que a senhorita Braighton é uma mímica talentosa? Eu mesmo nunca ouvi sua performance, mas sei de uma fonte segura que ela é bastante divertida.

Cecelia saltitou, batendo palmas eufóricas. Seus cachos saltaram junto, dando-lhe uma aparência muito mais jovial dos que seus dezesseis anos.

— Oh, por favor, senhorita Braighton, faça uma imitação. Quem você pode fazer?

Daniel cruzou os braços e ergueu as sobrancelhas.

— Você ficará ofendido, meu senhor?

Ele se curvou, a expressão serena.

Seu estômago revirou e encheu-se de nós, mas foi ele quem pediu. Em uma voz incrivelmente parecida com a do Conde de Marlton, ela disse:

— Os romances da senhorita Radcliffe são uma abominação, Cecelia. Eu lhe proíbo de ler tais bobagens. Irei lhe trancar no campanário por um mês se vir algum desses livros horrendos na minha casa.

Cissy riu tanto que precisou segurar sua barriga.

— Oh, isso foi maravilhoso. Se meu irmão algum dia me proibisse de fazer algo, tenho certeza de que ele teria falado exatamente assim. Agora imite minha forma de falar. Você consegue?

Sophia atendeu seu pedido.

— Eu amo tanto o campo e ler em paz e sozinha. Londres é entediante, mas eu estava lindíssima na minha estreia.

Cissy levou na esportiva tanto quanto Daniel e riu sem parar.

— Como aprendeu a fazer tal coisa?

— Eu sempre consegui fazer, mas suponho que aperfeiçoei tentando atormentar meu irmão, Anthony. Ele odiava quando eu o imitava quando éramos crianças. À medida em que fomos ficando mais velhos, seus amigos se divertiam com essa habilidade, então ele passou a tolerar. — Quanto mais ela pensava em seu irmão, mais sentia falta dele e de seus pais. Foi necessário um grande esforço de sua parte para não se fechar diante de sua nova amiga e de Daniel.

— Acho que é uma habilidade maravilhosa. Será que a cozinheira trouxe algum sanduíche? Estou com bastante fome. — Cissy começou a caminhar na direção da casa e depois se virou. — Você levará a senhorita Braighton de volta para a sala, Daniel?

Ele assentiu.

— Estaremos logo atrás de você.

Quando ficaram sozinhos, a timidez a inundou. Ela esfregou as mãos e depois cerrou os punhos para reprimir o hábito de nervosismo.

— Eu gosto da sua irmã. Ela é genuína.

— Ela é a melhor coisa que já aconteceu comigo. Eu a adoro demais. — Sua voz estava baixa e emocionada.

— Você está triste por ela ter crescido? — Deu um passo à frente.

— Ela cresceu com saúde e fará um bom casamento, espero. Eu só queria que as coisas não acontecessem tão rápido. Parece que foi ontem que eu tinha onze anos e ganhara uma nova irmãzinha. Lembro-me de voltar para casa da escola naquela primeira vez, depois que ela nasceu, e simplesmente encará-la em seu berço. Fiquei completamente apaixonado por ela à primeira vista. Agora quando olho para ela, não consigo ver aquela criança de jeito nenhum.

— Sim, o tempo passa rápido demais — ela concordou.

— Quantos anos você tem, senhorita Braighton? Ou não tenho permissão para perguntar?

Ela deu uma risadinha.

— Você, certamente, não deveria perguntar, e eu tenho dezenove anos.

— Quando fez sua estreia?

Ela franziu o cenho.

— Por que pergunta?

O conde deu de ombros.

— Apenas curiosidade. Você não parece gostar do processo que envolve o mercado matrimonial. Eu te vi dançando no baile, mas não acho que seu coração estava ali.

— Meu coração? — perguntou, quase em um sussurro.

— Há alguém na América para quem está esperando retornar?

Mais do que qualquer coisa, ela queria mentir. Ela poderia mentir e dizer que estava loucamente apaixonada por um homem na Filadélfia e então ele a deixaria em paz. Talvez uma fofoca circularia e todos os homens de Londres a deixariam em paz. Entretanto, quando olhou no fundo de seus olhos azuis, só enxergou a sinceridade que havia ali, e enganá-lo fora impossível. Ele parecia realmente preocupado. Mas... por quê?

— Não. Não há ninguém. Estou na sociedade há três anos, meu senhor.

— Ontem à noite você me chamou de Daniel.

Calor irradiou por seu corpo inteiro.

— Isso foi ontem à noite. Hoje recuperei meu bom senso. — Ela caminhou até a beirada do chafariz e mergulhou os dedos na água fria.

— Lamento ouvir isso. Gostei bastante da forma como soou. — Seu hálito fez cócegas logo atrás da orelha de Sophia.

Ela congelou no lugar, sem saber se queria que ele a tocasse ou não. Bem, isso não era totalmente verdade. Uma parte dela estava desesperada por seu toque. Porém, seu bom senso lhe disse para manter distância.

Em todo caso, ele não lhe encostou um dedo. Em vez disso, Daniel se afastou.

— Agora que não está tão transtornada, gostaria de me contar o que aconteceu ontem à noite, após sair do jardim?

— Eu queria que não me perguntasse isso. Não desejo lhe contar e prefiro não mentir para você. Seria melhor se não perguntasse.

Ela olhou por cima de seu ombro. Não sabia se ele estava com raiva, mas não gostou da forma como suas sobrancelhas se uniram ou de como seus lábios se contraíram.

— Sophia, seu vestido estava rasgado, você estava claramente perturbada e seja lá o que houve, aconteceu na minha casa. Não posso tolerar qualquer violência ocorrendo na Mansão Fallon. Insisto que me conte.

— Ainda assim, não desejo conversar sobre isso. E como um cavalheiro, você não deveria insistir no assunto. — O pânico fez com que o timbre de sua voz soasse mais alto. Ela tentou se obrigar a relaxar, mas seus ombros tensionaram e ela estremeceu. Ele poderia insistir, e então o que ela faria?

A expressão dele suavizou.

— Muito bem. Você irá ao menos me dizer se o que aconteceu entre mim e você no jardim foi o motivo de sua consternação? Seria difícil suportar a verdade, mas tenho que saber.

Ela encarou seus olhos aflitos.

— Não, Daniel. Não foi você.

Nenhum dos dois se moveu por um longo tempo, apenas ficaram encarando um ao outro.

Daniel se recompôs.

— Vamos ver se há sanduíches?

Ela entrelaçou o braço ao dele enquanto voltavam à casa para o chá. O calor do corpo másculo irradiou através das roupas de ambos, aquecendo a pele abaixo do tecido. Em seguida, se espalhou para todas as direções. Fora necessária toda sua força para evitar tropeçar conforme entravam na casa. Ele não falou, mas ela queria desesperadamente saber o que se passava em sua cabeça. No entanto, era covarde demais para perguntar.

— Oh, Daniel, aí está você — Lady Marlton disse. — Decidi fazer uma festa em casa.

— É mesmo, mãe? — Ele se recostou ao batente da porta e cruzou um pé sobre o outro.

Sophia contornou uma mesa de madeira toda entalhada e o sofá bordado em fios de ouro, e depois se sentou perto das outras mulheres.

— Sim. — Assentiu e lhe lançou um olhar que dizia: "não ouse ser condescendente comigo". — Será por uma semana no campo, e acho que devemos ir na próxima sexta-feira.

— Nós... Quem, exatamente, somos "nós"?

Janette deu um sorriso meigo.

— Bem, para começar, sua irmã, você, eu, vários outros amigos, Lady Collington e sua adorável sobrinha, é claro. Acho que você deveria convidar Thomas Wheel e *Sir* Michael. Convidarei também Lorde Flammel e sua família. Você era bastante próximo do filho, não era? Acho que convidarei ele e sua nova esposa. Eles moram bem perto de Marlton. Tenho que pensar no restante dos convites, mas garanto que será uma excelente festa.

— Não tenho dúvidas, mãe.

CAPÍTULO VII

A maior parte da elite estava em um baile ou em outro. A chuva enlameou as ruas, mas isso não impediria as mamães casamenteiras de exibirem suas filhinhas para os solteiros cobiçados da temporada. Portanto, enquanto o mercado matrimonial prosseguia, Daniel e Thomas se encontravam escondidos em um jogo de cartas no White's.

As cortinas pesadas, revestimentos de madeira e fumaça de charutos eram muito mais atraentes às suas sensibilidades viris. O White's era uma excelente rota de fuga dos horrores do mercado matrimonial. Apesar de suas boas intenções, os pensamentos de Daniel se voltaram para a cor do vestido que Sophia poderia estar usando naquela noite. Ela deixaria o cabelo preso, com apenas alguns brilhantes cachos escuros pendendo sobre os ombros? Ou os fios sedosos cairiam suavemente ao redor de seu rosto deslumbrante? Ele esperava que estivesse solto, cobrindo aqueles ombros tentadores. Ele a beijou ali e não queria compartilhá-los com qualquer outro homem. Na mesma hora, sacudiu a cabeça para afastar tais pensamentos insanos. Talvez ele desse uma passada um pouco mais tarde lá para conferir por si só.

Pensar em Sophia e o baile o fez se recordar de sua óbvia aflição na biblioteca na noite do baile de Cissy. Seu estômago se apertou. Ela estava tão pálida quando a encontrou. Por que ficou tão aliviada ao ver a amiga? Seria por que estava com medo de ficar a sós com ele ou tinha algo mais acontecendo? Ele tinha certeza de que ela não estava tão transtornada no jardim. Assustada pela intimidade entre eles, sim, mas seu terror na biblioteca era algo diferente. Ela afirmou que não fora ele a causa de sua angústia, porém não lhe contou o que aconteceu. Era enlouquecedor.

Thomas acabara de pedir conhaque, o que era um aviso imediato de que ele estava com péssimas cartas na mão. Embora somente Daniel percebesse. Depois de jogarem cartas juntos desde os doze anos, Thomas não conseguia enganá-lo.

— Tem espaço para mais um aqui? — Alistair Pundington perguntou.

Com o dobro da idade dos outros, ele ainda se vestia como um jovem elegante com um colete amarelo e uma gravata branca. Daniel e Thomas preferiam um estilo muito mais simples para si mesmos, mas o nó elaborado das gravatas estava na moda naquela temporada.

— Estamos apenas terminando essa rodada. — Lorde Frederick Brooks era um barão corpulento que bebia demais e jogava mal as cartas. Já devendo cem libras, ele raramente usava o bom senso e parava de jogar até perder dez vezes essa quantidade. Suor escorria abundantemente de cada poro e o pouco cabelo que ainda restava em sua cabeça estava úmido e bagunçado. Ele parecia ter acabado de sair de uma briga, mas o sujeito azarado fez isso consigo mesmo como o fazia frequentemente quando jogava sem pensar.

Pundington sentou-se e esperou a rodada terminar. Daniel puxou do centro da mesa o que ganhara enquanto Miles Hallsmith negociava a próxima partida.

Miles era um rapaz de boa índole que estudou em Eton com Daniel e Thomas. Era o terceiro filho de um visconde, mas não parecia se importar com sua posição mais baixa na aristocracia. Seu pai lhe dava uma excelente mesada e, em troca, ele administrava as propriedades da família. O irmão mais velho não estava qualificado a fazê-lo, então Miles agia como uma espécie de secretário, com o que ele também não parecia se importar. Com o cabelo muito ruivo e sardas, havia um senso de tranquilidade sobre Miles que agradava a Daniel.

— Oh, muito bom, Hallsmith. — Brooks estufou o peito como um pombo e admirou suas cartas, bebendo mais de seu conhaque.

Thomas balançou a cabeça.

— Freddy, você sabe que dizer que está com sorte nesse jogo é desaconselhável, não sabe?

Brooks deu uma risada silenciosa e continuou gargalhando para suas cartas, arrumando-as à sua maneira como se elas fossem fazer mais sentido se acaso as movesse apenas mais uma vez. Contudo, quando isso não ajudou, ele as organizou de novo, tudo isso enquanto bebia e ria.

Quando as apostas começaram, Thomas perguntou:

— Quando chegou em Londres, Pundington? Pensei que estivesse no continente.

A voz de Thomas não soou tão cordial. Normalmente, ele era um cavalheiro simpático, então o fato de ele beirar a grosseria fez os pelos da nuca de Daniel se arrepiarem.

— Cheguei ontem. — Pundington enrolou o longo bigode em volta de seu dedo indicador. — Fiquei surpreso ao ver a sobrinha de Lady Collington noite passada. Aquela velha é tão rígida em suas regras, então pareceu estranho ela acolher aquela lá.

Agora o homem havia ganhado a atenção total de Daniel.

Entretanto, foi Thomas quem disse:

— Não sei do que está falando, Pundington, mas considero a moça uma amiga e é melhor você proceder com cuidado.

Alistair continuou enrolando o bigode, o sorriso o fazendo parecer um lobo arreganhando os dentes.

— Oh? Ela é muito conhecida. Coisinha bonita. Mas é uma grande decepção para a família.

— Como assim? — Brooks perguntou, bebericando outro gole de conhaque.

Os dedos de Daniel estavam agarrando as cartas com tanta força que as pontas amassaram. Sua outra mão estava cerrada embaixo da mesa. Ele não sabia se escutava ou dava uma surra em Pundington.

— Você não era sócio do pai dela? — Thomas perguntou. — Acho que me lembro de ouvir que a parceria acabou mal poucos anos atrás.

Pundington gesticulou a mão com descaso para o comentário.

— Uma separação amigável depois de muitos anos juntos. Nós dois fizemos uma boa quantia, devo acrescentar.

Houve mais uma rodada de apostas.

— Você não está atrás daquela pirralha, está, Wheel? Eu o desaconselharia, se quer ter certeza de que seus herdeiros são realmente seus. — Pundington deu um sorrisinho e pediu uma carta.

Daniel era muito hábil em manter os sentimentos para si mesmo. Seu estômago revirou, e uma raiva incandescente se acendeu dentro dele, com o desejo de extravasá-la em Pundington e em todos os outros à mesa.

— Você está indo longe demais, Pundington. Sugiro que não diga mais nada sobre a moça ou ficarei ofendido — Thomas ralhou, entredentes.

Alistair ergueu o rosto como se estivesse surpreso que alguém se importasse com o assunto.

— Não precisa perder a calma, menino. Eu mesmo possuí a garota. Não é como se eu estivesse contando histórias aleatórias.

Os quatro homens encararam Alistair.

Era demais. Como Daniel deixou isso acontecer de novo? Ele jogou as cartas na mesa, resistiu à vontade de arremessar a mobília longe, e saiu a passos largos do clube.

Miles o chamou:

— Marlton, seus ganhos. — Mas Daniel não o ouviu ou se importou.

Thomas levantou-se, olhando para o lacaio que estava próximo.

— Recolha os ganhos do conde.

— Sim, senhor.

— Sr. Pundington, sugiro fortemente que o que você acabou de dizer seja mentira. Não faço ideia do motivo para difamar a reputação de uma moça, mas não irei tolerar isso. Se ouvir você espalhando esse rumor para além desta mesa, você se verá comigo. Fui claro?

Pundington ergueu as sobrancelhas escuras.

— Perfeitamente. — Sua voz soou neutra e, talvez, levemente entretida.

Thomas coletou seus próprios ganhos e se virou para ir embora, mas voltou-se outra vez.

— Se você algum dia me chamar de "menino" outra vez, irei atrás de você sem a delicadeza de um duelo adequado.

Seu próprio temperamento fervilhou, mas ele conhecia Daniel bem o bastante para saber que o Conde de Marlton estava perigosamente irado. Ele saiu do clube e pediu para seu criado levá-lo à casa do amigo.

Ao entrar na residência, marchou depressa até a porta da sala.

— Você saiu depressa, velho amigo.

— Não estou com paciência para companhia, Tom. — Daniel entornou um copo de uísque.

Thomas serviu-se também.

— Não acredite naquele velhote. Sophia é uma garota maravilhosa e não é capaz do que ele insinuou. Além disso, ela parecia amedrontada depois que deparou com desgraçado na sua casa.

— Amedrontada porque pensou que ele contaria seus segredos. — Bebeu outra dose de uma só vez.

— Eu lhe digo que é rancor. Houve um desentendimento entre Pundington e o pai dela. Eles tiveram uma longa parceria que acabou. Isso tudo é mentira.

Daniel sorriu, mas não havia nada agradável no gesto. O ódio em seu olhar preenchia o cômodo.

— Você pode acreditar em qualquer conto de fadas que quiser, Tom.

A senhorita não significa nada para mim e qualquer boato sobre sua virtude é irrelevante.

— Sim, estou vendo pela forma como você está apreciando seu belo uísque, que você não se importa.

— Pegue seu sarcasmo e vá para outro lugar. Eu tive o bastante para uma noite. — A capacidade de Daniel para a cegueira transcendia o bom senso. Ele estava cego.

Pressioná-lo não faria bem algum, então Thomas fez uma mesura mais acentuada do que o necessário.

— Como quiser, meu senhor.

Daniel bebeu outro copo de uísque e então arremessou o belo cálice de cristal do outro lado da sala, espatifando-o contra a superfície da porta. Em seguida, perdeu o equilíbrio e desabou no tapete oriental com um baque surdo.

Foi lá que seu mordomo o encontrou alguns minutos depois. E foi lá que deixara seu senhorio até a manhã seguinte quando o acordou ao abrir as cortinas pesadas.

— Bom dia, meu senhor. Está um lindo dia.

Daniel sentiu como se um elefante tivesse pisoteado sua cabeça. Ele se levantou do chão e entrecerrou os olhos contra a luz brilhante do sol que atravessava as altas janelas e refletia no belo revestimento de madeira de sua sala.

Talvez ele demitisse a empregada que poliu a madeira.

— Feche essas malditas cortinas, Sutter.

O mordomo recolheu o paletó de Daniel da cadeira e o sacudiu.

— Tomei a liberdade de trazer seu café da manhã para cá. Pensei que talvez fosse precisar de um pouco de comida depois que o uísque acabou ontem à noite.

— Você é um imbecil impertinente, Sutter.

— De fato, meu senhor.

Daniel cambaleou e depois sentou-se no sofá marrom-escuro. A bandeja de comida fez seu estômago revirar. Ele pegou o café e o bebericou. Sua mente clareou e os eventos da noite passada foram revividos depressa.

Uma criada removeu os vidros que caíram no batente da porta e outra estava limpando o chão e polindo a madeira onde seu copo de uísque acertara. Daniel repreendeu-se silenciosamente por ser um tolo. Ela não significava nada. Não era ninguém, apenas a filha de um comerciante americano, nada mais. Não valia nem o preço do vidro quebrado.

Levantando-se um pouco rápido demais, segurou a cabeça até que a sala parou de girar. Ele caminhou até a mesa, rabiscou um bilhete, dobrou e o entregou para seu mordomo. Por que ele se importaria com um rabo de saia barato da América?

— Sutter, peça para entregarem essa mensagem e faça com que o mensageiro espere uma resposta. Depois solicite um banho para mim; eu gostaria de usar meu paletó verde.

— Sim, meu senhor. — A resposta do mordomo fora estoica como sempre.

Na manhã seguinte, Sophia ainda não havia finalizado sua toalete quando tia Daphne irrompeu em seu quarto sem bater.

— Qual é o significado disto? — Lady Collington estreitou o olhar ferozmente na direção de Sophia quando largou o jornal matinal. Vários grampos de cabelo se espalharam e caíram no chão.

Sophia ofegou, mas conseguiu, com as mãos trêmulas, pegar o jornal e ler o artigo.

"Este jornalista está espantado por descobrir que uma certa Senhorita B, que está recentemente em Londres, não é nem de perto tão inocente quanto aparenta ser. Ela enganou a todos nós, até mesmo Lorde M e Sr. W."

O coração de Sophia saltou para a garganta. Ela engoliu em seco e deu um suspiro trêmulo.

— Marie, você poderia nos dar licença?

A criada saiu do quarto em silêncio, fechando a porta atrás de si.

— E então? — tia Daphne falou, entredentes.

Sophia respirou fundo.

— Alistair Pundington.

— O que tem ele? Homem horrível. Nunca entendi por que seu pai fez negócios com ele.

A jovem se levantou.

— Por favor, sente-se, tia. É uma longa história, e acho que não conseguirei contá-la se a senhora estiver em cima de mim.

A expressão de Daphne suavizou ligeiramente, os lábios franzidos relaxaram e ela se sentou na cadeira da qual Sophia acabara de sair. As mãos de Sophia tremeram, e as entrelaçou à frente. Ela presumiu que sempre era apenas uma questão de tempo depois que Pundington a viu no Baile Fallon.

— Alistair Pundington e meu pai frequentaram Eton juntos. Ele foi padrinho no casamento dos meus pais. Sempre que estava na Filadélfia, ele se hospedava em nossa casa. Anthony e eu o chamávamos de tio Alistair. Estreei em minha temporada após fazer dezesseis anos e tio Alistair nos visitou pouco tempo depois disso. Ele estava diferente nessa visita, e eu não sabia dizer o porquê. Uma noite, depois de me despedir da mamãe e do papai, segui pelo corredor para ir para a cama quando fui agarrada por trás e arrastada para o escritório do meu pai.

Lady Collington ofegou e cobriu a boca.

Sophia respirou fundo e secou a lágrima que escorria por sua bochecha. Ela estremeceu e sentou-se na beirada da cama.

— Tentei gritar, mas a mão grande que fedia a fumaça de charuto cobria meu rosto, impedindo a passagem do ar. Esperneei e me debati, mas de nada adiantou. Levou alguns segundos até que percebi que era o homem a quem chamava de tio, um homem a quem conhecia a vida inteira. Ele me bateu e rasgou meu vestido. Senti o cheiro de uísque em seu hálito. — Ela arquejou por ar, assim como fizera naquela noite. Havia mais para contar e tia Daphne merecia saber a verdade. Seu corpo estremeceu com a lembrança, mas ela precisava que Daphne entendesse. Sophia queria desesperadamente que um membro da família soubesse o que ela sofreu e não a culpasse por aquela noite terrível.

Ela obrigou-se a dizer as palavras odiosas:

— Ele me violou. Eu estava ferida, espancada e ensanguentada quando meus pais entraram e me encontraram deitada no chão, incapaz de falar ou até mesmo de chorar. Papai deu uma surra em Pundington, e quando ele ousou nos visitar no dia seguinte para pedir a minha mão, papai bateu nele de novo. Minha mãe apenas me abraçou e chorou. Eu não chorei. Meu coração estava morto e nenhuma lágrima surgia.

Sophia respirou fundo outra vez e secou as bochechas.

— Eu não queria participar da temporada na Filadélfia depois disso, e meus pais compreenderam por mais um ano. No ano seguinte, eles foram menos compreensivos e então no ano passado se tornaram bastante insistentes para que eu encontrasse um marido. Eu me recusei. Então, eles me impuseram a você, querida tia Daphne, e ainda não consigo evitar a mácula daquela noite. Sinto muito por ser uma decepção tão grande. Eu queria, sim, lhe deixar orgulhosa. — Sophia afastou mais lágrimas que ela gostaria que parassem de cair.

Daphne levantou-se, parecendo um pouco pálida. Ela caminhou até a cama e se sentou ao lado da sobrinha.

— Sophia, eu gostaria que seus pais tivessem me informado. Eu nem sabia que Pundington estava em Londres. Ouvi dizer que ele e seu pai não estavam mais fazendo negócios, e que ele estava no continente. Com todo o problema na França, ele, provavelmente, acabou de chegar. Eu não o vi no baile de Lady Marlton.

— Ele estava lá — Sophia afirmou.

— Isso deve ser vingança por ter se recusado a aceitar sua oferta de casamento. Pelo menos seu pai teve o bom senso de não o aceitar. Alguns teriam tomado o caminho mais fácil.

Sophia estremeceu.

— Eu o teria matado com minhas próprias mãos.

Daphne afagou seu joelho.

— Bem, graças a Deus não chegou a este ponto.

— Sinto muito, tia. Sei que planejou que eu encontrasse um marido e com esse artigo no jornal, será impossível. — Apesar da mancha em seu nome, alívio viera junto com o artigo. Sophia não seria mais o alvo de qualquer oferta de casamento agora.

— Bobagem — Daphne disse. — Mais difícil, talvez, mas, definitivamente, não impossível.

Sophia suspirou.

Daphne se levantou e colocou as mãos nos quadris.

— Sophia, você não tem que se casar.

— Não tenho?

Daphne balançou a cabeça.

— Não. Se escolher permanecer solteira, pode ser minha companheira aqui na Inglaterra. Quando eu morrer, deixarei para você uma pequena fortuna com a qual poderá viver confortavelmente pelo resto da sua vida. Tenho um pouco de dinheiro que herdei da família materna e um pequeno chalé, que não faz parte dos bens patrimoniais dos Collington. Ele não está vinculado e será seu, se assim desejar. Também estou bastante certa de que, apesar do desejo de seus pais de você se casar, seu pai lhe daria uma quantia, caso decida que uma vida de solteira lhe serve.

O fôlego que Sophia segurara por três anos jorrou de seu corpo, e ela relaxou pela primeira vez. Seus músculos doíam por causa da tensão. Seu coração subiu para a garganta e uma nova onda de lágrimas ameaçou desaguar. Sophia as conteve, não querendo estragar o momento ao chorar. Ela se levantou e abraçou a tia.

— Obrigada, tia.

— Eu, contudo, espero que você termine esta temporada. Não deixaremos que aquele monstro horrível nos arruíne perante a sociedade. Iremos ao teatro esta noite como planejado e você manterá a cabeça erguida e encarará a todos, direto nos olhos. Não deixaremos que ele vença. Você me ouviu, garota? — A voz de Daphne estava repleta de paixão. — O que aquele homem fez com você é crime. A sociedade pode não ver dessa maneira e as pessoas preferem jogar as coisas para debaixo do tapete, mas isso não quer dizer que ele não é um criminoso. Não iremos deixar que um criminoso domine nossas vidas nem por uma noite sequer.

Um pouco de sua euforia desapareceu. Sophia não estava tão entusiasmada.

— Como quiser, tia Daphne.

— Não serei intimidada por aquele demônio e você também não.

— Sim. — Deu um murmúrio quase inaudível. Ainda assim, tudo o que ela precisava fazer era aguentar a temporada e não haveria mais conversas sobre casamento. Ela se encheu de animação, deixando-a aturdida.

Daphne se sentou e segurou a mão de Sophia.

— Mas você sabe, Sophia, se não se casar, não terá filhos. Tem certeza de que é isso o que quer? — Aquele peso caiu sobre seus ombros. Nunca conhecer o amor de um bebê e vê-lo se tornar um jovem rapaz ou uma moça. Nunca ter alguém para chamá-la de mãe. Ela imaginou um garotinho com os olhos de Daniel encarando-a de um berço. Na mesma hora, afastou o pensamento.

— Não vejo como posso me casar. Não suporto a ideia de qualquer homem me tocando.

Com os lábios franzidos como se tivesse comido algo azedo, Daphne analisou o quarto antes de pousar seu olhar outra vez em Sophia.

— É um assunto complicado… o que acontece entre um casal.

— Suponho que sim.

— Mas não está na hora de agir com melindre.

— Não achei que estivesse fazendo isso. — Sophia quase riu.

— Você não, querida. Eu. Meu casamento foi arranjado pelo meu pai, mas seu tio-avô era um bom homem, e nós tivemos um ótimo casamento. Eu me sinto confiante em lhe dizer que sua experiência não foi normal. — Ela olhou pela janela antes de alisar seu vestido. — Se quisesse se casar e ter uma família, seu marido seria gentil com você.

— Como a senhora sabe? — Sophia não sabia para onde olhar. Nem mesmo sua mãe tocara no assunto e agora ela entendia o porquê.

— Eu certamente lhe encontraria um marido gentil e atencioso, talvez até mesmo alguém que fosse amoroso com você.

Daniel fora amoroso e, ainda assim, ela fugiu apavorada dele.

— Pensarei sobre isso, tia Daphne.

— Ótimo. — Daphne levantou-se. — Você pode descer para o café da manhã, e depois sugiro que descanse até a hora de se arrumar para a noite. Tenho certeza de que será exaustivo para você.

Quando saiu do quarto, esbarrou com a criada de Sophia.

— Muito leal, Marie.

— Sim, milady. — Marie fez uma reverência, e Lady Collington seguiu pelo corredor.

CAPÍTULO VIII

No teatro, não havia como se virar sem esbarrar em alguém. Sophia aguentou ser apertada em um espartilho e ter seu cabelo cacheado e trançado. O efeito fora impressionante. Seu cabelo escuro brilhava e o vestido dourado era maravilhoso. Ela parecia muito mais confiante do que se sentia. Entretanto, prometeu à tia e a si mesma que manteria seus sentimentos perfeitamente ocultos. Enquanto seguiam para o camarote dos Collington, ela sorriu, acenou e olhou para todos de cabeça erguida. Fizera um esforço especial para ignorar as pessoas cochichando por trás de suas mãos.

Quando Lady Pemberhamble deu um sorrisinho, ela caminhou até a fofoqueira de lábios franzidos.

— Como a senhora está hoje, Lady Pemberhamble? Acho que esta será uma noite única, não?

Lady Pemberhamble puxou sua peruca altamente polvilhada.

— Creio que deva ser, senhorita Braighton.

Sophia curvou-se.

— Aproveite a apresentação, senhora.

— Muito bem — tia Daphne disse.

Elas conseguiram chegar ao camarote sem incidentes. A parte mais difícil fora somente quando ela e tia Daphne esperaram no local sozinhas. As pessoas as observavam e não havia nada para distraí-la. A chegada de Elinor e da Sra. Burkenstock foi uma adição bem-vinda ao camarote. Sophia estava perto de enlouquecer até que a ajuda veio.

— Você está bem? — Elinor perguntou.

Sophia respondeu:

— Já tive dias melhores.

Elinor afagou sua mão.

— Vamos passar por isso juntas.

— Você nem quer saber se é verdade?

Ela inclinou a cabeça.

— Não é verdade, Sophia. Confesso que a conheço há pouco tempo, mas sei, sem sombra de dúvidas, que você é uma das melhores e mais sinceras pessoas que já conheci.

Sophia usou seu dedo enluvado para secar o canto do olho.

— Obrigada.

Dory chegou com sua mãe logo depois. Lady Flammel não ficou por muito tempo, porém, e pela expressão cerrada em seu rosto, ela não estava feliz com a insistência de Dory para permanecer no camarote Collington.

— Você recebeu um convite para a festa de Lady Marlton na próxima semana? — Dory perguntou.

Elinor balançou a cabeça com empolgação.

— Acho que recebemos. Não sei como vou convencer minha tia a não me obrigar a ir.

— Por que você não quer ir? É o convite da temporada. — Elinor a encarou, boquiaberta.

Dory apertou sua mão.

— Elinor está certa, sabe. Você deve ir ou insultará uma das mulheres mais influentes de Londres. Além disso, será um momento maravilhoso que passaremos juntas.

O teatro escureceu e o primeiro ato da peça começou. No escuro, era fácil ignorar as pessoas ao redor.

A peça era terrível, mas Sophia prestou atenção, de qualquer forma. Era sobre um homem que fora enganado a se casar com uma feiticeira que apareceu como uma linda donzela. Depois do casamento, ele descobriu que ela era uma velha bruxa. Ele fugiu, e ela lhe lançou uma maldição. Ela jurou que ele não encontraria amor a não ser que honrasse seus votos de casamento.

Ao final do ato, as luzes se acenderam.

Elinor transbordava de animação.

— Michael está aqui. Dory, venha comigo para vê-lo. Não posso ir sozinha.

Dory olhou para Sophia.

— Não tem problema, Dory. Vá com ela. Ficarei bem.

Lady Marlton chegou um instante depois. Ela, Lady Burkenstock e tia Daphne falaram baixinho sobre algo. Sophia não tentou ouvir o que elas estavam sussurrando. Era um tanto incrível que tia Daphne tivesse amigas que ficariam ao seu lado em momentos tão difíceis. Ela poderia chorar e beliscar seu braço para manter as lágrimas sob controle. A solidão caiu sobre ela como um cobertor quente.

Thomas chegou em seu camarote e se sentou ao lado dela.

— Tom. — Seu nome saiu em um suspiro rápido. — Estou tão grata por você estar aqui.

— Você está bem? Não acredito que ele conseguiu colocar aquilo no jornal. Eu o avisei.

— Você falou com Alistair Pundington? — ela perguntou, chocada.

— Não perca a calma, minha querida. Você não pode desmoronar aqui. Até agora, você conseguiu fazer uma ótima aparição. Estou impressionado, considerando como você normalmente demonstra cada emoção. Apenas continue assim pelo resto da sua vida e você ficará bem.

Os dois riram. Mas então a raiva de Sophia por Alistair e pela sociedade flamejou em seu interior. Ela endireitou a coluna e seus olhos se encheram de ira. Ela balançou a cabeça na direção da multidão que a observava para ver se ela daria algum sinal de que o artigo no jornal era verdadeiro.

— Não darei a eles a satisfação de vencer.

— Ótimo. Posso dizer que está muito bonita esta noite? Nunca vi alguém tão resplandecente.

— Você está flertando comigo, Tom?

— Você se importaria muito? — Ele se aproximou apenas um centímetro.

— É claro que não. Eu nunca te perdoaria se não o fizesse. — Ela deu uma risadinha apesar do nó em seu estômago.

— Vocês dois parecem estar se divertindo.

Tanto Sophia quanto Thomas se viraram na direção da voz de Daniel. Ele estava parado na entrada do camarote com uma linda mulher em seu braço. O conde sorriu como se estivesse tudo bem no mundo.

— Nós estamos — Thomas confirmou. — Você se juntará a nós?

Daniel negou com um aceno.

— Eu só queria apresentar a senhorita Braighton para minha amiga, Charlotte Dubois. A Srta. Dubois é o assunto em alta das óperas nesta temporada.

Sophia se levantou e fez uma reverência cortês para a loira maravilhosa grudada ao braço de Daniel.

— É um prazer te conhecer, senhorita Dubois. Espero ter uma oportunidade de ouvi-la cantar.

— *Enchantè*, senhorita Braighton, este é meu desejo também. — As palavras de Charlotte eram carregadas com um pesado sotaque francês.

— Bem, devemos ir, prometi à Charlotte que não perderíamos um instante da peça. — Daniel aninhou o rosto no pescoço da cantora, que deu uma risadinha.

Ele não apresentou sua cantora de ópera para a condessa ou para as outras mulheres que estavam presenciando a interação. Houve uma impressão de que as outras senhoras eram boas demais para conhecer a cantora, mas Sophia, não. Ela cerrou os dentes e manteve a expressão serena.

— Sinto muito, Sophia — Thomas disse, depois que Daniel saiu.

— Por que ele faria isso? — Ela não esperava uma resposta.

— Ele está extremamente interessado em você.

Sophia balançou a cabeça.

— Ele não está.

— Se você diz, mas por qual outro motivo ele traria uma mulher de reputação questionável até aqui para te conhecer?

— Talvez ele acredite que eu tenha um pouco em comum com sua cantora de ópera. — Suas palavras estavam repletas de amargura.

— Você não tem. — A voz de Thomas soou forte e confiante.

— Não. Eu acredito que não.

— Você deveria esquecer meu amigo e se concentrar em mim. Eu poderia facilmente me apaixonar por você, Sophia. Na verdade, estou meio apaixonado por você agora. — Ele abaixou a voz para um sussurro e seus olhos se enrugaram nos cantos.

— Você está falando sério, Tom? — O nó se apertou.

Seus olhos lindos cintilaram, e ela desejou que estivesse apaixonada por ele. Entretanto, quando olhava para Tom, não sentia o mesmo tremor no estômago de quando Daniel estava por perto. Quando olhava para Tom, ela via um amigo e nada mais.

— Eu não poderia estar falando mais sério.

Ela tocou sua mão.

— Decidi nunca me casar, mas se mudar de ideia, certamente pensarei em você.

— Você está me provocando. — Sua voz soou um pouco triste.

— Não… eu...

Ele ergueu a mão.

— Está tudo bem, Sophia. Eu sei que não me ama. Na verdade, tenho quase certeza de que você está tão apaixonada pelo meu bom amigo quanto ele por você. Tudo o que estou dizendo é, se você e Daniel não puderem ficar juntos, então você deveria me considerar. Sou rico e gosto muitíssimo de você, o que nunca disse a nenhuma mulher antes. Acho que seríamos bons amigos no casamento e não seria uma forma tão ruim de ter êxito na vida. Passar os dias com uma pessoa que considera um amigo não é tão terrível, é?

— Você não quer encontrar alguém que te ame e que você ame também? — Ela ficou lisonjeada com seu pedido e um pouco assustada, porque pensou seriamente. Ela não o amava e nunca amaria, mas deixaria seus pais e tia Daphne tão felizes vê-la estabelecida.

Ele riu.

— Nunca considerei isso. Devo me casar, mas sempre pensei que seria com alguém amigável e que poderia me tolerar. Agora vejo que talvez haja uma alternativa, se você me aceitar.

Ela esfregou as mãos. As malditas luvas se torciam de um lado ao outro.

— Devo lhe dar uma resposta aqui e agora?

— Não. Na verdade, acho que deveríamos esperar até o fim da temporada. Se Daniel não recuperar o juízo, então você deveria considerar minha oferta. Eu não gostaria de ficar no caminho do amor verdadeiro. — Ele riu, mas era um som inexpressivo.

Ela ergueu o rosto.

— Se o que disse sobre seu amigo é verdade, então não está arriscando sua amizade ao me cortejar?

Ele deu de ombros.

— Daniel é um tolo. Além disso, nossa amizade vem de longa data. Pode sobreviver a um casamento entre nós dois. Daniel ficará com raiva, mas, principalmente, de si mesmo.

— Você está falando sério. Pensou bastante nisso. — Ela supôs que ele estava brincando, mas Thomas ponderou sobre a ideia de se casar com ela.

Ele sorriu.

— Você deveria fechar a boca, Sophia. Por mais encantadora que pareça sentada aí me encarando boquiaberta, acho que a multidão está começando a notar. — Ela fechou a boca e logo depois as luzes se apagaram outra vez.

Thomas ficou para o segundo ato e Dory e Elinor voltaram. Era bom ter o apoio de tantos amigos. Todos os seus amigos na Filadélfia a abandonaram por conta dos boatos. Todos especularam e fofocaram sobre o motivo de ela ter rejeitado cada convite recebido. Sophia dificultou as coisas ao se tornar mais reclusa à medida em que o tempo passava.

Em apenas poucas semanas em Londres, ela fizera três amigos verdadeiros que a apoiavam agora.

No segundo ato, o marido retornou maltratado e solitário. Sob a pressão da maldição, ele foi incapaz de encontrar o amor que buscava tão arduamente. O homem escalou montanhas e atravessou mares procurando seu amor, mas, no final, encontrou apenas mais solidão, e estava morrendo de fome. A bruxa não o mandou ir embora como Sophia esperara. Em vez disso, ela o acolheu em casa depois de anos de ausência. Ela o alimentou, deu-lhe banho e lhe entregou roupas novas. Ela o deixou dormir por três dias para se recuperar de sua jornada.

Sophia queria que a bruxa jogasse pedras no homem até ele sangrar.

Ao final dos três dias, o marido estava tão grato que levou a esposa para a cama, a fim de agradecê-la por sua gentileza. Ele prometeu ficar com ela e ser um marido e amante fiel. Assim que as palavras saíram de sua boca, ela voltou a ser a linda donzela com a qual ele se casara no início. Ela então explicou que tudo o que sempre quis era que ele a amasse não por sua beleza, mas por ela ser quem é.

Sophia afastou uma lágrima com repulsa. Uma história ridícula e nem um pouco parecida com o que a vida realmente era.

Thomas a guiou para fora do camarote. Eles encontraram Daniel e sua cantora de ópera no saguão.

— Você gostou da peça, senhorita Braighton? — Daniel perguntou.

— Não muito, Lorde Marlton. — Ela manteve a expressão calma, mesmo que isso tenha exigido bastante esforço.

— Mesmo? Por que não? Pensei que adorasse ideias tão fantasiosas. Todas as jovens amam um final feliz.

— Eu prefiro a verdade.

— Isso me surpreende vindo de você — ele cuspiu as palavras e entrecerrou o olhar. A mão livre cerrou em um punho ao lado do corpo, enquanto a outra se mantinha ocupada com a belíssima senhorita Dubois.

— Marlton — Thomas advertiu.

— Sempre o defensor dela, Wheel. Uma pena que precise constantemente de seus serviços. — Ele fez uma pausa. —Talvez você devesse se casar com ela.

Sophia não deu tempo para seu acompanhante responder.

— Ficarei feliz em lhe dizer qualquer coisa que perguntar, meu senhor.

— Sério? Poucos dias atrás, você me disse que preferia que eu não fizesse perguntas.

Ela assentiu.

— Eu preferia.

— Sua tia está esperando, Sophia — Thomas disse.

— É claro, tem razão, Tom.

O uso do nome próprio de Thomas chamou a atenção de Daniel, e ele os cumprimentou com uma grande reverência quando o que mais queria era torcer o pescoço de Tom e puxar Sophia para seus braços e beijá-la até que ela lhe contasse tudo. Ele estava brincando sobre Tom se casar com Sophia, mas viu nos olhos do amigo que ele não estava achando graça.

— Boa noite. Wheel, eu te vejo no clube, segunda-feira. Senhorita Braighton, até nosso próximo encontro. — Suas palavras soaram eloquentes o bastante, mas até mesmo ele sentiu a tensão.

Daniel observou-os caminhando até Lady Collington, enquanto sua companhia conversava com todos que encontrava.

Ele vira lágrimas nos olhos de Sophia? Ele podia jurar que vira. Por que ela choraria? Provavelmente, era apenas a iluminação.

Depois que retirou a senhorita Dubois do teatro, ele a levou para casa. Ela se afastou da carruagem e se virou quando ele não a seguiu.

— Você vai subir?

Ele beijou sua mão.

— Esta noite não, minha querida.

— Você está apaixonado, Danny. — Não foi uma pergunta.

— Não. Você está enganada.

Ela sorriu e inclinou seu rosto adorável para o lado.

— Nunca estou errada sobre tais coisas. A garota morena que não gostou da peça.

Ele ofegou e pigarreou, enquanto a cantora apenas riu.

— Ela parece bastante simpática e é muito bonita, Danny. Você deveria se casar com ela antes que seu amigo o faça.

— Sinto muito, Charlotte, mas você está errada. Eu nem conheço a senhorita Braighton. Thomas pode tê-la. — As palavras saíram com um pouco mais de rispidez do que ele pretendia.

Ela deu de ombros como se dissesse que o assunto pouco lhe interessava.

— Ele irá tê-la se você não o impedir. Adeus, Danny. Não espero vê-lo de novo.

Ele beijou sua mão outra vez.

— Boa noite, Charlotte.

Como fazia todas as manhãs de segunda-feira, às onze horas, Daniel encontrou Thomas no Clube Jafers para um duelo de esgrima. As pontas dos sabres eram forradas e cada homem usava uma roupa de proteção em caso de acidentes.

O som de metal chocando-se com metal preencheu o longo salão. Os dois cavalheiros eram bem compatíveis e, para um observador, nada parecia errado. Entretanto, depois de meia hora Thomas pediu um tempo. Ele retirou sua máscara e secou o suor da testa.

— Você está bastante enérgico esta manhã, velho amigo.

Daniel removeu sua própria máscara.

— Se não consegue continuar, Tom, podemos finalizar por hoje.

Thomas ergueu uma sobrancelha.

— Eu, certamente, consigo continuar. Essa não é a questão. A questão é, por que você está se esforçando tanto para ferir seu "melhor amigo" durante um duelo?

— Feri-lo? Eu nem sonharia com isso. — Sua voz estava repleta de sarcasmo.

— Muito bem. — Thomas abaixou sua máscara e voltou à posição *en gardè*.

O metal chocou-se outra vez, e com mais empenho do que antes, Daniel atacou e encurralou Thomas contra uma parede.

— Por que ela te chama de "Tom"?

Thomas se desencostou, pegou Daniel de surpresa e o fez recuar vários passos.

— Nós somos amigos.

— Amigos? — Daniel avançou.

Thomas se virou a tempo de evitar o golpe e moveu o pé atrás do joelho de Daniel. Como o conde já estava desequilibrado, o movimento o derrubou.

Thomas chutou o sabre de Daniel para longe e colocou o pé sobre seu peito.

— Sim, amigos. Eu faria uma oferta em um segundo se não acreditasse que ela já está apaixonada por você. Eu disse isso a ela.

— Faça a oferta, então. Não quero nada com ela.

— Claro, é por isso que quase arrancou meus braços alguns minutos atrás... por não ter interesse? Ela é uma garota maravilhosa, e você é um tolo se nem ao menos tentar torná-la sua esposa. — Thomas retirou o pé de cima do peito de Daniel e arrancou a máscara. Em seguida, sentou-se no degrau da plataforma de esgrima e secou o rosto.

Daniel esticou o ombro sobre o qual caiu e se sentou ao seu lado. Ele jogou as luvas e a máscara para o lado e apoiou o rosto na mão.

— Não posso passar por isso de novo, Tom.

— Jocelyn e Sophia não têm nada em comum. Entretanto, você, obviamente, tem suas dúvidas. Sugiro que converse com a moça e veja o que ela diz. Você realmente acredita que Lady Collington a acolheria se o que Pundington disse é verdade?

— Ela pode ter mentido para a tia — Daniel afirmou.

— Você deve estar brincando. Sophia mostra suas emoções diretamente naqueles incomuns olhos dourados. Ela não conseguiria mentir com sucesso e, certamente, não para alguém tão astuto quanto Lady Collington.

— Eu apenas não sei, Tom. — Ele balançou a cabeça, esfregando as têmporas.

Thomas se levantou e entregou o sabre, máscara e luvas para seu criado. Ele tirou a roupa de proteção e vestiu um sobretudo mais elegante.

— Bem, meu amigo, é melhor decidir o que quer. Não estava brincando quando disse que faria uma oferta a ela. Acho que ela e eu poderíamos ser um bom par. Não uma união de amor, mas ela é linda, inteligente e eu gosto dela, o que é mais do que posso dizer da maioria das mulheres da elite.

— Você está falando sério. — O coração de Daniel bateu violentamente e seu estômago se revirou de forma que ameaçou expulsar seu café da manhã. A ideia de passar o resto da vida vendo Sophia como a Sra. Thomas Wheel era insuportável.

— Eu não poderia estar falando mais sério. Vejo que você a ama e que ela, nitidamente, está apaixonada por você. Porque me importo com ambos, irei esperar. Contudo, não vou esperar para sempre. Eu lhe vejo sexta, no campo. — Ele se curvou e foi embora.

Daniel tentou pensar sem toda a mágoa e raiva que guiaram suas ações nos últimos dias. Tudo o que Thomas disse era verdade. Ele pensaria mais no assunto. Por mais quanto tempo permitiria que os atos de Jocelyn controlassem sua vida?

CAPÍTULO

IX

Sophia passou uma hora implorando para tia Daphne permitir que ela ficasse em Londres, ao invés de ir para a festa de Lady Marlton. Porém, todas as suas súplicas não tiveram resultado. Era o convite da temporada, elas tinham aceitado, e seria necessário um ato divino para mantê-las afastadas da Mansão dos Marlton. Então, ela suplicou aos céus por um ato divino.

Por mais que tivesse rezado, na sexta-feira elas pegaram a carruagem dos Collington e fizeram a viagem para se juntar a seus amigos e Daniel no campo.

Colinas e campos estendiam-se diante dela e lhe distraíam um pouco da ideia de ver Daniel. Ela tamborilou no parapeito da janela até que tia Daphne ordenou que parasse. Depois que a chuva cessou, ela repuxou as mangas de seu vestido e se contorceu enquanto o suor escorria pelas costas. Um pedaço do céu azul surgiu por um breve tempo.

O caminho até a propriedade de Daniel era coberto por um quilômetro e meio de carvalhos enormes. De longe a maior mansão que ela já havia visto, a residência dos Marlton ostentava três andares com grandes janelas. O vidro alto refletia o céu azul e as nuvens fofas. O Paraíso implantou-se na zona rural inglesa. Sophia se esforçou para recuperar o fôlego.

— Não é uma propriedade ruim, hein? — Tia Daphne riu.

— Minha nossa. Como eles conseguem não se perder em tal palácio? — A estrada se alargou e fez uma curva ao redor de um lago refletor. Grandes escadas levavam à porta principal e vários empregados aguardavam.

— Acho que eles conseguem, Sophia. É apenas uma casa, uma bem gigante, mas uma casa mesmo assim. Tente fechar a boca antes de descermos da carruagem, minha querida.

Lady Marlton e Cissy as cumprimentaram na frente da residência. Elas não foram as primeiras a chegar. Elinor e Virginia Burkenstock já estavam no local, descansando. Dory e sua família ainda não haviam chegado, mas eram esperados em breve.

A Sra. Wade, a governanta, uma mulher rechonchuda trajando um prático vestido azul, levou Sophia e Daphne aos quartos no segundo andar. Elas subiram um íngreme lance de escadas e seguiram por dois longos corredores, e durante este tempo todo as chaves da Sra. Wade mantiveram um ritmo constante.

Tia Daphne disse que descansaria antes do jantar, mas a mente de Sophia se encheu com milhares de ideias terríveis que poderiam destruir sua semana no campo. Cada uma a deixava mais triste do que a outra.

Surpreendentemente, ela conseguiu se encontrar pela casa e chegou ao portão que levava aos sofisticados jardins. A propriedade se estendia por quilômetros através de colinas. Contudo, ele possuía todo aquele terreno? Uma colina se parecia à outra; o ar fresco e a luz do sol aqueceram seu rosto. Ela ficou de pé no topo de um monte, respirou fundo e fechou os olhos. Grama cálida e terra abundante, assim como seu lar.

— No que você está pensando?

Sophia arquejou e abriu os olhos, virando-se na direção da voz de Daniel.

Ele desmontou do cavalo castanho e jogou as rédeas sobre a sela. Em seguida, afagou o focinho, disse algumas palavras e o animal saiu trotando pela campina. Ele se virou outra vez para ela erguendo as mãos, em súplica.

— Peço perdão. Não quis te assustar. Eu a vi do outro lado do campo e você estava tão absorta que não ouviu minha aproximação.

— Pensei que estivesse sozinha — ela deixou escapar a frase, incapaz de pensar em algo inteligente a dizer. Por que ele não parecia bravo como no teatro? Seus nervos estavam em frangalhos. O mínimo que ele poderia fazer era ser consistente. Ela estava sempre à flor da pele quando ele estava por perto, e a jovem não gostava disso.

Ele sorriu, o que acendeu uma faísca em seus olhos.

— Obviamente. No que estava pensando?

Ela se virou e se distanciou em alguns passos. Considerou correr de volta para a casa, mas ele a alcançaria e mesmo se não o fizesse, ela ainda teria uma semana inteira de constrangimento para suportar por conta de seu comportamento no primeiro dia.

— Eu estava apenas pensando que aqui lembra a minha casa.

Ele observou sua propriedade.

— É um bom terreno agrícola.

Papai visitava os fazendeiros próximos uma vez por mês, para checar como estavam indo. Ele mantinha boas relações com todas as pessoas locais e comercializava frequentemente com os agricultores. A empresa de transporte marítimo fora bem porque Charles Braighton era admirado por muitas pessoas.

— Thomas me disse que pretende se casar com você. — Sua expressão estava calma e ilegível.

Não daria para sair correndo e gritando para a casa agora. Ela engoliu em seco e manteve o olhar focado no campo, nas árvores, em um passarinho que voava, qualquer coisa, menos em Daniel.

— Ele mencionou isso para mim também.

— Você irá aceitar a oferta dele?

— Não vejo como isso possa ser da sua conta, Lorde Marlton. — Ele deu vários passos em sua direção.

Ela enrijeceu e exigiu que seus pés não se movessem. Ele iria tocá-la e o ar ferveu entre os dois.

As mãos dele se apoiaram em seus ombros.

— Não é da minha conta, Sophia. Não faço ideia do porquê você me atrai dessa maneira. Quero ficar longe de você, mas parece que não consigo fazê-lo. Tom é um bom homem. O melhor que conheço. Você não encontraria um melhor e, ainda assim, só de pensar em vocês dois se casando, já me leva a sentir uma raiva incontrolável. A ideia de qualquer outro tendo você é repulsiva para mim.

Seu discurso acendeu um fogo dentro dela.

— Eu não desejo me casar de forma alguma.

— Você me disse isso antes.

— E falei sério.

— Mas você irá aceitar Tom se ele pedir — ele salientou.

Ela forçou um sorriso.

— O Sr. Wheel tem um bom argumento para um casamento entre nós. Gosto muito dele. — Soou um pouco simples demais, mas era impossível mentir, não importava o quanto ela preferisse isso.

Daniel alternou seu peso de um pé para o outro.

— Vamos conversar sobre outra coisa?

Ela balançou a cabeça.

— Acho que devo retornar para a casa, e nós deveríamos evitar um ao outro esta semana, meu senhor. Eu pareço ter a habilidade de lhe deixar zangado. Não desejo fazê-lo, mas é óbvio que não conseguimos nos entender. Manterei distância e agradeceria se fizesse o mesmo.

Ele diminuiu a distância entre ambos.

— Raiva não é a única emoção que você aflora em mim, Sophia. Descobri que não penso em mais nada além de você quando está por perto.

Se eu pudesse ficar longe, o faria, mas sou atraído por você como uma mariposa às chamas.

Ela deu um passo para trás.

— Mais uma razão para ficar longe de mim, já que a mariposa nunca acaba bem nessa situação.

— Você não gosta de mim. Gosta de Tom, mas não de mim. — Ele encarou o céu límpido, a voz distante.

Ela suspirou.

— Meus sentimentos por você são imprecisos, meu senhor. Fico confusa em sua presença, e tenho medo de você.

Ele tocou sua bochecha.

— Medo de mim? Isso é algo que eu nunca poderia querer, Sophia. Eu nunca a machucaria.

Os lábios dele roçaram os seus tão gentilmente que foi mais um sussurro do que um beijo.

Seu ventre palpitou e os seios doeram. Ela tentou, mas falhou em impedir que uma lágrima escorresse por sua bochecha.

— Por que está chorando?

Impotente, ela não conseguia desviar o olhar.

— Não sei. Eu quero…

Ele escondeu o rosto na curva do pescoço delgado.

— Sim, querida, o que você quer?

Ela balançou a cabeça e afastou-se outra vez.

— Eu não sei. Você me assusta, meu senhor. Não quero sentir seja lá o que isso que desperta dentro de mim quando está por perto. Eu não entendo, não gosto e preferia muito mais que mantivesse distância.

Ela se virou e correu para a casa. Todo sentimento possível agitou-se dentro de Sophia. A semana já era um desastre.

A festa aconteceu no salão formal às sete horas. Os convidados consistiam em várias pessoas que Sophia não conhecia. Ela procurou Dory, que apresentou seu pai, Lorde Castlereagh, enquanto a mãe lançou a Sophia um olhar enviesado. Claramente, ela não estava pronta para esquecer os boatos. Dory também apresentou seu irmão, Markus, e a esposa dele,

Emma. Dory ainda possuía um irmão mais novo que estava na escola e não pôde se juntar a eles na semana.

Thomas se encontrava recostado a uma parede no salão. *Sir* Michael não havia chegado, embora sua presença fosse aguardada. Lorde e Lady Dowder estavam presentes com suas filhas gêmeas, Serena e Sylvia. Foi a primeira vez que Sophia as encontrou, mas as morenas franzinas pareciam se encaixar na elegante festa dos Fallon. Ambas pareciam estar apaixonadas por Thomas. Seria interessante ver como pretendiam resolver o dilema. Elas brigariam por ele ou esperariam para ver se ele escolheria uma delas? Elas eram garotas bobinhas, mas Sophia as cumprimentou educadamente.

Depois de conhecer Lady Blyth e a Sra. Hatton, duas senhoras viúvas que eram irmãs e que possuíam quase a mesma idade que tia Daphne, Sophia conseguiu se sentar com Dory em um sofá no canto do cômodo. Ela traçou o dedo sobre o bordado azul da almofada.

— Onde você estava hoje? Esta é uma casa grande, mas a procurei por toda parte quando chegamos e você não estava em lugar algum — Dory questionou.

— Fui dar uma longa caminhada na propriedade. — Sophia mordeu o lábio inferior.

Dory inclinou a cabeça para o lado.

— Você caminhou sozinha, ou um dos seus admiradores se juntou a você?

— Não tenho admiradores.

A amiga arqueou as sobrancelhas.

— Mesmo? Então por que Lorde Marlton está fingindo não olhar para cá e por que o Sr. Wheel está caminhando determinadamente nesta direção?

— Tenho tanto para lhe contar, mas agora não é a hora ou o lugar. — Sophia virou o rosto para ver Tom se aproximando com seu sorriso mais charmoso.

— De fato — Dory concordou.

— Posso me juntar a vocês, senhoritas? — Thomas perguntou.

Dory disse:

— Tenho sido mal-educada e ignorei minha boa amiga Elinor desde que a noite começou. Vocês dois me dão licença?

Thomas curvou-se quando ela se apressou para sua missão fictícia.

— Como você está?

— Estou bem, Tom. E você, como está? — Era bom ficar na companhia dele. Era fácil e descomplicado.

— Você pensou na minha proposta?

— Consegui pensar em pouca coisa além disso.

— Eu gostaria que o pensamento de se casar comigo não criasse uma expressão tão infeliz em seu rosto adorável. É uma perspectiva tão terrível assim? — Sua carranca transformou-se em um sorriso simpático.

— Oh, Tom, sinto muito. De jeito nenhum. É uma oferta maravilhosa. Apenas não sei se quero me casar. Eu me preocupo que, se recusar, você nunca irá me perdoar, então perderei um amigo valioso.

— Eu sempre serei seu amigo, Sophia. Pode contar com isso, independente da sua resposta.

— Obrigada.

Ele sorriu e mudou de assunto.

— Daniel e eu vamos caçar pela manhã. Com sorte, teremos um faisão no jantar se tudo der certo.

— Eu lhe desejo boa sorte. — Ela estava feliz por poder falar sobre outra coisa.

A expressão no rosto dele mudou.

— Infelizmente, as gêmeas Dowder descobriram nosso plano e insistiram em nos acompanhar.

Sophia deu uma risadinha.

— Acho que as duas estão apaixonadas por você. Temo que irão entrar em conflito por você. Nunca vi tantos cílios piscando como quando aquelas meninas te olham.

— Não brinque com isso. Elas são um incômodo. Eu teria pensado duas vezes em aceitar o convite se soubesse que as duas estariam aqui. Elas me seguem implacavelmente se eu ousar comparecer a um baile. Não consigo imaginar como será uma semana inteira com elas. Uma tortura, eu lhe digo.

Sophia gargalhou diante de sua óbvia aflição.

— Elas são garotas adoráveis. Você deveria lhes dar um pouco de atenção. Além disso, depois que Lorde Michael e os outros cavalheiros chegarem, tenho certeza de que Sylvia e Serena ficarão distraídas e lhe deixarão em paz. Porém, você é bastante irresistível.

Ele riu junto com ela.

— Você parece bem capaz de resistir a mim.

— Oh, mas não sou como as outras garotas, Sr. Wheel. Seria bom se lembrar disso.

— Nunca disseram uma declaração mais verdadeira.

Ela não teve a chance de questionar sua resposta. O mordomo chamou a todos para o jantar.

— Posso lhe acompanhar, senhorita Braighton? — Ele se levantou e estendeu o braço, e a jovem aceitou de bom-grado, com um belo sorriso.

Daniel acompanhou a mãe para o jantar, embora continuasse a observando. Ele franziu o cenho e um vinco profundo formou-se entre suas sobrancelhas. Talvez ele devesse se apressar em dar uma surra em Thomas a qualquer momento. Ela manteve o olhar afastado de Daniel.

O conde sentou-se na cabeceira da mesa, com Lady Marlton na outra ponta. Sophia se encontrava ao meio, com o irmão de Dory à esquerda e Lady Blyth à direita. Dory e Elinor estavam perto da cabeceira e tia Daphne sentou-se à frente e várias cadeiras mais adiante.

Lady Blyth fez um grande esforço para ignorá-la, mas o irmão de Dory, Markus, era uma boa companhia.

— Minha irmã me disse que vocês duas se tornaram boas amigas. Ela escreve para mim toda semana e suas últimas cartas têm sido todas sobre você, senhorita Braighton.

Sophia se sentiu feliz pela primeira vez em um longo tempo. A amizade de Dory foi uma das melhores coisas que já aconteceu com ela.

— Acho que nunca tive uma amiga melhor do que sua irmã. Dory é muito querida para mim. Não sei se eu sobreviveria a Londres sem ela.

Lady Blyth bufou.

— Amizades são transitórias. Um bom casamento é o que você precisa. Isso lhe manterá fora de problemas e deixará sua pobre tia tranquila. — Já que Lady Blyth tinha um pouco de dificuldade para ouvir, o comentário ressoou pelos revestimentos de madeira. A mesa inteira escutou e se virou em sua direção.

Sophia não sabia o que dizer. Suas bochechas queimaram e ela engoliu o nó na garganta.

Markus foi o primeiro a recobrar a compostura.

— Devo dizer, Lady Blyth, que discordo. Tenho os mesmos amigos desde Eton, e estaria perdido sem eles. A propósito, não consigo imaginar que meu casamento seria tão maravilhoso se não considerasse minha esposa entre meus amigos mais próximos.

Ela bufou outra vez.

— Isso serve para um homem, mas dificilmente é um bom conselho para uma mulher. Moças jovens precisam encontrar maridos, de preferência, os ricos.

— Não irei discutir, minha senhora. Vou apenas discordar e deixar por isso mesmo — Markus afirmou, diplomaticamente.

O cabelo branco-azulado de Lady Blyth balançou. Longe de ter dado o assunto por encerrado, ela mastigou um bocado de comida.

— Eu me casei aos dezessete anos. Essa garota está se aproximando dos vinte. É alarmante que ainda não tenha se casado. Ouvi dizer que ela recebeu uma ótima proposta de Alistair Pundington, anos atrás.

Sophia parou de respirar. Estava prestes a desmaiar. Calor impregnou seu rosto e suor se formou sobre os lábios. Todo o ruído do cômodo fora abafado pelo bramido que tomou conta de sua cabeça. Em seu colo, suas mãos empalideceram. Ela iria realmente desmaiar no meio do jantar como se fosse a personagem de um romance. Obrigou-se a respirar fundo, mas acabou apenas engolindo em seco.

E, então, Thomas apareceu ao seu lado.

— Senhorita Braighton, acho que aqui está um pouco abafado para você. Será que me concederia alguns minutos no jardim?

Ela ofegou ar o suficiente para falar e segurar sua mão estendida.

— Sim, obrigada, Sr. Wheel.

Sophia olhou para Daniel do outro lado da mesa. Ele se levantou como todos os homens presentes quando ela o fez. Daniel franziu o cenho e seu rosto ficou escarlate, como se fosse atravessar a mesa e derrubá-la. Ela fez uma rápida reverência e Thomas a guiou depressa para fora da sala de jantar.

O ar fresco ajudou imensamente. Assim que saíram para o jardim, Sophia começou a se sentir melhor.

— Obrigada, Tom.

— Não foi nada — dispensou seu agradecimento.

— Foi muito mais do que nada.

— Bem, nada que qualquer bom amigo não teria feito por outro.

— Sim. Eu suponho. — Ela duvidava que muitos de seus amigos seriam capazes de libertá-la daquele jantar, mas não mencionou isso. — Podemos nos sentar por um minuto?

Ele a guiou para um banco a alguns metros da porta. A grande varanda era cercada por um jardim bastante selvagem, este que não parecia em nada com o jardim planejado da casa dos Fallon em Londres.

Seu rosto se refrescou e ela respirou normalmente outra vez.

— Sophia?

Com os olhos fechados, a jovem se concentrou em sua respiração.

— Hmm?

— Posso lhe fazer uma pergunta?

Ela abriu os olhos e focou em Thomas. Ela estava absorta, lutando para não desfalecer, lembrar-se de respirar, não pensar no que Lady Blyth dissera e não lembrar o quão furioso Daniel parecia estar.

— Pode.

Ele a observou.

— É verdade?

— Sim — ela sussurrou.

— Você rejeitou a oferta de Pundington?

— Meu pai rejeitou.

Daniel se encontrava logo do outro lado da porta. Preocupado com Sophia, não conseguiu ficar sentado à mesa por mais tempo. Quando ouviu sobre o que estavam conversando, estacou em seus passos. Ele deveria ter manifestado sua presença ou se afastado quando escutou a natureza da conversa. Entretanto, se manteve imóvel e fora de vista, observando e ouvindo com atenção.

— Você estava apaixonada por ele? — Thomas perguntou.

— Santo Deus, não!

— Seu pai o achava inadequado?

— Ele é inadequado. Tinha quase o triplo da minha idade na época e é um tirano horrível.

Um tirano, o que ela quis dizer com isso? Ele desejou que Tom lhe perguntasse o que aquilo significava.

— Entendo — Tom murmurou.

— Não. Você não entende. E, não pode, possivelmente, saber como a minha vida tem sido na Filadélfia nestes últimos três anos.

— Você pode me dizer. Não irei trair sua confiança.

— Eu preferiria que conversássemos sobre outra coisa, Tom. Por favor.

— Tudo bem, Sophia.

Daniel esperou por mais informações, mas a conversa voltou-se para o tempo, e ele se afastou da porta para se reunir aos convidados na sala.

Sophia e Thomas chegaram a tempo do chá e bolo. Dory correu até ela e sussurrou algo em seu ouvido. Daniel presumiu pelo alívio evidente no rosto de Sophia que Dory lhe dissera que Lady Blyth se recolhera cedo. Ele não sabia o que fazer sobre a conversa que escutara ou as coisas horríveis que Pundington disse sobre Sophia, mas quando ela estava por perto, seus pensamentos se voltavam apenas para ela. Seu rosto e corpo o distraíam como nenhum outro.

Se ele pretendia manter a sanidade, teria que manter distância.

CAPÍTULO

— Estou lhe dizendo, Daniel, algo não está certo.

Já tinha passado de uma hora da manhã e os dois homens desfrutaram de várias doses de uísque juntos. Daniel puxou um livro da prateleira. Ele não tinha intenção de ler o calhamaço, porém precisava ocupar as mãos. No entanto, o guardou de volta com um pouco mais de brusquidão.

— O que quer que eu faça? Que obrigue a garota a nos contar por que recusou Pundington? Além disso, ela não disse que o recusou, apenas que seu pai o fez.

— Eu d-deveria estar com raiva de você por ter ficado parado à porta... ouvindo às escondidas.

— Então, fique com raiva. — Daniel atravessou a sala com passadas largas por nenhum motivo específico. — Já te falei, fui checar se ela estava bem depois do comportamento grosseiro daquela velha enxerida, e acabei ouvindo a conversa. O que esperava que eu tivesse feito?

— Eu esperava que tivesse agido como um cavalheiro e não espreitasse nos cantos escuros.

Daniel se virou e cambaleou.

— Fiquei ofendido com esse comentário.

— Eu fiquei ofendido por Pundington ter pedido a mão daquela garota. O que ele estava pensando? Ele é velho demais para ela, mas ao menos isso explica por que ele gostaria de arruiná-la.

— Explica?

Thomas revirou os olhos e se levantou com as pernas trêmulas.

— Sim. Ele ainda está, obviamente, guardando rancor por ter sido r-rejeitado.

— Talvez. — Daniel queria que isso fosse verdade, mas Jocelyn agiu como uma boa garota também e o deixou parecendo um tolo.

Thomas riu, parou e depois gargalhou alto.

Daniel o observou, incapaz de segurar o sorriso diante de sua alegria inexplicável.

— Tenho que ir para a cama, meu amigo. — Thomas tropeçou na direção da porta, ainda rindo.

— Espere, o que é tão engraçado?

Quando Thomas virou-se outra vez, ele agarrou o batente da porta para evitar cair de cara no tapete.

— Eu estava apenas pensando que a última garota que nós dois cortejamos foi Viviana Winkle. Você se lembra? Nós tínhamos só treze anos.

Daniel chamou um criado.

— Eu me lembro. Ela era uma coisinha encantadora com as sardas mais charmosas.

Thomas sorriu com os olhos entrecerrados e o nariz vermelho. Um lacaio abriu a porta.

— Por favor, garanta que o Sr. Wheel chegue ao seu quarto e que seu criado esteja presente, Brady.

— Sim, meu senhor.

Thomas continuou a rir enquanto saía da biblioteca, sendo seguido de perto pelo lacaio.

— Viviana Winkle. — Daniel sorriu, observando Thomas desaparecer escada acima. Ele voltou para a biblioteca e se deitou no sofá, satisfeito por não estar tão embriagado quanto Thomas.

Então, fechou os olhos.

Depois de se remexer nos lençóis por horas, Sophia se levantou e vestiu um agasalho. Ela desceu as escadas nas pontas dos pés, a fim de encontrar algo para ler na esperança de que a leitura lhe desse sono. A noite inteira continuou a repassar em sua mente, e ela não conseguia fechar os olhos por mais de um instante.

Sombras espreitavam em todos os cantos. Alguns dos círios do corredor ainda estavam acesos e ela desejou ter trazido uma vela de seu quarto. Ela já estava na metade da escadaria quando percebeu que não apenas estava escuro, mas suas pantufas permaneceram no quarto. Seus pés esfriaram no mármore gelado. Seu agasalho fino não era nem um pouco eficaz contra o corredor gélido. Ela apressou os passos e depois ficou parada no fim da escadaria, tentando se lembrar de qual porta pertencia à biblioteca. Certa de que era à esquerda, não se recordava se era a primeira ou a segunda. *A segunda*, decidiu, e empurrou a porta com determinação.

As velas haviam derretido quase por inteiro, mas deixavam o cômodo iluminado o bastante para enxergar as paredes repletas de livros.

Ela pisou no carpete grosso e suspirou de alívio, embora ainda estivesse congelando. Antes de sair perambulando pela casa fria, teria sido sábio pegar um cobertor para se aquecer.

Atravessou a sala até as prateleiras e procurou algo adequado para ler. Talvez alguma peça de Shakespeare, exceto um romance. Uma tragédia seria melhor, ou algo terrivelmente entediante seria o remédio perfeito para sua insônia.

— Você é real ou um sonho? — uma voz sonolenta disse atrás dela.

Virou-se apressada, agarrando seu agasalho, que era inadequado tanto contra o frio quanto para o olhar de Daniel. Seu coração saltou para a garganta. Nunca lhe ocorreu que alguém mais estaria acordado a esta hora.

— Meu senhor.

— Você deve ser real. Se isso fosse um sonho, você não pareceria tão chocada e apavorada. Se isso fosse o *meu* sonho, você não estaria segurando esse fino agasalho branco como se precisasse de proteção contra o horrível Lorde Marlton. Se isso fosse o meu sonho, você viria até mim com os braços estendidos suplicando para que eu fizesse amor com você. Se isso fosse o meu sonho…

— Está bem. Já chega. Acho que está bastante claro que sou real e que isso não é um sonho. — Seu monólogo ridículo aliviara os medos dela.

Ele riu e se sentou. Seu olhar desceu para os pés descalços dela. Ele os encarou e sorriu de forma estúpida.

— Você está com frio?

— O que você está olhando?

— Você tem os pés mais lindos, Sophia.

— Você está bêbado?

— Um pouco.

— Eu devo ir. — Ela correu para a porta, mas tropeçou. Permanecer sozinha com o Conde de Marlton, embriagado, não era uma opção. Um homem ébrio era o pior tipo, perigoso e irracional. Além disso, se alguém os encontrasse, ela estaria realmente arruinada.

Mesmo bêbado, ele foi rápido e segurou seu braço, impedindo-a de escapar.

— Não fuja. Eu só quero olhar para os seus pés. — E então ele encarou seus olhos. Ele a lembrou de um cãozinho perdido. — Por que ninguém a chama de Sophie?

Seu coração disparou, e ela puxou o braço. Firme, mas gentilmente, ele continuou segurando-a.

— Meu irmão chama, mas é o único.

— Isso é estranho. Você se parece mais com Sophie para mim. Sophia é tão formal.

— Permitirei que você me chame de Sophie se me soltar.

— Promete que não vai fugir imediatamente?

— Contanto que mantenha distância, meu senhor. — Por que ela fizera essa promessa? Ela deveria ter exigido que ele a permitisse sair. E se um lacaio entrasse? Ela e sua tia teriam que ir embora da casa. Daphne, provavelmente, a mandaria de volta para a Filadélfia.

Ele a soltou e deu vários passos para trás. Suas pernas vacilaram e ele lutou para manter o equilíbrio.

— Se eu lhe fizer uma pergunta, você responderá honestamente?

Ainda assim, havia algo agradável e íntimo sobre estar na companhia dele. Apesar de ter bebido demais, ele a fez se aproximar, e ela amou a aparência dele.

— Honestamente ou de jeito nenhum.

— Por que você recusou Pundington?

— Tom lhe contou? — Como Tom poderia alegar ser amigo dela e depois correr para Marlton com seus segredos?

Ele balançou a cabeça.

— Eu escutei.

— Você estava ouvindo escondido.

Ele balançou a cabeça categoricamente e agarrou as costas do sofá quando perdeu o equilíbrio.

— Eu fui ver como você estava e escutei. Peço perdão. Se eu fosse um homem melhor, suponho que teria me afastado imediatamente quando detectasse a natureza da conversa, mas sou apenas humano, Sophie. Eu queria saber por que as palavras de Lady Blyth a chatearam ao ponto de quase desmaiar sobre a mesa.

— E você descobriu alguma coisa?

Ele deu de ombros. Depois avançou um passo.

— Não o bastante.

Ela recuou, mas ele avançou até encurralá-la contra a porta, pairando sobre seu corpo. Suas mãos a prenderam, ladeando sua cabeça.

Seu hálito estava doce por conta da bebida, e o coração dela disparou.

Ela estava com medo, mas também curiosa sobre seu desejo de estar perto dele. Nunca quis se aproximar tanto de um homem e, certamente, não um que, nitidamente, esteve bebendo. Ela gemeu quando o conde abaixou a cabeça e beijou seu pescoço. Na mesma hora, desviou o rosto.

— Por favor, não, meu senhor.

— Meu nome é Daniel. — Ele traçou um caminho com a língua desde o pescoço até o lóbulo da orelha.

A boca cálida enviou arrepios pelo seu corpo. Suas pernas enfraqueceram como se ela estivesse embriagada demais. Ela ofegou.

— Daniel, por favor.

— Por favor, o quê, Sophie? — Ele beijou sua mandíbula e pescoço afastando o agasalho e, segurando-a pelos ombros, a puxou contra si.

Ela congelou. Qualquer curiosidade que pudesse ter tido se transformou em pavor quando sentiu seu membro rígido contra seu centro. Presa e impotente, ela esperou a dor chegar. Lágrimas escorreram por seu rosto.

— Por favor, pare, Daniel. Por favor.

Ele se afastou e segurou seu rosto. Encarando seus olhos, o medo evidente pareceu deixá-lo sóbrio de imediato.

— Shhhh, meu bem. Ninguém irá machucá-la. — Ele a pegou como se ela fosse uma criança e a colocou gentilmente no sofá, afastando-se depois para continuar observando-a com escrutínio.

Sophia se sentou, segurando o frágil agasalho branco contra o pescoço.

— Não olhe para mim assim.

Os olhos dele eram como os de um gavião esperando para saltar sobre sua presa.

Mais uma vez, uma vítima em um melodrama, ela se odiou.

A voz dele estava suave:

— Sophie, eu olho para você como um homem olha para uma mulher com quem quer fazer amor. Não posso te olhar de outra maneira.

Secando as lágrimas, ela se sentou com as costas eretas. Inspirou e expirou lentamente, e isso a acalmou, assim como o fato de que ele não iria violá-la. Era apenas seu medo criando o drama.

— Sinto muito por fazer uma cena. Tenho trazido vários problemas para você, e peço desculpas. Normalmente, nunca choro ou desmaio, e não costumo sair passeando no meio da noite. Não consegui dormir e pensei que um livro poderia ajudar.

— Sophie?

Ela ergueu o rosto, mas não o encarou. Seus olhos intensos apenas a fariam chorar. Algo precisava ser dito, mas ela não tinha certeza do que era.

— Obrigada por não seguir em seus avanços, meu senhor.

— Volte para o seu quarto, Sophie. Talvez seja melhor assim. — Ela praticamente saltou do sofá e correu porta afora. Nem ao menos disse boa-noite antes de sair da biblioteca e subir a escada apressadamente até seu quarto.

A caçada não foi tão divertida como Thomas ou Daniel esperavam. Em primeiro lugar, os dois tiveram uma dor de cabeça terrível na manhã seguinte. O segundo problema era que havia duas idiotas seguindo-os enquanto davam risadinhas e faziam perguntas estúpidas.

Serena perguntou:

— Sr. Wheel, por que sua arma é maior do que a do conde?

Thomas respondeu:

— As duas são exatamente do mesmo tamanho.

Então, ambas as garotas começaram a gargalhar.

Sylvia perguntou:

— Você atirou em mais faisões do que o conde, Sr. Wheel. Você não é o melhor em atirar?

Thomas disse:

— O conde é, de longe, o melhor atirador.

Serena comentou:

— Você parece um andarilho muito mais sutil do que o conde, Sr.Wheel.

Daniel tentou segurar seu sorriso, mas falhou miseravelmente. Ele olhou para os pés de Thomas.

— Definitivamente, um andarilho muito mais sutil, Tom.

— Ah, cale a boca. — Thomas esfregou a lateral da cabeça.

Era uma pena que as garotas bobas os tivessem seguido e, por causa delas, a caçada fora reduzida. Daniel queria conversar com Thomas sobre a noite anterior com Sophia. Era claro que o relato teria que ser encurtado. Ele nunca revelaria detalhes do que aconteceu, mas por que ela estava com medo dele? Por que seus olhos passaram de uma leoa para os de uma gatinha prestes a ser afogada? Algo havia acontecido com essa garota e ele estava determinado a saber do que se tratava.

Contudo, a presença das gêmeas os obrigou a voltarem para casa mais cedo, e ele não conversou com Thomas sobre Sophia ou qualquer coisa importante.

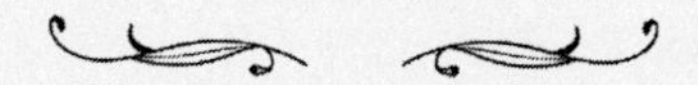

Depois do almoço, todos saíram para desfrutar do clima agradável. Um jogo de boliche teve início, onde cada time era formado por uma dupla e, para ser justo, devia ser composta por um homem e uma mulher. Sophia não tinha certeza de quem havia organizado os times, mas suspeitou que fora tia Daphne, pois Daniel Fallon e ela eram parceiros. Thomas era a dupla de Dory.

Sir Michael chegara e, com ele, outros dois jovens, Walter Gautier, o futuro Visconde de March, e seu irmão, Hunter. Cada um formou dupla com uma das gêmeas Dowder. Markus e Emma completaram os times.

Sophia nunca havia visto o jogo antes, então Daniel explicou:

— A ideia é jogar a bola e derrubar o máximo de pinos que conseguir. O time que derrubar todos os pinos no menor número de jogadas vence.

Ele se aproximou para explicar as regras, mas ela deu um passo para trás, mantendo distância. O conde poderia ter esquecido os eventos da noite anterior, mas ela não havia ingerido bebida alcoólica e sua memória estava clara.

— Não sou muito boa com esportes, meu senhor, então peço desculpas agora pelo aborrecimento que estou prestes a lhe causar.

Divertimento surgiu no rosto belo do conde.

— Nós vamos conseguir.

Chegou a vez de Dory e Thomas.

A bola era feita de algum tipo de madeira. Era mais da metade do tamanho da mão elegante de Dory, o que fez com que ela tivesse dificuldade para arremessar. Ela conseguiu derrubar três pinos e todos aplaudiram, encorajando-a. Thomas derrubou apenas dois, mas Dory errou o alvo em sua próxima jogada. Depois Thomas derrubou mais três e deixou apenas um de pé. Dory se aproximou, mas errou sua terceira tentativa, deixando o parceiro concluir a jogada.

— Seis bolas — Markus anunciou. — Dorothea, você realmente sempre teve a mira mais terrível.

Dory deu de ombros graciosamente.

— Tente você então, se acha que é tão fácil.

Assentindo, Markus e Emma se aproximaram e esperaram os criados recolocarem os pinos no lugar. Emma jogou a primeira bola, derrubando dois pinos. Markus foi em seguida, conseguindo derrubar quatro, e todos comemoraram o feito. Então, com uma mira impressionante, Emma acertou mais dois pinos. O marido errou, gritando em angústia.

Sophia riu com quão seriamente ele estava levando o jogo.

— Meu irmão é muito competitivo — Dory explicou.

— Estou vendo — Sophia respondeu.

Markus afagou as costas de sua esposa.

— Depende de você então, Em.

— Sério, Markus. É só um jogo. — Emma revirou os olhos e pegou a bola. Com uma demonstração excelente de habilidade, ela derrubou o último pino e Markus a girou, comemorando.

Então chegou a vez de Daniel e Sophia. Daniel perguntou:

— Devo ir primeiro?

Ela assentiu, e ele se inclinou para arremessar a bola na direção dos pinos, derrubando quatro.

Nervosa, Sophia pegou a bola. Ela se concentrou nos pinos e tentou imitar os movimentos de Daniel. Em seguida, abaixou o rosto a fim de ver se sua posição estava correta e ficou horrorizada quando percebeu o quanto de seus seios estavam aparecendo. Ela olhou para Daniel, esperando que ele não tivesse notado. Porém, seus olhos estavam encarando descaradamente a protuberância sobre o vestido.

Quando sua atenção se voltou para o rosto de Sophia, ela tentou lançar um olhar mordaz.

Ele apenas deu de ombros.

Suas bochechas coraram, e ela voltou a se focar nos pinos. Balançou o braço, e a bola escapuliu, seguindo para a direita, tão longe dos pinos, que alguém poderia pensar que Sophia estava jogando um jogo completamente diferente.

Uma explosão de gargalhadas irrompeu.

Sophia cobriu o rosto e riu.

Daniel olhou para ela e depois na direção da bola perdida.

— A mira dela foi um pouco fora, mas acho que esse foi o mais longe que já vi uma mulher arremessar uma bola.

— Acho que foi na direção do lago, meu senhor — Dory disse.

— Eu vou encontrá-la — Sophia sugeriu. — Afinal, fui eu quem jogou. — Ela ainda estava rindo conforme ia atrás da bola perdida.

Daniel a seguiu, depois de abrir mão da vez deles.

Ele caminhou ao lado dela.

— Você sempre foi tão ruim nos esportes, Sophie?

— Temo que sim, meu senhor.

Ele franziu o cenho.

— Daniel. Meu nome é Daniel. Você me chamou assim na noite passada e agora, esta manhã, estamos de volta ao tratamento formal.

— Estou surpresa que consiga se lembrar da noite passada, meu senhor. — Ela exagerou na formalidade.

— Eu me lembro, Sophie. Nunca irei me esquecer de você naquela camisola ou quão fofos estavam seus dedos dos pés encolhidos no tapete.

O conde tocou seu braço, mas ela se afastou.

— Do que você tem medo? — Sua voz estava suave, tão cativante que ela parou e se virou em sua direção.

Ela lutou para encontrar as palavras.

— Não tenho tanto medo quando penso nas coisas com mais inteligência.

— Pensa nas coisas com inteligência... — ele repetiu. — Que coisas?

— Você. Estou tentando ser inteligente no que diz respeito a você. Não quero...

Frustrada que suas palavras lhe tenham escapado, ela balançou a cabeça e continuou andando em busca da bola.

Ele a seguiu.

Ela olhou embaixo de um arbusto e atrás de uma árvore. Era bem capaz que o objeto deve ter rolado pela colina que leva ao lago. Ela começou a descer devagar, mas ganhou velocidade; sua queda no lago era inevitável. Sophia poderia se jogar no chão, porém era preferível se molhar a se ferir ao cair no solo.

Daniel estendeu a mão e a puxou da beirada do lago; os corpos de ambos se chocando com força.

O conde respirava com dificuldade por conta do esforço.

— Obrigada, meu senhor. — A jovem ofegou e encarou seus olhos.

Não teve tempo para pensar antes que os lábios dele estivessem sobre os seus. Sua mente gritava para se afastar, mas a sensação era maravilhosa. Os lábios de Daniel eram tão macios e seus braços quentes e seguros. Ela suspirou e derreteu-se no beijo. A língua máscula exigiu gentilmente que ela lhe desse abertura. Quando o fez, ele suspirou. Sua língua girou para dentro e para fora da boca de Sophia com um ritmo irresistível que embaralhou sua mente.

Ela aceitou o toque de línguas timidamente, e ele gemeu, aprofundando o beijo.

Seu hálito era quente, e ele tinha gosto de café e um sabor exclusivamente dele. Ela amava seus braços à sua volta. O conde era uma parede atrás da qual podia se esconder e nada a machucaria. Ele sussurrou algo em seu ouvido enquanto espalhava beijos por sua bochecha.

Seus beijos a distraíram tanto que ela não conseguiu entender as palavras. O formigamento que havia começado em seu ventre agora se encontrava entre as pernas, e ela tinha certeza de que deveria afastá-lo. Singular em beleza e ternura, ela nunca conheceu nada como isso.

As mãos dele perambularam por suas costas, e os beijos se tornaram mais ardentes e vorazes.

Prazer se transformou em medo, o coração bateu com mais força, e a mente se encheu dos horrores que estavam prestes a acontecer. Ela se lembrou da dor lancinante da noite no escritório do pai e da vergonha que se seguiu. Sophia o empurrou para longe. Quando ele não a soltou imediatamente, ela bateu em seus ombros.

Ele parou de beijá-la, mas não a soltou. Pelo contrário, a puxou contra si.

— Sophia, pare com isso. Eu não vou te machucar. Não farei nada que não queira. Você está histérica e deve se acalmar agora.

Apesar da força de suas palavras, sua voz soava baixa e calma, e foi essa calmaria constante que a fez ouvir. Ele não estava se forçando nela. Ele não a jogaria no chão. E não a estava violando.

Ela estava segura. Parando de lutar, começou a chorar suavemente contra o peito forte.

— Está tudo bem, querida. Ninguém irá machucá-la de novo. — Ele afagou seu cabelo. — Prometo que irei sempre lhe proteger.

Quando pensou que poderia olhar para ele, sem explodir outra vez em lágrimas, ergueu a cabeça. Seus olhos eram tão azuis e tão cheios de calor e algo mais que ela nem ousava pensar.

— Vamos nos sentar? — Ele não afastou o olhar de seu rosto.

Ela assentiu e sufocou outra crise de choro. Não foi fácil, mas conseguiu se sentar na grama e observar o lago enquanto recobrava a compostura. Centenas de pensamentos se atropelaram em sua mente. O que tornava isso diferente do que o que acontecera com Alistair Pundington? Por que

Daniel parou quando ela pediu? Ele era um homem. Sua mãe lhe disse, a título de explicação para o comportamento de seu tio, que os homens não conseguiam evitar. Ainda assim, Daniel parou em mais de uma ocasião no instante em que Sophia entrou em pânico.

— Sei que não quer conversar sobre isso, mas eu lhe farei algumas perguntas que necessitam apenas de um 'sim' ou 'não' como respostas. Eu gostaria que você as respondesse honestamente.

Ela se concentrou em seus sapatos agora arruinados pela corrida pela colina e o solo lamacento à beira do lago.

— Você pode fazer isso por mim, meu bem?

— Eu vou tentar — ela sussurrou.

A voz dele permaneceu suave e gentil:

— Alistair Pundington alega ter possuído você da forma que um marido possui sua esposa. Isso é verdade?

Oh, céus, ela estava perdida. Quando esse pesadelo acabaria? Ela tentou responder, mas um soluço foi tudo o que escapou de seus lábios.

— Sophia, por favor, responda. — Ele tocou sua bochecha, afastando uma lágrima.

— Sim. — Lágrimas escorreram pelo seu rosto incontrolavelmente.

Ele afastou os dedos da face dela e cerrou o punho na grama.

— Ele a levou para a cama e possuiu você?

— Não. — Um rato chiaria mais alto.

— Não? — Sua voz estava mais alta agora, não tão doce quanto um momento atrás.

Ela ergueu o braço para cobrir o rosto e a cabeça. Não houve nenhum golpe.

O silêncio reinou entre eles.

— Eu não irei lhe machucar, Sophie. — Sua voz se tornou suave outra vez. — O que você quer dizer? Você disse que ele a possuiu.

Seu pranto se tornou sentido, com o mundo desmoronando ao seu redor. Como isso aconteceu? Por que ela não poderia ter uma temporada agradável em Londres e depois viver no campo pelo resto da vida? Por que Daniel Fallon teve que aparecer e estragar tudo?

— Não houve cama.

— O que aconteceu? — Nenhuma gentileza restou em seus comentários ásperos. — Vocês estavam com tanta pressa que ele a possuiu no chão, no jardim? Onde ele fez amor com você?

— Não foi amor — ela lamentou, a respiração agora entrecortada. Ela não percebera o quanto queria que Daniel entendesse até aquele momento, mas enxergava que isso nunca iria acontecer. Ela não via mais amor em seu olhar, apenas ódio e nojo.

— Não foi amor? Luxúria? Onde esse encontro luxurioso aconteceu? — Seus olhos estavam brilhando de raiva.

Presa entre o medo por sua segurança e o desejo de que ele a entendesse, a jovem arquejou. Ela, provavelmente, nunca mais o veria depois dessa semana, mas queria que ele pensasse bem a seu respeito. Na pior das hipóteses, ele deveria saber que ela não era uma prostituta.

— Meu senhor, irei dizer isso apenas uma vez, mesmo não sendo, realmente, da sua conta. Eu não sou nada para você. Mal nos conhecemos. — Ela respirou fundo. — Quando eu tinha dezesseis anos, um homem a quem conhecia minha vida inteira me arrastou para um cômodo vazio na minha própria casa onde ele me estuprou e me espancou. Você pode chamar do que quiser, mas não chame de amor. O que conheço dos homens é violência e ódio, e nada tem a ver com amor.

Os olhos dele lampejaram ferozmente e suas mãos arrancaram a grama do solo.

Correr seria até viável, mas ela estava cansada de viver assustada. Ela nem sabia por que contara a Daniel. Não era da conta dele. De alguma forma, ela só queria que ele não a odiasse.

Seus olhos suavizaram enquanto ele parecia se recuperar do choque. Quando voltou a falar, o conde disse a última coisa que ela esperava ouvir:

— Case-se comigo.

Ela deve ter ficado louca. O Conde de Marlton acabara de lhe propor casamento depois de descobrir que ela não era virgem? O mundo inteiro enlouqueceu. Ela o encarou, certa de que parecia uma verdadeira tola.

Ele a observou e sua expressão suavizou ainda mais. Ele tocou sua bochecha úmida.

— Case-se comigo.

— Não posso.

Ele segurou suas mãos e beijou-lhe o dorso de cada uma enquanto encarava seus olhos.

— Sophie, eu quero que você seja minha esposa. Case-se comigo.

Sophia virou a cabeça e olhou para o lago.

— Eu nunca irei me casar.

— Porque tem medo de seu leito nupcial?

Até mesmo a menção de uma cama gerava um arrepio de pavor por seu corpo. Ela enrijeceu e todos os seus músculos doeram com o esforço necessário para impedi-la de correr.

— O que aconteceu com você foi um ato de violência, Sophie. Juro que nunca seria assim conosco. Eu nunca te machucaria. Você pode confiar em mim.

Ela riu disso.

— Sério? Um instante atrás, eu jurava que você estava pronto para me bater. Volte para a sua cantora de ópera, Daniel, ou encontre uma noiva britânica adequada. Eu não sirvo para você. Não sirvo para ninguém.

Ele arregalou os olhos, e seu pescoço enrubesceu.

— Primeiro, eu nunca bateria em você ou em qualquer mulher, mas vamos deixar essa sua suposição incorreta de lado. Eu gostaria de saber o que pretende fazer pelo resto da vida. Morrer como uma solteirona velha e sem recursos?

Ela secou o rosto, esperando ver um sorrisinho ou um olhar de superioridade, mas sua expressão era sincera. Havia aflição no mais profundo de seus olhos. Como aqueles olhos seriam adoráveis nos rostos de seus filhos. Um torno envolveu seu coração. Ela nunca teria filhos ou envelheceria com alguém.

— Minha tia ofereceu generosamente me tornar sua dama de companhia e deixar para mim um chalé e um montante após sua morte.

— E é isso o que você quer, ser uma solteirona sem nenhuma vida além de um chalé no campo?

De alguma forma, ele fez algo bastante agradável parecer solitário e sombrio.

— Não se preocupe, meu senhor, eu darei um jeito.

Ele passou a mão pelo cabelo, bagunçando as mechas onduladas.

— Mas eu não.

Se ela não soubesse direito, teria pensado que ele estava verdadeiramente magoado com sua rejeição.

Ela se levantou e passou as mãos no vestido.

— Oh, acho que ficará muito bem. Você é o tipo de homem que sempre sobrevive. Você é o tipo de homem a quem nunca falta a companhia feminina.

— Eu quero você.

— Sim, você disse. Também deixei claro que não quero me casar. Você terá que procurar em outro lugar. Sinto muito — ela disse tudo isso graciosamente, no que esperava ser um tom um pouco arrogante. Sempre que Lady Collington usava um ar de superioridade em sua voz, as pessoas tendiam a escutá-la e não discutir.

— Sophie — sussurrou.

Ele ainda estava sentado no chão, mas olhou para ela de uma forma tão suplicante que a fez querer se ajoelhar e segurá-lo em seus braços. Ela queria protegê-lo, reconfortá-lo e, em troca, ser consolada por ele. Impossível.

— Você me quer também — ele afirmou.

Girando a cabeça ao redor, ela olhou na direção do lago. Precisava de respostas, porém não tinha nenhuma. Ela não entendia os sentimentos que vivenciava quando estava com Daniel, mas conhecia o medo e sempre que o desejo dele por ela assumia o controle ou seus beijos fossem longe demais, pavor a dominava a ponto de querer gritar. Ela não seria uma boa esposa. Isso era certo. Se não pudesse realizar seus deveres de esposa, ele iria em busca da sua cantora de ópera ou alguma outra mulher e isso seria insuportável.

— Não faz diferença. Não posso ser uma esposa. Você viu o que acontece.

Ele se levantou e a encarou.

— Então o único motivo pelo qual não irá se casar comigo é porque acha que nunca será uma esposa adequada para mim na cama. É isso?

Ela assentiu e apesar do fato de que queria parecer tranquila, suas bochechas estavam pegando fogo e seu corpo estremeceu.

— E se eu disser que não exigiria isso de você?

— Por favor, Daniel, você deve achar que sou tola. Você não ficará sem seus direitos maritais. Nenhum homem toleraria isso. Ademais, você precisa de um herdeiro.

— Verdade. — Ele apoiou a mão no queixo e encarou o chão. — Eu tenho uma ideia, mas será necessário que você tenha a mente bastante aberta.

— Eu sou americana.

— Você não confia nos homens por causa do que Pundington fez, e entendo isso. O que você conhece é violência e dor. Eu quero provar que o que acontece entre duas pessoas que estão apaixonadas não tem qualquer semelhança com o que você viveu. Sugiro que eu vá até você esta noite depois que os outros tiverem ido dormir. Você terá que confiar em mim, meu amor, mas se eu puder provar que podemos satisfazer um ao outro de todas as maneiras, você se casará comigo?

O som de seu próprio coração soava tão alto em seus ouvidos que abafou todos os outros ruídos do campo. A ideia não lhe causava repulsa. Se ela fosse honesta consigo mesma, diria que achava o pensamento um tanto excitante. Um encontro clandestino com Daniel em seu quarto, enquanto o restante da casa dormia.

— Acho que devo me sentar. — Ela voltou ao seu lugar no chão.

Ele estava sentado também, mas, inquieto, arrancava a grama repetidamente. Seu olhar permaneceu focado no chão, e não havia nada nele que fosse o Conde de Marlton. Este era apenas Daniel.

— Eu concordo com seus termos, mas gostaria de pedir uma coisa.

— Qualquer coisa. — Seu sorriso era tão brilhante que ela quase esqueceu seus requisitos.

— Eu preferiria esperar até amanhã à noite. Foi um dia exaustivo e acho que não aguento muito mais drama.

Daniel a analisou.

— Prometa-me que não irá fugir.

A jovem pensou em seu melhor palavrão, no entanto, respondeu:

— Eu prometo.

Com a mão estendida, o conde a ajudou a se levantar.

— Muito bem, então.

Ela segurou sua mão, e ele a puxou até beijar a ponta de seu nariz.

— Será amanhã. Irei até você uma hora depois que todos se recolherem. Dispense sua criada e deixe a porta destrancada.

CAPÍTULO

XI

Eles não encontraram a bola. Quando voltaram de sua busca, Daniel riu e brincou com os outros, enquanto Sophia rezava para não passar mal.

— Oh, Sophia, seus sapatos estão arruinados — Elinor disse. — Não me surpreende você parecer tão triste. Seus pés devem estar congelando. Você deveria voltar para seu quarto e calçar um novo par.

Sophia encarou os pés, deparando com os sapatos de cetim, rosa-claros, agora manchados pela água lamacenta. Estava bastante desconfortável agora que sua atenção desviou-se para lá.

— Irei agora mesmo.

Elinor sorriu.

— Eu irei contigo. O jogo acabou, e eu gostaria de descansar um pouco antes do jantar. Acho que Lady Marlton pretende que haja dança mais tarde esta noite. Isso não seria encantador?

Elinor não exigiu uma resposta. Ela falou o caminho inteiro até a casa. Ela falou sobre seu vestido e o traje que usaria mais tarde naquela noite. Falou sobre *Sir* Michael e o quanto ele era maravilhoso e atencioso. Seu monólogo fora tão completo que agora Sophia possuía a informação que *Sir* Michael e seus amigos ficariam durante a semana toda. E isso não era empolgante?

Sophia assentiu quando necessário, o que não aconteceu frequentemente. Ela estava contente pela companhia, e a conversa constante a impediu de pensar nos eventos do dia ou na promessa que fizera.

— Planejamos uma caminhada na natureza amanhã. Lorde Gautier, pelo visto, é um botânico amador e concordou em levar a todos nós e explicar as flores e plantas locais. — Elinor nunca perdia seu entusiasmo, não importava qual fosse o assunto tratado.

Sophia forçou um sorriso quando se tornou evidente que Elinor desejava alguma reação.

— Mesmo? Isso não é ótimo?

— Sophia, é sério, são apenas sapatos. Você não deveria ficar tão chateada por causa de algo tão frívolo. Admito que era um lindo par, mas você tem outros e tenho certeza de que Lady Collington substituirá estes também.

Sophia deu uma risadinha. Daniel e a noite que se seguiria tomaram conta de sua mente e eram muito incompatíveis com a conversa de Elinor. No entanto, sua percepção foi engraçada.

— Você está certa, Elinor. Estou apenas sendo boba. Tudo ficará bem.

— É claro que sim. — Elinor afagou o braço de Sophia.

Depois que ficou sozinha em seu quarto, pensou no acordo com Daniel. Tudo o que concordara foi permitir que ele tentasse fazer amor com ela. Ele pararia se ela assim pedisse. O conde provara isso. Ela também sabia que nunca seria capaz de ir até o fim. O ato era horrível demais. Estremeceu diante da ideia de deixar que qualquer um fizesse com ela o que Pundington fizera. Ela o permitiria em seu quarto, assim como alguns beijos, o que desfrutaria imensamente. Não havia absolutamente nada com o que se preocupar. Satisfeita consigo mesma, recostou-se ao travesseiro. Ela não dormira na noite passada e foi um dia difícil.

Daniel saiu do campo de jogo e foi para seu escritório onde planejava trabalhar um pouco antes do jantar. Já havia se passado quase meia hora, e ele ainda estava sentado à toa encarando a janela e se perguntando como conseguiria esperar um dia e meio para tocar Sophia de novo. O fato de que estava implorando para uma mulher se casar com ele, quando alguns dias atrás ele teria apostado milhares de libras que não se casaria até Janette forçá-lo, o divertia. Agora, ele estava preocupado se não seria capaz de convencê-la de que ele era o homem certo para ela.

Uma coisa era certa: Sophia estava com medo e por uma boa razão. Outro grande problema – Alistair Pundington, e como lidar com ele. Destruir aquele desgraçado perverso estava no topo da lista de afazeres de Daniel. Ele cerrou as mãos sobre a mesa.

— Você parece prestes a iniciar uma empreitada pugilística, Dan. — Thomas estava de pé na porta. — Espero não ser o alvo de sua raiva.

Daniel relaxou e gesticulou para que Thomas entrasse no cômodo.

— Feche a porta. Estou contente que esteja aqui, preciso discutir uma coisa com você.

Thomas ergueu as sobrancelhas, e se sentou, esticando as pernas.

— É mesmo?

Daniel se levantou e começou a andar de um lado ao outro. Com as mãos entrelaçadas às costas, percorreu todo o perímetro da sala. Seus amigos de Eton se divertiam com seu caminhar. Era algo que ele fazia sempre que estava com a cabeça cheia, precisando de soluções. Thomas apelidou de "o caminhar do conde" anos atrás.

— O que foi, Dan. Alguém morreu? Blyth, talvez? Você não tem que me proteger. Se Lady Blyth esticou as canelas, estou pronto para receber a notícia.

Ele parou de andar, sem se importar que seu velho hábito dava a Thomas uma oportunidade de caçoá-lo.

— Eu decidi me casar com a senhorita Braighton.

O sorriso de Thomas desapareceu.

— Entendo. E ela concordou?

— Ainda não.

— Está me dizendo isso porque gostaria que eu retirasse minha proposta? — Thomas estava sentado como se não tivesse a menor preocupação, mas seus olhos mostravam que não estava totalmente feliz com esta revelação.

Daniel sentou-se à frente de Thomas.

— Você está apaixonado por ela? — Irritava-o o quanto se preocupava com a resposta do amigo. O fato de se tornar marido de Sophia, mesmo que isso significasse que Thomas ficaria magoado, não mudaria em nada sua decisão, embora pudesse sentir remorso.

— É claro que não. Porém, gosto dela e não queria vê-la magoada.

— E você acha que eu faria isso. — Daniel se esforçou para esconder o alívio.

Thomas se inclinou para frente e apoiou os cotovelos nos joelhos.

— Acho que ela é a mulher perfeita para você, Dan. Tenho certeza de que se você permitir, ela curará todas as suas feridas. Também sei que nunca se recuperou de seu último noivado, nutre problemas profundos sobre mulheres e infidelidades, e fará Sophia sofrer por causa destes problemas. Você está apaixonado por ela?

— Talvez. — Ele passou as mãos por seus cachos. — Parece que não consigo viver sem ela. Ela é tudo em que penso. Isso é amor?

— Mais provavelmente desejo, porém é um começo. — O bom humor de Thomas retornou. — Retirarei minha proposta, mas estou te avisando que se não se casar com ela, eu irei.

— Eu vou me casar com ela, Tom. — Seu estômago deu um pequeno salto quando ele disse as palavras. Não era nem um pouco desagradável.

— Vamos brindar a isso?

— É uma excelente ideia.

O jantar foi semelhante ao da noite anterior, exceto que Sophia se sentou mais perto da cabeceira da mesa. Tom se encontrava à sua direita e Emma à esquerda. Lady Blyth sentou-se na outra ponta da mesa falando alto com a pobre Serena que parecia prestes a chorar.

Apesar do quão irritantes eram as gêmeas, Sophia sentiu muita pena da situação da pobre garota.

— Não olhe. Você será atraída para lá — Thomas avisou.

Ela se virou em sua direção.

— Tom, não seja tão cruel. A coitada da garota vai precisar da sua ajuda em um momento, assim como você fez comigo ontem à noite.

— Deixe que March a salve. Já fiz minha parte esta semana. Temos homens o suficiente para resgatar moças para cada dia que formos forçados a jantar com Lady Blyth — ele falou, baixinho, apenas para Sophia ouvir.

A jovem deu uma risadinha.

— Suponho que isso seja verdade. E se os outros homens aqui não forem tão galantes como você e deixarem a pobre garota ser devorada?

Thomas suspirou dramaticamente.

— Tenho fé no meu gênero, senhorita Braighton, mas se eles falharem, serei forçado a me meter e salvar todas as belas donzelas.

Ela continuou rindo e o segundo prato foi trazido à mesa.

Naquele momento, Lorde March se levantou e ofereceu o braço para a garota chorosa, e os dois saíram da sala de jantar.

Sophia teria que pedir ao cozinheiro que mandasse um pequeno prato para o quarto de Serena mais tarde para que ela não ficasse com fome. Quando desviou o olhar para Lady Blyth, ela estava tagarelando com tia Daphne como se nada tivesse acontecido. Sophia balançou a cabeça e voltou sua atenção para a refeição.

Daniel confiava em Thomas com sua vida. Ainda assim, a troca entre ele e Sophia enviou uma onda de ciúme sobre seu corpo. Ele afastou a tolice, torcendo para que pudesse ser capaz de ver sua esposa interagindo com outros homens sem ter o impulso de esmurrar alguém.

A ideia abriu caminho até sua mente de que aquela linda americana logo seria sua esposa. A alegria começou como um broto de calor em sua barriga, se expandindo até o envolver como se fosse um cobertor de lã em uma noite fria. Agora ele só precisava convencê-la de que ela precisava dele tão desesperadamente quanto ele. Sua linha de raciocínio o fez refletir sobre o encontro clandestino da noite seguinte. Seu membro enrijeceu e a necessidade de pensar em outra coisa se tornou urgente.

— Meu senhor, você concorda? — Dorothea Flammel interrompeu seu devaneio.

— Peço perdão, minha senhora, estava perdido em pensamentos. Com o que devo concordar?

— *Sir* Michael e eu estávamos apenas discutindo as condições das áreas de mineração de carvão.

Daniel ergueu a sobrancelha.

— Não percebi que seus interesses eram tão variados, Lady Dorothea. Qual é a posição que tomou no assunto?

— Acredito que é responsabilidade do governo garantir que latifundiários gananciosos não tirem vantagem das pessoas da Inglaterra. — Sua voz firme desafiava que qualquer um a contestasse.

Sir Michael entrou na conversa sem medo.

— É obrigação do latifundiário manter seus próprios funcionários seguros, minha senhora. Quando o governo se envolve no nosso cotidiano, gera apenas caos e miséria.

— Qual é a sua opinião, Lorde Marlton? — Dory perguntou.

Sophia e Thomas desviaram a atenção de sua conversa particular para ouvir o que ele diria. Quanto sua pequena beleza americana sabia sobre política? Ele esperava que ela fosse, ao menos, curiosa. Ele mal poderia esperar por noites repletas de debates saudáveis com sua esposa.

Daniel fez uma longa pausa para organizar seus pensamentos e se concentrar no assunto.

— Acho que é melhor deixar o governo de fora do dia a dia do funcionamento de negócios locais. Entretanto, se houver abuso dos cidadãos ingleses, então é responsabilidade do governo investigar, intervir quando solicitado, e tomar providências quando necessário.

— Falou como um verdadeiro político — Thomas pontuou seu comentário com uma risada.

— Eu não sei — Sophia disse. — Como americana, acredito que o governo deveria ficar de fora da vida dos cidadãos. Entretanto, ganância pode, frequentemente, levar as pessoas a esquecer que têm essas vidas em suas mãos. O latifundiário não deve pensar apenas nos homens que descem em suas minas, mas também nas famílias desses mineiros. Se os homens no comando não considerarem tais questões, então o governo deve criar regulamentos que os obriguem a fazê-lo.

— Um ponto de vista bastante ingênuo, senhorita Braighton — *Sir* Michael afirmou.

A resposta dela satisfez Daniel mais do que deveria. Talvez fosse a expectativa de debates políticos serem parte de sua vida cotidiana.

— Não é ingênuo, Michael, é humano. As mulheres têm um ponto de vista que faria bem acrescentarmos ao nosso. Elas pensam além do dinheiro. Não doeria se você investigasse suas próprias minas e visse por que elas não são rentáveis. Talvez seja o tratamento desses trabalhadores que restringem o valor de um dia de trabalho.

— Eu não sabia que você tinha uma mina de carvão — Elinor falou, pela primeira vez.

Michael sorriu suavemente e balançou a mão.

— Não é nada. Apenas um dreno das finanças da família. Mais um dos investimentos ruins que meu pai fez e que agora devo resolver.

Elinor franziu o cenho, mas não disse mais nada.

Os funcionários haviam tirado da sala de estar a maior parte da mobília e trouxeram um pianoforte. Serena, completamente recuperada de sua experiência com Lady Blyth, foi acompanhada por Lorde March até o instrumento e tocou uma música.

Sophia bateu palmas junto com o ritmo da canção alegre.

— Sophia, caminhe comigo até o jardim? Eu gostaria de falar com você — Thomas sussurrou em seu ouvido.

Ela assentiu, e pouco depois, os dois saíram pelos fundos da sala silenciosamente.

Mais quente do que na noite anterior, o ar estava carregado. Iria chover. Eles caminharam até um pequeno gramado que levava a um jardinzinho silvestre.

— Daniel e eu tivemos uma conversa.

— É mesmo?

Ele assentiu.

— Sim. Ele me contou tudo, e decidi que seria melhor se eu me afastasse.

Sophia oscilou entre a humilhação e a raiva. Ela não sabia se chorava ou se encontrava Daniel e estapeava seu rosto arrogante. Ele a traiu. A jovem tentou se acalmar.

— Ele contou?

Thomas deu um passo para trás, os olhos arregalados.

— Bem, sim. Ele me contou de seu desejo em se casar com você e pediu para eu me afastar. Eu disse que o faria.

A garota soltou o fôlego que nem sabia que havia retido. Ele não havia a traído. Seu alívio foi tão grande que ela não tinha palavras.

— Mas, Sophia, se não nutre qualquer sentimento pelo conde, você deve me dizer agora. Eu deduzi que seus sentimentos correspondiam aos dele. Não quero que se sinta jogada de lado. Ainda gosto muito de você e não teria escrúpulo algum em me casar contigo...

— Oh, pelo amor de Deus, Tom, pare de falar. Seu inglês é eloquente demais para mim. É como aquela areia movediça sobre a qual li certa vez. Você se debate sem parar e acaba afundando ainda mais, quando se apenas parasse, provavelmente tudo ficaria bem.

Boquiaberto, ele a encarou, depois cruzou os braços e riu.

— Você está certa, é claro. Nós não paramos de falar. Você deveria ouvir Daniel quando ele é envolvido pela paixão pelo direito ou algo assim.

— Eu gostaria muito de ver isso. — Ela vira a paixão de Daniel, mas não acerca de política. Ela teve um lampejo disso esta noite no jantar, mas ele se conteve.

— Sophia, eu deveria retirar minha oferta? Já que ainda não falei com sua tia, deixarei dependendo inteiramente de você.

Afastando pensamentos sobre as paixões de Daniel, ela se concentrou no homem à sua frente. Dois cavalheiros a pediram em casamento no curto período que ela estava na Inglaterra. Quem imaginaria que tal coisa seria possível quando ela se resignou a nunca se casar? Ela tocou seu braço.

— Eu agradeço a oferta, Tom. De verdade. Você é um homem bom e gentil, e eu gosto de você, mas não me casarei contigo.

Os olhos dele encheram-se de tristeza, mas o sentimento desapareceu tão rapidamente quanto veio.

— Eu entendo. O Conde de Marlton é uma escolha excelente. Ele tem sido meu amigo mais próximo a maior parte de nossas vidas. Você não encontraria alguém melhor, e é sempre bom se casar com um homem que tem um título ao invés de um mero cavalheiro.

Ela apertou seu braço para que ele a olhasse.

— Eu sou americana. Não dou a mínima para títulos. Eu não ligaria se Daniel fosse o próprio príncipe. Você sempre será meu bom amigo, Tom, e eu odiaria arruinar isso com um casamento onde você iria se ressentir de mim eventualmente.

Risadas e músicas vieram da casa e ressoaram pelo jardim, lembrando-a que a ausência deles logo seria notada.

— Vamos voltar? — ele perguntou.

O ruído na sala estava alto com a música e as passadas das pessoas. Dory dançava com Hunter Gautier e parecia encantada com a companhia do jovem cavalheiro. Sylvia Dowder dançava com Lorde March. Michael e Elinor encaravam-se um ao outro alegremente. O restante formou grupos de conversa.

Daniel estava sozinho no canto mais distante, alternando seu peso entre os pés. Assim que ele a viu na porta, franziu o cenho e disparou até ela. Ele era sempre tão temperamental?

— Meu senhor.

— Senhorita Braighton. Acredito que tenha aproveitado o ar noturno.

— Mmm, muito refrescante.

Thomas caminhou até o pianoforte onde a Senhorita Dowder tocava.

— Creio que você e o Sr. Wheel desfrutaram de uma conversa amigável?

Ele estava com ciúmes. Por que estaria com ciúmes de Thomas? Ele devia saber a natureza da conversa. Ela olhou para Tom cuja atenção estava focada em cada tecla pressionada.

— Foi agradável, meu senhor.

Daniel observou Thomas.

— Ele não consegue resistir a uma boa musicista.

— Mesmo? Bem, a senhorita Dowder parece talentosa. Sabe, Lady Dorothea toca harpa, pianoforte e vários outros instrumentos, acredito. — Sophia olhou de Thomas para Dory.

— O que está acontecendo nessa sua cabecinha bonita?

Ela olhou de volta para o conde.

— Não sei o que quer dizer, meu senhor. Só mencionei que minha boa amiga é uma musicista talentosa. Parecia apropriado para a conversa em vigor.

Ele escondeu sua risada por trás da mão.

— Absolutamente apropriado. E se eu encontrar um momento adequado para mencionar esse fato para o Sr. Wheel, isso também seria apropriado?

Ela deu de ombros inocentemente.

— Seria uma forma de começar uma conversa educada e eu sei como vocês, ingleses, adoram tais coisas.

— Vou me esforçar para não lhe entediar com minha tagarelice no futuro.

— Eu não quis dizer você especificamente, meu senhor. — Ela o ofendeu. Por que não conseguia manter a boca fechada? — Admito que os americanos não são tão bons em ser educados mesmo quando tentamos. Talvez seja melhor, principalmente quando tentamos.

Ele riu.

— Não se aflija, Sophie. — Ele se abaixou até que seus lábios quase tocaram a orelha dela. — Tenho certeza de que você vai me insultar várias outras vezes durante nossa vida juntos.

Um arrepio percorreu sua coluna e ela segurou o fôlego.

— Eu não concordei em me casar com você, meu senhor. Não tire conclusões precipitadas. Tenho quase certeza de que ficará, infelizmente, decepcionado.

Sua expressão estava neutra, mas seus olhos riam dela.

— Eu acho que não.

Ela estava prestes a discutir, mas a música mudou e estava alta demais para ter uma conversa.

CAPÍTULO XII

O entusiasmo do Visconde de March acerca do mundo natural era sem igual. Sophia cambaleou pelo terreno ermo atrás do grupo. Ela calçou sapatos resistentes, mas depois de uma hora e meia de caminhar e parar e caminhar, estava entediada, cansada e seus pés doíam.

— Isso é um espinheiro. Há dois tipos de espinheiros. Uma maneira de diferenciá-los é espremer o fruto vermelho entre os dedos. — E o visconde o fez. — Se possuir uma semente dentro, então é o espinheiro normal, mas se houver duas ou três sementes, é um espinheiro Midland, o qual veremos crescer com mais frequência em bosques ao invés de sebes.

Sophia não fazia ideia do desfecho do experimento de amassar as frutas enquanto se distanciava para evitar ouvir a aula perto demais. Uma borboleta voou à sua frente. O inseto bonito era tão cheio de vida e elegante que a fez sorrir apesar de seu desejo de estar em outro lugar.

A alegria do Lorde March igualou-se à dela quando ele pegou a borboleta com brutalidade da flor que estava investigando.

— Dezesseis espécies de borboletas foram registradas aqui, inclusive o Argus Marrom e a Branca Marmorizada. As borboletas são atraídas por urtigas, ervas daninhas, cardos, trevos e arbustos. — Ele então soltou a pobre criatura morta no chão.

— Meu senhor, o que causa esses buracos nas árvores antigas? — Serena Dowder perguntou. O entusiasmo da Senhorita Dowder parecia se igualar ao do visconde.

Sophia grunhiu internamente. A morte daquela linda borboleta dizimara qualquer diversão que ela teve durante a caminhada.

Dory puxou seu braço para ficar ainda mais longe, embora ainda pudessem ouvir a resposta:

— O pica-pau-verde, o pica-pau-malhado-grande e o pica-pau-malhado-pequeno se apoiam na madeira seca para fazer seus ninhos no fim do inverno e no começo da primavera, ficando prontos para a desova no final de março ou início de abril. Eles ocupam frequentemente os mesmos buracos ano após ano. — Isso rendeu uma onda de 'ohs' e 'ahs'.

Ele começou a contar sobre o desenvolvimento de uma linda flor branca, a qual chamou de Silene Vulgaris.

Dory puxou seu braço.

— Eu não aguento mais esse disparate. Acho que escutamos por tempo o bastante. Deixe as gêmeas Dowder passarem seu tempo flertando. Vamos dar uma volta, nós duas.

Sophia estremeceu.

— Meus pés estão doendo, Dory. Podemos encontrar um lugar para nos sentarmos? Se é que encontraremos algum lugar para fazer isso por aqui...

— Vamos dar uma olhada. — De braços dados, elas se afastaram do restante do grupo.

Foi uma caminhada longa, mas Sophia estava feliz por se distanciar da multidão.

— Você está interessada no Sr. Gautier?

Dory suspirou, e seus ombros cederam em derrota.

— Não. Ele é bonito, gentil, possui certa idade, mas tem uma reputação extravagante. Enquanto seu irmão tem um título e é entediante, ele é pobre, não tem títulos e é jovial demais para mim. Acho que encontrarei um intelectual para mim, mas um que não seja tão enfadonho quando o Visconde de March.

— Tem certeza de que tal homem existe?

— Não, mas é melhor assim. Prefiro muito mais me concentrar na minha música por um tempo. Pelo menos, até meus pais insistirem com a questão. Devo ser capaz de implorar por mais um ano e, talvez, nessa época encontraremos tal homem exemplar.

— Minha tia me deu permissão para não me casar — Sophia disse.

— Sério, por quê? Você contou a ela sobre seu problema na América?

— Sim. Contei tudo a ela quando a fofoca chegou ao jornal. Ela me prometeu um lar e uma renda, caso eu escolha não me casar.

— Isso é muito generoso. — Sua voz estava distante e houve uma longa pausa. — Tem certeza de que é isso o que você quer, Sophia?

— Não posso me casar — disse, com firmeza, mas seu estômago revirou com a ideia de uma vida isolada no campo. Ela teria amigos? Talvez encontrasse um gato para lhe fazer companhia nas noites solitárias.

Elas chegaram a um lindo caramanchão coberto por rosas. Sophia estava quase chorando ao avistar o banco que havia ali.

— Pensei que você e o conde estavam se dando bem — Dorothea comentou.

Sophia deu de ombros.

— Eu gosto dele, mas como poderei me casar? Ele precisará de um herdeiro, e não posso lhe dar um. Não seria justo me casar com qualquer homem.

— Pensei que você iria querer ter um filho, Sophia. Para mim, é o único bom motivo para o casamento. Mal posso esperar para segurar meu próprio bebê nos braços e saber que esta pessoinha irá me amar enquanto eu a estimar.

Os olhos de Sophia marejaram e seu coração doeu por conta dos filhos que nunca teria. Ela piscou várias vezes para afastar as lágrimas.

— Além disso, o conde tem o hábito ruim de jogar de lado suas noivas tão facilmente quanto o faz com uma gravata. Não serei a próxima a ser frustrada antes de subir ao altar, ou pior, depois.

Dory arregalou os olhos e tocou o braço de Sophia.

— Querida, você está enganada. Ele teve todos os motivos para romper o noivado com Jocelyn. Não foi por seu bel-prazer. Lorde Marlton é um homem honrado.

Sophia virou-se para Dory e segurou sua mão. Ela o havia julgado mal?

— Eu não sou bisbilhoteira, Dory, mas pode me contar o que aconteceu e como você sabe?

Dory ficou em silêncio por um longo momento. Ela olhou para suas mãos unidas.

— Eu era uma amiga próxima de Jocelyn. É assim que sei o que aconteceu. — Ergueu o rosto para encarar os olhos de Sophia. — Ela era minha amiga desde que estávamos no internato juntas e, embora sempre tenha sido mimada e obstinada, nunca imaginei que ela faria o que fez. Nossa amizade teria acabado muito antes se eu soubesse o quão cruel e egoísta ela era.

Sophia estava determinada a descobrir o caráter de Daniel.

— Como ela foi cruel?

Jogando um cacho frouxo para trás de seu ombro, Dory respirou fundo e ergueu o queixo.

— Faltava pouco tempo para o casamento deles quando Jocelyn me disse que estava apaixonada por um tal de Sr. Swanery. Eu a aconselhei que ela deveria esquecer aquele homem, porém ela me disse que não o faria. Seus pais a impediram de romper o noivado com um futuro conde para se casar com um desconhecido sem títulos. Ela pretendia ter um caso com esse homem assim que gerasse um herdeiro para Marlton.

Dory suspirou.

— Eu fiquei chocada, disse a ela que era uma tola, e que Daniel seria um bom marido se ela o tratasse bem. Mas ela foi tão egoísta que convencê-la fora impossível. Eu esperava que depois que ela e Daniel se casassem, ela visse o quão bom e honrado ele era e, assim, mudasse de ideia. Tive ainda mais esperança de que aprenderia a amá-lo, já que era óbvio que ele possuía sentimentos ternos por ela. Minhas esperanças foram em vão. Antes mesmo de se casarem, ela começou um caso com o Sr. Swanery. E foi encontrada em uma posição comprometedora com seu amante. Foi Lorde Marlton quem os descobriu.

— Minha nossa. — Sophia engoliu em seco. — O que ele fez? Ele bateu nela?

— Não. Ele rompeu o noivado sem revelar a ninguém o motivo. Só sei a verdade porque a própria Jocelyn me contou no dia seguinte. Ela não estava arrependida e não entendia por que ele a fez de tola. Era inacreditável que ela não se sentia responsável pelo que aconteceu. Fiquei tão chocada que não soube o que dizer por um bom tempo, e permiti que ela desabasse por meia hora, alegando que homem horrível era ele, e repare que a linguagem dela foi bem pior. Ele a havia arruinado, ela dissera. Quando encontrei minha voz e pedi que ela saísse da minha casa, ela ficou chocada por eu não estar do seu lado. Ela me xingou de coisas ofensivas e depois foi embora. Não falo com ela desde então.

Sophia apertou sua mão.

— Lamento muito, Dory. Deve ter sido horrível para você perder uma amiga.

— Foi pior para o conde, creio eu. Ele saiu da Inglaterra imediatamente e foi para a América por mais de um ano. Acho que ele estava realmente de coração partido. Perguntei-me com frequência se caso Jocelyn tivesse se sentido ao menos um pouco arrependida de suas ações, ele a teria perdoado?

— Não consigo imaginar que o teria feito. Ele não parece ser do tipo que perdoa.

Dory deu de ombros.

— Ele não é o mesmo homem que era na época. O que aconteceu o mudou, tornou-o mais cínico. Ele talvez não teria voltado da América se seu pai não tivesse falecido tão subitamente. O conde teve que voltar para assumir a administração das propriedades, e até mesmo ocupou seu lugar na Câmara dos Lordes. Muita coisa aconteceu com Daniel Fallon no último ano.

— Entendo o que quer dizer. — Afastando a mão, Sophia encarou seus sapatos.

— Pensei que você ficaria feliz por saber a verdade.

Sophia deu de ombros.

— Torna mais difícil rejeitar a oferta dele.

Os brilhantes olhos verdes de Dorothea se arregalaram em surpresa.

— Ele já te pediu em casamento?

Ela assentiu.

— O que você disse? — O sorriso de Dory se alargou e seu olhar cintilou. Dory não precisava saber da promessa escandalosa que ela fizera.

— Eu ainda não respondi.

— Minha nossa, Sophia, você só está na Inglaterra há um mês e já teve uma proposta de um solteiro cobiçado.

— Duas — ela corrigiu.

Dory saltou de seu assento.

— Quem mais lhe propôs?

— O Sr. Wheel foi generoso o bastante para pedir também.

Dory balançou a cabeça.

— De fato! Eu não acredito. Nunca pensei que Thomas Wheel se casaria.

— Ele achou que nós combinaríamos, já que somos bons amigos e amor não interferiria no nosso casamento.

— Céus, ele não disse isso, disse?

— Não, mas foi quase tão pouco romântico quanto isso. Ele foi muito gentil. Era sua intenção me salvar, acredito.

— Estou com um pouco de inveja — Dory admitiu.

Sophia duvidava disso.

— Quantas propostas você recusou?

— Oito. Porém, nenhuma tão intrigante quanto as suas. Todos os homens que me propuseram eram completamente inaceitáveis.

— Mesmo? Percebi que havia um duque no meio de todos os seus ardentes admiradores.

— Ele tinha quarenta e dois anos. Sobre o que eu iria conversar com ele? — Dory ergueu as mãos e sentou-se no banco outra vez.

— De fato — Sophia repetiu a expressão favorita de Dory.

— Oh, não me olhe assim. Você é igualzinha à minha mãe. Eu preferiria encontrar alguém de quem gosto. Não é como se eu estivesse esperando uma ideia grandiosa de amor, oras. Apenas seria bom gostar do homem com quem me casarei. Isso é pedir demais?

— De jeito nenhum — Sophia respondeu.

Dory segurou sua mão.

— Mas e quanto ao seu problema? O que vai fazer?

— Não posso me casar com ele.

— Perdoe-me por interromper. — Emma se aproximou, vindo da casa.

— Não é problema algum — Dory afirmou.

— Estou um pouco constrangida. Não quis bisbilhotar, mas ouvi você dizer que não poderia se casar com alguém.

Sophia deu de ombros.

— Tudo bem. É provável que todos descubram eventualmente. Eu vou recusar o Conde de Marlton.

Emma tinha um rosto meigo e redondo e olhos grandes da cor do mar. Seu cabelo cacheado balançava ao redor de seu rosto enquanto ela se sentava no banco à frente delas.

— Dan pediu para você se casar com ele?

— Ontem. — Sua pele estava queimando e a voz vacilou. Lutando contra as lágrimas, ela se sentou direito e mordeu o interior da bochecha.

— E você o recusou?

— Ainda não, mas devo fazê-lo.

— Por quê? Ele é um bom homem. Honesto, rico e tem títulos.

Dory respirou fundo e ergueu as mãos.

— Emma é casada. Talvez ela possa ajudar. A menos que você queira discutir detalhes íntimos com sua tia?

Sophia arrepiou-se.

— É bastante pessoal.

Emma se levantou e deu a volta no caramanchão para se sentar no mesmo banco.

— Nós não nos conhecemos bem, Sophia, mas Dan e Markus têm sido amigos desde sempre. Eu faria qualquer coisa por ele, e se ele a ama, isso se estende a você também.

Engolindo a bile que subia pela garganta, ela contou à Emma sobre seu problema. Ela não citou o nome de Pundington ou que havia sido banida da Filadélfia.

Quando terminou de relatar a história, os olhos de Emma estavam marejados, e ela a segurou em um abraço maternal.

— Pobrezinha. Eu quero dar uma surra naquele animal por tê-la feito passar por isso. — Ela se afastou e alternou o olhar entre Sophia e Dory. — É indecoroso lhe dizer o que acontece entre marido e mulher, mas vejo que essa é uma circunstância na qual algumas coisas devem ser reveladas.

Dory se inclinou e Sophia agarrou sua mão.

Emma abriu um sorriso e gargalhou.

— Vocês duas parecem personagens saídas de uma tragédia grega. — Ela ficou séria. — Nada sobre fazer amor com o marido se compara com a sua experiência. O que aconteceu com você foi um ato de violência, Sophia. Dan irá cuidar de você.

Demorou alguns segundos para lhe perguntar:

— Mas o ato é o mesmo, não é?

Com um suspiro, Emma assentiu.

— Suponho que sim. Não consigo imaginar o que você sofreu. Minha única experiência é com um homem que me ama. Acho que você deve colocar o que aconteceu com Pundington na categoria de um espancamento, ao invés de um ato de amor ou até mesmo sexo. Sei que Dan nunca te machucaria. Se ele te pediu em casamento, significa que te ama. Sinceramente, nunca pensei que ele se casaria depois do desastre de seu último noivado. Não o rejeite porque está com medo, Sophia. Aqueles quatro homens que frequentaram Eton juntos são bons. Eles serviram seu país e cuidam de suas famílias. Markus poderia ter sido como o pai, mas ele é honesto e leal. Perdoe-me, Dory.

Dory gesticulou a mão ante a menção do nome do pai.

— Papai é o que é, e sua promiscuidade tornou a mamãe um pesadelo também. Meu irmão é um bom homem, e ele tem sorte de ter você.

Emma enrubesceu.

— Sou eu quem tem sorte.

Parcialmente aliviada e ainda mais temerosa, Sophia não sabia o que dizer.

— Obrigada por tentar ajudar.

— Espero que reconsidere recusá-lo, mas desejo o seu bem não importa o que decidir.

Sophia a abraçou.

Levantando-se, Dory se alongou.

— Acredito que devamos encontrar os outros. Não quero ser rotulada de antissocial.

Sophia flexionou os pés doloridos.

— Acho que está certa.

— Tenho que voltar para casa antes que sintam minha falta. Só escapei para ter alguns minutos de paz.

— A minha mãe está te importunando para ter um filho de novo?

— Ela é implacável. — Balançando a mão, Emma voltou pelo caminho até a casa.

Retornando por onde vieram, Sophia e Dory andaram pelos bosques através do caminho trilhado.

O grande peso que pressionava o peito de Sophia abrandou e seus passos ficaram mais leves.

— Sabe, o Sr. Wheel é um grande admirador de música pelo que fui informada.

— De fato. — Dory revirou os olhos.

— Sei de uma fonte segura. — Ela olhou para Dory e as duas riram de sua evidente ação casamenteira.

Alistair Pundington espiava por entre as árvores, as observando. Ela não conseguia respirar. Elas tinham que fugir.

— Céus, o que houve? Você está doente?

Ela agarrou a mão de Dory e correu, puxando-a por trás. Seus músculos doíam e seus pulmões imploravam por ar. Ela teria gritado por ajuda se tivesse poupado o fôlego.

Dory gritou para que ela parasse, mas a jovem continuou correndo. Ele estava ali, nos bosques. Alistair tinha vindo atrás dela. A floresta era um borrão. Ela pisou em um buraco e soltou a mão de Dory. Galhos e folhas voaram enquanto ela escorregava por um barranco e sua queda foi contida por um grande arbusto de silvas, que feriram sua pele.

— Oh, droga. — Ela ouviu Dory gritar do topo da colina. — Fique onde está, Sophia. Vou chamar ajuda.

— Não! — Seu coração disparou pelo pânico e pelo esforço. Cada instinto lhe dizia que Alistair Pundington a queria, e que ele não pararia por nada até tê-la. Lutando para se soltar, ela tentou se afastar dos grossos galhos retorcidos, mas cada movimento só a deixava ainda mais presa. — Não me deixe, Dory. Ele vai me encontrar. Por favor, não me deixe.

— Tudo bem, acalme-se. Eu vou ficar. — Ela olhou para trás e depois voltou-se para Sophia outra vez. — Estou vendo sangue. Você está gravemente ferida?

Sophia olhou para seu vestido matinal branco e o pânico a dominou. Tocando as manchas vermelhas, ela relaxou. Eram somente as amoras escuras causando as manchas.

— Não. São as amoras. Estou bem, mas presa. Toda vez que me mexo, esses galhos parecem me apertar ainda mais.

Dory gritou por ajuda.

Uma eternidade se passou antes que Daniel e Thomas aparecessem, seguidos de perto pelo restante do grupo.

— O que há de errado, Lady Dorothea? — Thomas perguntou.

Daniel olhou barranco abaixo.

— Acho que vejo o problema.

Thomas olhou também.

— Parece que um pombo ficou preso em seus arbustos, Marlton.

— Você está ferida, Senhorita Braighton? — Daniel perguntou.

— Pare de rir.

— Não está ferida. — Thomas inspecionou a área. — Como desceremos sem cair na mesma armadilha?

— Marsh, você tem uma faca? — Daniel perguntou.

— Hmm, sim. — O Visconde entregou uma pequena faca.

— Tom, veja o que pode fazer daqui. Darei a volta por baixo. — O sorriso de Daniel era irritante.

Parecia que horas tinham se passado enquanto eles estavam apenas a olhando de cima da colina. Todas as mulheres estavam chocadas e perguntando se ela estava bem, enquanto os homens falavam incessantemente sobre a melhor forma de descer e a libertar. Ela estava tão cansada de escutá-los que renovou seus esforços para se soltar. O tecido acabou rasgando, porém ela ainda estava presa.

Ela ouviu um barulho do outro lado do arbusto. Estava prestes a gritar quando o rosto de Daniel espreitou por entre as folhagens.

— Olá. — Ele soou alegre, como se estivessem se encontrando para o chá. Isso a fez rir.

— Olá para você também.

— Eu irei lhe soltar em um instante. Não se preocupe.

— Eu já fiz isso, meu senhor.

Ele continuou cortando pedaços do arbusto.

— Como você se meteu nisso, Sophie?

Sua respiração estava acelerada. Ele estava ali nos bosques, observando-a.

— Alistair.

Daniel parou o que estava fazendo e a encarou.

— O que você quer dizer?

— Ele está aqui, Daniel, na sua propriedade. Eu o vi. Ele estava observando a mim e Dory. — Ela se debateu de novo.

Ele segurou sua perna, e ela deu um gritinho.

— Pare de se remexer. Você tem certeza?

— Você não acredita em mim? — Seu coração parou por um momento.

Ele cortou outro galho.

— Se tem certeza de que o viu, então acredito em você, Sophie. Porém, o que ele ganharia te procurando aqui? Ele deve saber que não pode ter acesso a você na minha propriedade.

— Ele acha que suas ações não têm consequências. Ele acha que lhe pertenço. Ele virá atrás de mim. — Cada palavra a deixou mais apavorada, motivo pelo qual agora se encontrava onde estava.

Ela remexeu-se de novo e os galhos cravaram o tecido do vestido e a pele.

— Sophia! Acalme-se e me escute com cuidado. Você não é dele. Ele nunca mais irá lhe machucar. Eu vou cuidar disso. Você acredita em mim?

Ela olhou para seu lindo rosto e olhos sinceros. Seu coração desacelerou e ela acalmou a respiração perante sua confiança feroz.

— Eu acredito em você, Daniel.

— Então fique parada e eu vou te soltar.

Ele fez exatamente como dissera e com mais alguns cortes, ela estava livre. Seu vestido não sobreviveu, no entanto. Galhos rasgaram o tecido delicado enquanto Daniel a tirava dos arbustos. Sophia estava igualmente arranhada em inúmeros lugares indiscretos, porém estava livre e também incólume. Porém, seu constrangimento era expressivo. Seu rosto queimou de vergonha.

— Obrigada, meu senhor.

Com um gesto galante, ele disse:

— A seu dispor, minha senhora.

Afastar-se dele e de seu fracasso total em se comportar como uma dama era sua prioridade principal.

— Voltarei para casa.

— Eu a acompanharei.

Ela não discutiu. Estava com muito mais medo de ficar sozinha e Alistair a encontrar do que estava constrangida.

— Sophie? — ele a chamou.

— Hmm. — Ela encarou seu vestido. A semana estava se provando desastrosa para seu vestuário.

A voz de Daniel adquiriu um tom de autoridade.

— Depois que eu te levar para casa, irei procurar por Pundington. Se ele for esperto, terá saído das imediações, mas temos que nos certificar.

— Você acredita em mim, então. — Ela relaxou quando alívio tomou conta de seu corpo.

Ele assentiu.

— Acredito em você. Levarei alguns homens comigo para procurá-lo, mas direi a eles que você viu um salteador espreitando no bosque. Você pode contar uma mentirinha se lhe fizerem perguntas?

Ela assentiu.

— Porém, não vou mentir para a minha tia. Contarei a verdade a ela e a Dory, é claro.

Ele inclinou a cabeça.

— Tenho certeza de que Lady Dorothea e a condessa guardarão seu segredo, meu amor.

A jovem parou de andar, forçando-o a se virar.

— Você precisa mesmo ir atrás dele? Como disse, ele provavelmente deixou a propriedade agora. Você poderia se ferir.

O conde tocou sua bochecha.

— Eu ficarei bem. Ele nunca imaginaria que você diria a alguém que o viu, logo, o infeliz não faz ideia que você me contou.

— Não, suponho que não. Uma dama respeitável nunca contaria a alguém. Uma dama respeitável teria ido para seu túmulo com o conhecimento de que agiu corretamente por sua família.

— Sophia. — Sua voz soou tão austera que ela ergueu a cabeça depressa. Sua expressão suavizou quando ele olhou para ela. — Fico feliz que tenha me contado. Você não tem culpa da violência que lhe foi imposta quando era pouco mais do que uma criança. Dizer-me foi a coisa certa a se fazer. Vamos passar por isso juntos.

Lágrimas escorreram livremente por seu rosto. A gentileza dele perfurou-a tão fundo quanto qualquer repreensão, e ela correu na direção da casa.

O atraso deles permitiu que o restante do grupo tivesse tempo de alcançá-los. Dorothea e Elinor se apressaram e puxaram Sophia para a casa.

Sophia disparou para seu quarto onde Daphne e Dory a acompanharam. Ela lhes contou sobre a presença de Alistair Pundington no bosque.

Dory empalideceu.

O rosto de tia Daphne ficou vermelho. Entredentes, ela disse:

— Descanse, minha querida. Mandarei o jantar para o seu quarto.

Era estranho ver sua tia tão estoica estar a um fio de perder o controle. A mente de Sophia encheu-se de pensamentos sobre o que poderia ter acontecido se ela estivesse sozinha em sua caminhada ou se não tivesse visto Pundington na hora. Um nó alojou-se em seu estômago, e ela afastou as lágrimas. Ele poderia tê-la arrastado e ninguém saberia por horas. Se ele a deixasse no bosque para morrer, aquele poderia ser seu lugar final de descanso. Um arrepio percorreu sua coluna. Estava escuro quando Marie chegou com seu jantar. Ela deu duas mordidas no peixe delicioso antes de afastar o prato. Em seguida, bebericou o chá e se concentrou no líquido quente que descia pela garganta.

— Acho que enlouqueci.

O quarto vazio não ajudara a acalmar sua preocupação. Ela tentou pensar em outra coisa além do olhar maligno dele por trás das árvores. Aqueles claros olhos fundos e grandes demais para seu rosto brilharam de ódio e lascívia, e o velho sorrira quando ela o viu.

Quando tentou afastar esse pensamento, sua mente vagou para as intenções de Daniel Fallon de seduzi-la naquela mesma noite. Sua vida estava fugindo de controle.

Ela colocou a mão sobre o peito acelerado e desejou que seu coração acalmasse a pulsação disparada. Seja lá qual fosse a fonte de sua ansiedade, os eventos do dia, ou o que aconteceria logo mais à noite, ela tinha que recuperar o controle. Bile subiu por sua garganta.

Uma batida à porta assinalou que o jantar havia acabado. Sophia chamou Elinor e Dory para entrarem.

Elinor saltitou e só conseguiu se sentar por um instante antes de se levantar outra vez.

— Não acredito que estávamos tão próximas de um salteador. Tenho certeza de que ele já está longe agora que sabe que somos um grupo tão grande. Você não tem nada a temer.

— Tenho certeza de que está certa.

Elinor bateu as mãos e girou.

— Todos os homens saíram. *Sir* Michael me disse que não viu ninguém que interesse na área. Realmente acho que está bastante seguro. Lorde Marlton sugeriu que as senhoras não andassem pela propriedade Marlton sem um homem como acompanhante, mas tenho certeza de que ele só está sendo demasiadamente cauteloso.

Dory disse:

— Você não precisa soar tão alegre com a ideia de um criminoso na propriedade, Elinor. Não é tão romântico quanto parece. Sophia poderia ter se machucado naquela queda.

Elinor franziu o cenho.

— Não estou alegre, Dory. Só acho que a semana tem sido bastante emocionante até agora. Isso entre o salteador, Michael estando aqui e o evidente fato de que Lady Marlton está tentando empurrar o conde para Sophia. Será uma semana e tanto.

— Bobagem. — O coração de Sophia disparou. Se Elinor tinha notado, então era provável que todos os outros o tivessem feito também. — Não constatei tal pressão no conde.

A jovem loira revirou os olhos.

— Ela lhe convidou para cá. Assim como todos os seus amigos.

— Você poderia dizer o mesmo sobre Dory. Além disso, Dory é filha de um conde. Ela é muito mais compatível com vossa senhoria.

— Não estou na mira da senhora. — O tom de Dory não deixou espaço para discussão.

Sophia balançou a mão.

— Só estou dizendo que poderia muito bem ser você e não ter nada a ver comigo. Provavelmente, não é sobre casamento, mas apenas para me tirar da cidade por uma semana.

— Ela os colocou juntos no jogo de boliche — Elinor cantarolou arrastadamente as últimas palavras.

— Foi apenas uma coincidência — Sophia afirmou.

Dando de ombros, Elinor jogou os cachos loiros para trás do ombro, levantou-se e alisou seu vestido.

— Sophia, se você tem certeza de que está se sentindo bem, irei me despedir. Estou muito cansada depois de um dia desses. Não consigo imaginar o quanto você deve estar exausta.

— Eu estou bem.

Ela beijou a bochecha de Sophia e saltitou para fora do quarto.

— Você está mesmo bem? — Dory perguntou.

Sophia suspirou.

— Estou contundida e arranhada, mas fora isso, saí ilesa.

— Tenho certeza de que você sabe do que estou falando. — Dory utilizou um tom maternal.

— Estou um pouco assustada, mas acredito que o conde irá me proteger, assim como se esforçará para proteger a todos os seus convidados. — Sophia escondeu um bocejo por trás de sua mão.

— Vou deixar você dormir um pouco, querida. Direi que você está bem melhor quando voltar para a sala para a sobremesa.

— Obrigada, Dory.

Dory sorriu, e ambas se abraçaram por mais tempo do que o costume; só então, a jovem amiga saiu do quarto.

Sophia se enfiou debaixo das cobertas. Cansada demais para continuar se preocupando, fechou os olhos e se aninhou ao colchão macio.

O aroma de rosas infiltrou-se pela janela aberta.

Daniel foi até o quarto dela e seu corpo ferveu quando encontrou a porta destrancada. Ela a deixara aberta para ele, mas adormeceu. Ele ficou parado diante de sua cama. A adorável criatura dormia como um anjo. Ele não tinha intenção de acordá-la para fazê-la cumprir a promessa. Temia que ela o estivesse esperando.

Ela parecia tão jovem e frágil com suas mãos pressionadas contra a bochecha.

Seus dedos roçaram a bochecha dela como se tivessem vontade própria. Ela se remexeu, e ele afastou a mão. Observando-a abrir os olhos, sentiu o coração inflar no peito.

— Você está aqui. — A voz dela soou grave e áspera por conta do sono.

Seu corpo exigiu que ele ignorasse seu bom senso. Ele queria entrar debaixo daqueles cobertores e fazer amor com essa garota deslumbrante. Nunca ansiou por nada além de provar a ela que seu ato amoroso seria maravilhoso. Mostrar a diferença entre a violência que sofreu nas mãos de Alistair e o que eles compartilhariam era imprescindível.

— Eu só queria ver como você estava.

Ela arregalou os olhos.

— Eu prometi.

— Esta noite não, meu amor. Eu lhe verei amanhã.

— Não quero que pense que eu quebraria minha promessa. — Sua voz áspera retornou, pois o sono tentava reivindicá-la outra vez.

— Você está cansada e com razão. Conversaremos amanhã à noite. — Ele se inclinou e beijou sua bochecha antes de se virar na direção da porta. Fechando os olhos por um instante, tentou reprimir o desejo latente.

— Eu tenho os amigos mais fantásticos aqui na Inglaterra — ela murmurou.

Ele era seu amigo? Alegria o aqueceu da cabeça aos pés. Jocelyn nunca pensara nele como um amigo. Ela pensava apenas no dinheiro e em sua posição social. De certa maneira, eles estavam usando um ao outro. Jocelyn tinha toda a coisa de procriação e conexões que seu pai queria em uma nora. Daniel queria agradar ao pai mais do que qualquer coisa. No final, seu próprio desejo egoísta de escapar do escândalo custou a ele os últimos meses da vida de seu pai.

Ele estava em Nova York quando chegou a notícia da morte súbita do velho conde. Ao retornar para Londres, a pessoa que ele mais queria agradar tinha partido há mais de um mês. Ele nunca receberia a aprovação que desejava.

Nada acontecera como o planejado e Jocelyn não era a culpada de tudo.

Grande parte da culpa recaía sobre ele.

Ele adorava o fato de que nada sobre Sophia o lembrava de Jocelyn. Ela era transparente e honesta. Até mesmo a culpa que ele sentia por conta de seu pai desapareceu perante uma vida inteira com Sophia como sua esposa. O pai dele teria amado sua pequena americana. Ela era encantadora.

Silenciosamente, ele a deixou descansar e voltou para seu próprio quarto. O que ele faria quanto a Pundington? Seus crimes não poderiam sair impunes como acontecera nos últimos três anos. Ainda assim, ele precisava proteger Sophia de uma ridicularização pública. Ele encontraria uma maneira de destruí-lo sem a envolver. Acabaria com Pundington sem grande parte da sociedade descobrir como ou o porquê. Apenas Alistair precisava saber o motivo de seu mundo desmoronar. Daniel ficou metade da noite elaborando um plano. Ele precisaria da ajuda de seus amigos.

CAPÍTULO XIII

Todos os músculos do corpo de Sophia gritavam para que ela permanecesse na cama. Se tivesse sido agredida com um grande galho, estaria doendo menos. Era claro que isso foi o que quase acontecera enquanto despencava nos malditos arbustos. Ela grunhiu e se levantou devagar do colchão macio.

Marie a ajudou a colocar um simples vestido pêssego claro. Seu cabelo estava afastado do rosto, mas ficara solto para cair gentilmente sobre os ombros e costas. No momento em que desceu para tomar o café da manhã, ela se sentiu um pouco melhor. Suas pernas não doíam tanto e seus ombros estavam quase completamente sarados. Seu ritmo mais lento naquela manhã significava que a maior parte do grupo já estava presente.

Sophia fez uma bela reverência.

— Bom dia.

— Você está bem, senhorita Braighton? — Lady Marlton perguntou.

A jovem morena deu um sorriso.

— Um pouco arranhada e contundida, mas fora isso, estou bem. Obrigada, minha senhora.

Cissy remexeu seu guardanapo.

— Sentimos sua falta na noite passada. Depois do jantar, nós jogamos jogos no salão. Queria que você estivesse lá para nos entreter com sua habilidade em imitar os outros. Eu quero ver se você consegue imitar a mamãe.

Vergonha aqueceu as bochechas de Sophia. Ela olhou para a madrasta de Daniel, prestes a se desculpar por algo que ainda nem fizera ainda. O pedido de desculpas esmoreceu em seus lábios quando Lady Marlton sorriu e não pareceu nem um pouco ofendida.

— Pelo que me disseram, tenho certeza de que a senhorita Braighton é capaz de fazer uma ótima imitação de mim e, provavelmente, de todos os outros à mesa. — Lady Marlton chamou o lacaio para servir novamente sua xícara de café.

O calor desceu de seu rosto para os dedos dos pés, que eram provavelmente a única parte de seu corpo que não estava ferida ou arranhada. Sophia bebeu seu chocolate e pegou um pedaço de pão.

— Coma alguma coisa, garota — Lady Blyth declarou. — Não é de admirar você não ser nada além de pele e ossos. Você come como um pássaro.

Ela olhou para Lady Blyth e a encarou com o que esperava ser uma expressão agradável.

Daniel a observava.

Ela olhou de relance para ele, mas desviou o rosto rapidamente.

Depois do café da manhã, dirigiu-se ao jardim com tia Daphne até uma leve chuva forçá-las a entrarem, onde beberam chá em um dos salões com as outras mulheres. Ela não se lembrava do nome do salão com as poltronas vermelhas. A casa tinha tantos cômodos que Sophia tinha desistido de tentar se localizar sem a ajuda de um criado.

Parecia que ela seria observada como um gavião por sua tia e Lady Marlton. As duas mulheres não a deixavam em paz. À tarde, ela suplicou para que tivesse permissão de voltar ao seu próprio quarto a fim de descansar.

Sobre seu travesseiro havia um pequeno cartão onde havia escrito *"Esta noite"* e a assinatura de Daniel. Seu estômago revirou como se ela estivesse em outra viagem marítima.

Ela guardou o cartãozinho em suas coisas pessoais e tentou descansar. Estava nervosa, empolgada e talvez um pouco assustada. Não sabia por que sentia tanto medo, sendo que Daniel havia sido tão gentil e atencioso. Ela lembrou-se vagamente dele pairando sobre seu corpo na noite anterior e, encontrando-a dormindo, apenas beijou seu rosto. Talvez a resposta fosse fingir dormir quando ele chegasse. Estaria tarde, já que ele tinha que esperar o grupo se dispersar e ir dormir. Seria plausível se ela tivesse adormecido. Covarde. Não, ela manteria sua palavra.

Sophia cochilou e permaneceu dormindo até Marie acordá-la para o jantar. A refeição e os jogos de cartas depois se transformaram em uma lembrança nebulosa. Sua mente estava tão ocupada com a noite que se seguiria, que ela estava sem a capacidade de se concentrar tanto na conversa quanto nas cartas. Quando foi para o quarto e disse a Marie que trocaria de roupa sozinha, sua voz falhou de leve.

— Você está bem, senhorita?

Ela tentou parecer calma.

— Estou bem. Apenas dormi demais esta tarde e acho que lerei por um tempo antes de ir para a cama. Você pode ir dormir. Ficarei bem. Eu chamarei alguém se precisar de algo.

Sentando-se na beirada da cama, Sophia pensou em centenas de maneiras diferentes de distrair Daniel de sua missão. Talvez pudesse vomitar. Ela deu uma risadinha. Isso iria funcionar.

Ela ainda estava rindo quando se virou, e o viu ali, parado à sua porta. As risadas cessaram quando o medo retornou.

— Boa noite, Sophie. — Ele fez uma longa reverência.

A jovem tentou retribuir o gesto, mas as palavras se prenderam na garganta.

Ele ergueu uma garrafa de vinho e duas taças que carregava.

— Vamos beber uma taça de vinho e conversar um pouco?

— Você quer conversar? — ela perguntou.

O conde riu e caminhou até a pequena mesa onde serviu o vinho e lhe entregou uma taça.

Hipnotizada por seu olhar, ela pegou timidamente a bebida.

— Eu não bebo. — Encarou a luz das chamas do candelabro refletidas no líquido cor rubi.

— Não? Pensei que uma taça e uma conversa pudessem te relaxar.

Ela tomou um gole e fez uma careta por causa do sabor forte.

— Me acertar na cabeça com um bastão poderia funcionar melhor.

A risada dele era um som grave que preenchia o quarto e fez seu estômago dar uma cambalhota.

— Acho que o meu jeito é melhor. Como está se sentindo?

— Estou bem, meu senhor. — Imóvel, ela ainda não tinha se mexido de sua posição estática perto da cama.

Daniel caminhou até a janela, talvez para esconder seu cenho franzido. Sophia deduziu que tenha sido resultado do uso de seu título.

Ele abriu a janela e uma brisa quente trouxe o aroma de grama e flores silvestres.

— Está uma noite quente.

Sophia tomou outro gole do vinho e descobriu que nem assim apreciava o sabor.

— Por que eu?

Daniel se virou e a encarou.

Ela ainda usava seu vestido do jantar. Era um vestido azul-escuro, quase preto, com bordados vermelhos no corpete, dando-lhe uma aparência majestosa.

— Eu não sei.

Com uma risadinha, Sophia bebericou seu vinho outra vez, mas uma onda de vertigem a forçou a colocar a mão na cabeceira da cama. Fazia alguns dias desde que ela comera realmente bem. Discretamente, colocou a taça na mesa. Não seria bom ficar embriagada com um homem em seu quarto.

Ele não disse mais nada e o silêncio atiçou sua curiosidade. Ela saiu de seu lugar e atravessou o quarto até a janela.

— Você me faz sentir.

Ela se virou para ele.

— Sentir o quê?

Ele balançou a cabeça.

— Quando estou com você, eu sinto tudo. Eu me importo com as coisas e não somente com o que te diz respeito. Sento-me no lugar da minha família na Câmara dos Lordes há um mês agora, mas até a conversa da outra noite sobre os trabalhadores das minas de carvão, eu não me importava realmente com isso, apenas com o dinheiro que a extração de carvão proporciona.

— Você não tinha opinião sobre os trabalhadores?

— Oh, eu tinha uma opinião. Tenho muitas opiniões. Mas foi a sua preocupação que me fez pensar neles como mais do que uma questão distante sobre como iremos aquecer nossas casas. — Ele fez uma longa pausa e encarou a escuridão. Em seguida, observou os olhos dela. — Acho que você me torna um homem melhor.

— Não sei o que dizer. — Sua pele arrepiou e seu coração doeu. Era impossível que ele realmente quisesse dizer isso. Não mesmo.

Ele tocou seu braço.

— Espero que isso não lhe ofenda.

— Ofender, não. Assustar, sim.

Ela se manteve de costas para ele.

— Por que te assusta saber que me faz querer ser um homem do qual você se orgulha? — Seus dedos traçaram um caminho de cima para baixo no braço dela.

— Se o que disse é verdade, significa que acha que sou especial, e eu não sou. Você ficará decepcionado, assim como meus pais ficaram. Meu irmão nem fala comigo, porque decepcionei minha família. — Lágrimas escorreram de seus olhos e ela as afastou.

— Sophia, você não decepcionou ninguém. É incrível que tenha sobrevivido de forma tão espetacular como o fez. A maioria das mulheres teria rastejado para uma caverna e deixado o mundo seguir adiante ou teria se tornado amargurada. Você poderia ter se casado por dever e transformado a vida do seu marido e a sua própria em um inferno. Você não fez nada disso. Você é uma mulher extraordinária.

Ela riu, mas o som foi desprovido de humor.

— Essa caverna parece bastante maravilhosa para mim.

— E ainda assim, você não rastejou para ela. Você se tornou uma mulher que é uma verdadeira amiga para pessoas a quem nunca conheceu antes, e por nenhum outro motivo além do fato de ter visto que elas precisavam de você. A reputação da senhorita Burkenstock poderia não ter se recuperado se não fosse por você. Realmente, acha que Dorothea ou Thomas teriam se tornado amigos de uma pessoa de caráter inferior? Eles veem em você a mesma força que eu vejo. Uma força que atrai as pessoas e faz com que queiram te conhecer.

Seus próprios pais a baniram de casa porque ela se recusou a cumprir seu dever. Seu único irmão mal falava com ela há anos.

— Agradeço por suas palavras, mas não sou alguém a ser admirada.

Daniel a virou e puxou-a para perto.

Cada centímetro de seu corpo derreteu-se nas superfícies rijas do dele.

— Mas você é admirada. — Suavemente, ele removeu os grampos que mantinham seu cabelo afastado do rosto.

A cada um que tirava, o cabelo escuro se soltava e os grampos caíam no chão.

O conde enfiou os dedos por entre as madeixas e traçou o polegar sobre o arranhão logo abaixo de seu olho.

— Um lembrete dos eventos de ontem?

— Um de muitos. — Sua voz soara distante.

Os dedos dele, enquanto afagavam seu cabelo, enviavam arrepios agradáveis por seu pescoço e braços. Seus olhos eram tão brilhantes e tão azuis que a fascinavam.

— Sinto muito, Sophie. Tal coisa não deveria ter acontecido na minha propriedade. — Beijou o arranhão com toda a gentileza.

Ela não conseguia recuperar o fôlego.

— Não foi sua culpa, meu senhor.

— Daniel. Meu nome é Daniel. — Seus dedos afagaram o braço dela de novo. Ele ergueu sua mão e beijou o pequeno arranhão nos nódulos de seus dedos. Depois, virou sua palma para cima e deixou os lábios ali por um longo segundo.

Sophia cambaleou e apoiou a mão no peito forte para se firmar. O quarto se tornou pequeno demais, ou talvez Daniel apenas ocupava todo o espaço. Seu cheiro inebriou seus sentidos, enviando sensações prazerosas em todos os lugares em que seus lábios tocavam, e não havia nada de desagradável naquilo.

As palavras de Emma se repetiram em sua mente. Ela poderia confiar em Daniel?

Seu polegar traçou um hematoma no interior do antebraço dela. Posicionar sua mão no ombro dele o permitira trazê-la para mais perto. Sua boca cobriu a escoriação.

Sophia ofegou. Seus lábios na pele macia enviavam arrepios em todas as direções. Ela deveria pará-lo, mas e se não quisesse fazê-lo?

Ele afundou o rosto em seu cabelo.

— Deve ser esse o cheiro do paraíso. — Seu hálito provocou a orelha dela, e ele deve ter encontrado outro arranhão em seu ombro, porque a beijou ali. Seus dedos soltaram os nós do vestido tão habilmente quanto qualquer dama de companhia. A cada nó, ele pressionava os lábios na pele logo abaixo de sua orelha, pescoço, braço, ombro e no vão de sua garganta.

Atordoada por conta de todos os novos impulsos que latejavam em seu corpo, ela agarrou os ombros másculos.

Seu vestido caiu em um amontoado aos seus pés e ele começou a trabalhar nas amarras de seu espartilho.

— Você está com medo, Sophie?

— Sim — ela sussurrou.

As mãos dele aquietaram-se.

— Devo parar?

Sua oferta para parar amenizou o medo. Daniel não a machucaria.

Ela mordeu o interior da bochecha.

— Não pare ainda, Daniel.

Logo seu espartilho seguiu o mesmo destino do vestido e ela estava apenas em sua camisola, meias e sapatos. Ele a levantou da pilha de roupas e a sentou na beirada da cama. Ajoelhando-se à sua frente, ergueu o rosto, os olhos repletos de paixão, e retirou seus sapatos.

Quando deslizou a mão por sua perna até a coxa, ela segurou o fôlego ao sentir choques de calor a impregnando e se instalando entre suas pernas.

Ele parou, encontrou seu olhar e esperou.

Sua pulsação estava acelerada, porém ela acalmou a respiração. As paredes não se fecharam. Ela estava ansiosa, mas não apavorada. Embriagada com a necessidade de mais da atenção dele, Sophia assentiu.

Lentamente, ele enrolou a meia dela por sua perna.

Seus gestos eram tão delicados e carinhosos. Ainda assim, a respiração dela acelerou demais quando sua ansiedade suplantou o desejo.

— Daniel, pare. — Sem fôlego, ela comandou a si mesma que não permitisse que o medo arruinasse uma noite tão extraordinária.

Ele parou no lugar com sua segunda meia enrolada na canela dela. Sentando-se no chão, cruzou as pernas.

— Do que você tem medo, Sophie?

— Não posso fazer isso. Eu lhe disse que não poderia. Sinto muito, Daniel. Não posso me casar com você. — Lágrimas escorriam por seu rosto e ela o cobriu com as mãos.

— Olhe para mim.

Entrelaçou as mãos no colo e fez o que ele pediu. Sentado no chão, ele era apenas Daniel, não o imponente Conde de Marlton.

— Irei parar quando pedir. Não farei nada que irá te machucar ou te assustar. Eu fiz alguma coisa da qual não gostou?

Na verdade, tudo havia sido muito agradável. Ela balançou a cabeça.

— Então confie mais um pouco em mim, meu amor. Deixe-me te mostrar que isso não é sobre mim. Na verdade, não é nem sobre fazer amor, meu bem.

— É sobre o quê, então?

— Se vamos nos casar, teremos que confiar um no outro. Quase me casei com uma mulher que destruiu minha fé nas mulheres. Eu tinha certeza de que nunca poderia confiar em outra com meu nome ou meu coração.

— Você confia em mim? — Seu peito se apertou. Ele tinha tanto a perder quanto ela, talvez mais. Jocelyn havia destruído sua confiança e, ainda assim, ele deu um salto de fé porque se importava com ela.

— Confio em você com tudo o que tenho, inclusive meu coração, Sophie. Sei que você nunca irá quebrar a minha confiança.

— Eu confio em você, Daniel.

Ele beijou a parte de cima de seu tornozelo.

Ajoelhando-se de novo, beijou o pequeno arranhão que encontrou em sua panturrilha e outro logo acima. Suas pernas estavam cobertas de pequenos arranhões e hematomas, e ele demorou-se a beijar cada um.

Ele deslizou a camisola para cima expondo seu joelho, e depois deixou rastros de beijos por sua coxa.

Um aperto estranho e agradável em seu baixo ventre a fez fechar os olhos e ela gostou da sensação.

Daniel afastou gentilmente seus joelhos e beijou o interior de sua coxa. Com a palma da mão em sua cintura, acariciou logo abaixo de seu seio.

Seus mamilos roçaram o tecido de sua camisola, fazendo um gemido escapar de seus lábios. Daniel tocou um deles, e ela abriu os olhos. O polegar afagou o bico, e seu corpo estremeceu de novo.

— Eu fiz alguma coisa que você não gostou, Sophie? Irei parar se tiver te machucado ou assustado.

Ela balançou a cabeça, e suas bochechas aqueceram.

Pressionando o interior de seus joelhos, mas ainda posicionado no chão, ele beijou seu mamilo e o chupou através da camisola. O tecido molhado a refrescou e excitou. Ela arqueou as costas e inclinou para trás, apoiando-se nos cotovelos.

Ele devorou seu seio e depois o outro até que ela estava ofegando, o que nada tinha a ver com pânico.

Querendo mais, ela não fazia ideia de como pedir.

Ele a ergueu e puxou a camisola por sobre sua cabeça.

Tão envolvida nas sensações e emoções geradas por seu toque, a jovem deixou de lado o pudor. Ela deveria se envergonhar de sua nudez, mas tudo era tão maravilhoso.

Seu cabelo sedoso roçou a perna de Sophia e, em seguida, sua língua fez cócegas na pele sensível do interior da coxa voluptuosa, subindo até a boca cobrir o ponto mais íntimo do corpo da moça. Ela choramingou e se sentou.

— Daniel, você não pode fazer isso.

Um sorriso malicioso surgiu em seu rosto bonito.

— Você não gostou?

— Eu não disse isso. Não é certo. — Ela estava constrangida pela fragilidade com que seu protesto soava.

— Oh, mas tudo o que fazemos juntos em particular é certo, meu amor. Só é errado se você não gostar. Confie em mim mais um pouco, Sophia. Prometo que não irei lhe machucar. Deite-se e confie em mim.

Ela fez o que lhe foi pedido, e ele a beijou outra vez. Ela arquejou e seus quadris se moveram para cima e para baixo. Algo estava surgindo.

Os dedos dele contornaram a dobras de seu centro antes de um deslizar em seu interior. Ao invés de dor, ela sentiu apenas prazer e a coisa que estava surgindo se tornou mais intensa. Um segundo dedo a esticou, e a boca dele a chupou com força. De repente, ela flutuou, embora a cama permanecesse abaixo de si. Sensações explodiram em um milhão de pedacinhos, caindo em volta e através dela. Ela gritou e arqueou as costas.

Daniel a ergueu para seu colo e a segurou, sussurrando em seu ouvido:

— Você é tão linda, Sophie. Relaxe e aproveite, estou com você.

Ela se agarrou a ele enquanto as ondas a atingiam repetidamente. Seu corpo estremeceu. Devagar, retornou à realidade.

— O que foi isso?

— Isso, meu amor, foi um orgasmo. Alguns chamam de "pequena morte" e é a maior alegria no ato de fazer amor.

Quando Alistair a tomou no chão do escritório de seu pai, ela não sentira nada assim. Houve apenas dor e ele grunhindo como um animal.

Sophia estremeceu e afastou a lembrança.

— Isso acontece com você também?

Ele afastou seu cabelo e lhe beijou a orelha.

— Acontece. Devo mostrar a você?

Se era possível dar a Daniel o mesmo prazer, então ela queria saber como. Ela assentiu.

Ele a ergueu de seu colo e a colocou na cama. Dando um passo para trás, removeu suas roupas como se elas estivessem pegando fogo.

A jovem não conseguia desviar o olhar. Nunca havia visto um homem nu antes. O corpo de Daniel era coberto por músculos salientes. Ele era lindo, e ela queria tocá-lo, mas quando retirou seu calção, uma pontada de medo a percorreu.

Ele se inclinou sobre a cama e beijou seus lábios.

— Não vou te machucar, Sophie.

Começando a sentir-se estúpida, ela era incapaz de formular palavras. O formigamento e o aperto voltaram a surgir em seu peito e ventre quando ele a beijou. A onda de prazer que o orgasmo lhe trouxe antes fora extraordinária, e ela relaxou. Ela esperava que Daniel se colocasse sobre seu corpo, mas ele se deitou ao seu lado e a beijou. Quando suas línguas se tocaram, ela abriu mais a boca e lhe permitiu aprofundar o beijo. A boca máscula estabeleceu um ritmo e ela queria fazer parte disso. Logo, não havia nada além de Daniel, sua boca na dela e as mãos acariciando seus braços até os quadris.

Deslizando a mão sobre a barriga de Sophia, ele cobriu seu seio, e ela prendeu a respiração exatamente como fizera na primeira vez em que ele a tocara. Ela arqueou-se contra sua mão e foi recompensada pelo gentil apertão de seu mamilo entre os dedos dele. Ela soltou um gemido que fora abafado por beijos.

O conde deslizou o joelho entre os dela.

Ela enrijeceu, mas depois relaxou e abriu-se para Daniel. Ela faria isso por ele. Fechou os olhos com força, esperando pela dor que tinha certeza de que viria.

— Sophie, olhe para mim. — Sua voz saiu em um sussurro, mas estava repleta de autoridade.

Ela abriu os olhos. Havia tensão nos dele, mas carinho também.

— Você acredita que não irei te machucar?

Querer acreditar era uma coisa. Realmente confiar que o que ela vivenciara não era de fato a verdade, era algo totalmente diferente. Ela balançou a cabeça.

— Prometi a você que não te machucaria. Relaxe, apenas um pouco.

Ela tentou, mas quando o sentiu em seu centro, retesou o corpo e esperou pelo impulso seguinte e pela dor lancinante que se seguiria. Ela pressionou as unhas nas palmas das mãos cerradas ao lado.

Ele se afastou, e ela sentiu um calor se espalhar entre suas pernas enquanto ele se esfregava para frente e para trás contra sua umidade.

Incapaz de se conter, ela ergueu seus quadris. Apesar da agonia que se seguiria, ela queria mais dele. A pressão que sentira quando ele beijou suas partes íntimas começou a se avolumar outra vez em seu baixo ventre e na junção de suas coxas. Não era possível que acontecesse duas vezes.

Ele deslizou a ponta de seu membro para dentro dela de novo, mas ela não sentiu dor, apenas um estranho estiramento antes de ele se afastar. A cada investida, ele a esticava um pouco mais e o prazer aumentou também.

Incapaz de dar voz às suas próprias necessidades, ela clamou:

— Por favor.

O rosto dele era uma máscara de tensão. Daniel se conteve e depois a penetrou de novo.

Ela arqueou as costas e ele cobriu seus gemidos com a boca.

O lorde ficou parado e o corpo dela se moldou ao redor de seu membro rígido.

— Estou te machucando? — Sua voz estava tensa.

Ela não respondeu, mas os quadris se ergueram fazendo-o se aprofundar.

Com um grunhido, ele deslizou para fora antes de se mover repetidamente.

Impulsionando-se devagar, continuou a entrar e sair dela.

O pequeno quarto encheu-se com seus gemidos e ofegos. Choques a percorreram trazendo-a para outra onda de êxtase.

Daniel gritou seu nome, e ela forçou-se a abrir os olhos.

Com as costas arqueadas e a cabeça inclinada para trás, ele era a coisa mais esplêndida que ela já havia visto. Amor a envolveu por completo, aumentando seu prazer.

Ele desabou para frente com seu peso sobre os cotovelos e pressionou a testa à dela.

Calor espalhou-se por seu corpo, alastrando a deliciosa sensação de saciedade. Mesmo se quisesse se mexer, ela não poderia.

Daniel respirou fundo, beijou sua cabeça e se deitou ao seu lado, envolvendo-a com os braços.

Ela estremeceu e ele puxou as cobertas sobre seus corpos, segurando-a contra si.

— Foi... diferente — ela disse. — Eu não esperava...

— O quê?

— Prazer. — Ela afundou o rosto em seu ombro.

— Sempre haverá prazer na nossa cama, Sophie. Você deve tirar da sua cabeça o que lhe aconteceu.

— Não sei se consigo.

— Então, você deve tentar nunca pensar no que fazemos juntos sob a mesma ótica que aquela violência sofrida. Consegue fazer isso?

— Oh, sim.

— Você não está mais com medo de mim?

Ela tocou sua bochecha e depois deslizou a mão para baixo. Quando seus dedos roçaram o mamilo dele, Daniel segurou o fôlego. Intrigada, ela continuou explorando seu corpo.

— Sophie?

— Hmm?

— Acho que você não sabe o que está fazendo — ele disse, entredentes.

Ela sorriu para ele, sentindo-se ousada.

— Oh, mas eu acho que sei.

Ele a puxou para cima de si e ela o sentiu duro outra vez, acomodando-se em sua entrada. Com os olhos arregalados, ela o encarou em dúvida.

— Às vezes, é bom você estar no controle, meu amor.

Havia certa sensação de poder em montar em seu colo. Ele poderia querer dizer algo mais, mas ela deslizou sobre ele, impedindo suas palavras.

Daniel gemeu profundamente, e ela se moveu, devagar no início, mas acelerando o ritmo logo mais. Ele segurou seus quadris e a ajudou a encontrar um ritmo.

Ela queria estar no comando, mas a cadência que ele estabeleceu fez a pressão começar a aumentar outra vez dentro de seu corpo.

Sophia continuou se movendo e balançando, e percebeu como ângulos diferentes lhe davam diversos graus de prazer.

Um grunhido baixo irrompeu de Daniel, e ele se ergueu bruscamente. Ele tocou o cerne rígido entre as dobras de seu centro, esfregando a ponto de fazer seu prazer atingir novos patamares enquanto ele a preenchia. Ela gemeu quando o êxtase explodiu dentro dela.

Esgotada, desabou em cima do corpo viril, deliciada por ser envolvida pelos braços fortes.

— Sophie?

— Hmm. — Saciada, seus músculos relaxaram.

— Aceita se casar comigo?

— Eu aceito. — Ela sorriu e se virou para o peito dele.

Ele beijou sua testa.

— Acho que nunca estive tão feliz na minha vida. Eu gostaria de poder passar a noite aqui, mas devo ir para meus próprios aposentos antes que os criados comecem a se levantar.

Ele a beijou outra vez, saiu devagar debaixo dela e a aninhou gentilmente entre as cobertas.

— Falarei com sua tia pela manhã.

Aquecida e completamente saciada, ela flutuou para seus sonhos.

CAPÍTULO

XIV

— Estou pedindo a mão de sua sobrinha. — O estômago de Daniel embrulhou, embora ele não soubesse o porquê. Ele era um conde, e Sophia não possuía título. Lady Collington seria tola se o recusasse.

Ao final do café da manhã, ele solicitou uma reunião com Lady Collington. Após um olhar severo, seu pedido fora concedido. Eles foram para seu escritório onde não seriam perturbados. Daniel permaneceu atrás de sua mesa de madeira polida enquanto a senhora se sentava em uma poltrona estofada a vários metros de distância.

Ela ergueu uma sobrancelha e o encarou.

— Por quê?

— Por quê? — ele repetiu.

— Sim, meu senhor. Por que você deseja se casar com ela? É uma pergunta simples o bastante.

Em desvantagem, ele se aproximou e sentou-se diretamente à sua frente.

— Eu gosto muito dela. Acho que combinaríamos.

— Entendo. — Suas palavras eram insensíveis, mas ela ergueu as sobrancelhas. — Você gosta dela.

— A senhora não está facilitando isso, Lady Collington. A senhora me desaprova?

Com isso, ela sorriu.

— De forma alguma, Lorde Marlton. Entretanto, desejo ver minha sobrinha feliz em seu casamento. Dizer que gosta dela ou que combinariam não traz realmente a confiança que eu estava esperando.

— Eu a amo. — A confissão saíra em um fôlego, mas ele manteve seus olhares conectados.

Daphne deu um sorriso brilhante.

— Você disse isso a ela?

Ele mesmo tinha acabado de se dar conta do fato.

— Ainda não.

Ela balançou a mão.

— Isso não significa muito. Sophia concordou com um casamento?

— Ela parecia a favor da ideia. — Ele escondeu qualquer entonação de sua voz, embora a paixão da noite anterior infiltrara-se em sua mente.

— Muito bem, então eu lhe dou meu consentimento.

Daniel soltou um fôlego que não sabia que estava segurando e se levantou.

— Irei obter uma licença especial.

Daphne levantou-se também e estreitou o olhar para ele.

— Por que precisaríamos disso?

— Eu quero me casar imediatamente.

— Está fora de questão, as fofoqueiras de plantão iriam à loucura.

— Não dou a mínima para fofocas.

— Bem, eu dou. Ela já passou por coisa o bastante desde que chegou em Londres. Não deixarei que seja ainda mais ridicularizada. Você pode se casar com ela em seis meses.

Ele queria sacudir Daphne.

— Inadmissível. Quatro semanas.

— Quatro meses.

— Dois.

— Dez semanas é minha oferta final. Você não precisará de uma licença especial, e poderei trazer os pais dela para cá nesse meio-tempo. Ela é muito próxima do pai e ficaria infeliz se ele não estivesse em seu casamento. Também permitirá um noivado adequado onde você será visto na companhia dela e os proclamas serão lidos. Fui clara?

Sophia seria dele. Alegria agitou-se dentro de seu corpo e ele se esforçou para contê-la.

— Eu entendo, Lady Collington. A senhora não tem nada com o que se preocupar. Estou realmente apaixonado por Sophia. Não irei maltratá-la ou permitir que qualquer um a torne alvo de chacota.

— Muito bem, então nós nos entendemos. Irei falar com Sophia e enviarei uma missiva à Filadélfia. Há muito o que fazer. Iremos embora para Londres hoje, meu senhor.

Daniel odiava a ideia de que Sophie iria embora de sua casa mais cedo do que o planejado, mas não dissera nada.

Fiel à sua palavra, Lady Collington adentrou em uma carruagem assim que o almoço terminou.

Daniel observou o transporte indo embora, tendo apenas um instante para se despedir de sua noiva. Ele prometeu que os documentos de casamento seriam preparados, e que voltaria a Londres assim que estivessem prontos para serem assinados.

Depositou um beijo cálido em sua mão e a ajudou a subir na carruagem. As bochechas dela enrubesceram. Talvez ela também estivesse pensando em sua noite juntos. Ele queria envolvê-la nos braços, levá-la de volta para casa e possuir seu corpo enquanto Lady Collington esperava na carruagem.

Em vias de constranger a si mesmo, fora tanto com alívio quanto com tristeza que ele acenou para ambas. Quando saíram de vista, ele seguiu para seu escritório, e escreveu um bilhete explicando para seu administrador o que precisava. Depois escreveu vários outros para alguns conhecidos discretos para obter informações sobre os assuntos comerciais de Alistair Pundington.

Sua pena quebrou.

— Droga! — Daniel recostou-se à cadeira e passou a mão pelo cabelo, despenteando-o. Seu peito se apertou ao ponto de sentir dor quando pensou em qualquer um ferindo sua Sophie. Aquele crápula a havia desonrado, machucado, e tentado usá-la para enriquecer, e isso o fez cerrar os punhos.

Atravessando o cômodo, serviu-se de um copo de conhaque e o bebeu em um gole.

— Droga. — Ele arremessou o objeto de cristal na lareira.

O restante dos convidados estava em suas camas quando Markus, Michael e Thomas se juntaram a Daniel no escritório para beber um conhaque. Eles se sentaram juntos, lembrando-se de seus tempos de escola.

Daniel precisava de mais informação e não havia ninguém melhor para coletar evidências do que seus amigos.

— Preciso pedir um favor para vocês três, e seria melhor se não perguntassem muito sobre meus motivos.

— Intrigante. — Markus deu um sorrisinho.

— Do que você precisa, Dan? — Michael sondou.

Daniel olhou para seus três amigos e perguntou outra vez a si mesmo se era a coisa certa a se fazer. Estes eram seus verdadeiros amigos. Ele morreria por qualquer um dos três, e confiava neles com sua vida.

— Preciso saber o que Alistair Pundington está fazendo em Londres, e preciso saber exatamente o que ele está transportando e para onde. Se Pundington está envolvido, quero saber sobre o assunto.

Michael assentiu.

— Verei o que posso descobrir nos documentos e no submundo das jogatinas. A reputação do meu pai facilita para que eu frequente tais lugares.

— Ótimo, mas seja discreto, Michael.

— É claro.

Markus deu de ombros.

— Sei pouco sobre o homem, mas verei o que meu pai sabe. Vou inventar uma história sobre o porquê preciso das informações.

— Por quê? — Thomas continuou relaxado na poltrona como se não tivesse uma preocupação no mundo. Era seu jeito tranquilo que o tornara valioso quando eles estavam a serviço da coroa juntos.

Daniel o encarou por um longo tempo.

— Estou planejando destruí-lo.

Os dois se observaram por mais um longo tempo. Ninguém disse nada. Thomas não sabia qualquer detalhe. Ele, provavelmente, sabia o bastante para supor que tinha algo a ver com Sophia ou sua família.

— Conheço algumas pessoas. Verei o que ele anda fazendo. Pode demorar um pouco e dependendo da sua exata intenção, você pode precisar de mais informações do que as que conseguiremos em pouco tempo. Construir um caso pode demandar paciência.

Daniel assentiu.

Michael encheu seu copo outra vez.

— Suponho que você o tenha investigado por si só.

— É verdade.

— O que pode nos dizer que talvez seja útil?

Daniel teria que fornecer alguns detalhes. Sophia derramara lágrimas o bastante por causa de Pundington. Sua garganta estava apertada quando ele falou:

— Desde que seu acordo comercial foi encerrado com a Braighton Transportes Marítimos, ele abriu sua própria empresa de transporte, a AP Transportes Marítimos. Ele tem sido moderadamente bem-sucedido, mas no ano passado, sua receita aumentou substancialmente. Há pouco tempo, ele obteve alguns contratos lucrativos em Londres, embora haja um pouco de segredo sobre o que exatamente a empresa está importando. Seja lá qual for a mercadoria, parecer estar em alta demanda. Ele comprou uma casa enorme e mais dois navios.

Quanto mais o casamento se aproximava, mais feliz Daniel ficava.

Ele queria ter vencido a batalha das datas do casamento, mas gostava do cortejo.

Hoje, ambos caminharam no parque, e toda a sociedade desacelerou para observá-los.

— Obrigada pela caminhada, Daniel.

Tudo sobre ela trazia alegria ao seu coração e ele, provavelmente, ostentava um sorriso estúpido no rosto. Ele segurou o cotovelo de Sophia para ajudá-la a subir os degraus da residência dos Collington, assim como fizera quase todos os dias desde seu noivado há dois meses.

Seu calor o tocou mesmo através da luva na mão dele.

Fora decisão dele não repetir seu ato amoroso. Ele xingava a si mesmo frequentemente por esta escolha. Fora necessário cada grama de sua força de vontade para manter o contato físico relegado a um beijo roubado ou o toque de mão. Sophia podia estar disposta a dar mais, mas ele não arriscou. Na verdade, fazia questão que nunca estivessem a sós. Mesmo quando caminhavam juntos, a criada de Sophia seguia logo atrás.

— O prazer foi meu, querida.

Nos dias em que a chuva de Londres os proibia de ir ao parque, eles tomavam chá com sua tia Daphne. Ele se certificou de aparecer em dois eventos por semana. No entanto, nunca revelava a Sophia quais bailes ou jantares compareceria. Era um joguinho que inventaram e ele gostava de surpreendê-la.

O cortejo estava sendo maravilhoso. Ele realmente adorava estar na companhia de Sophia. Os dois conversavam sobre política, flores, seu casamento e as respectivas infâncias. O único assunto que nunca mais vinha à tona era Alistair Pundington. Ela não o mencionara, e Daniel ficava feliz em não discutir sobre isso, pois pensamentos acerca do canalha o enfureciam.

Ele não revelou seus planos para sua futura esposa. Não sabia nada sobre o que Markus, Thomas e Michael andavam fazendo, e Daniel pretendia que continuasse assim.

Wells abriu a porta antes que chegassem aos últimos degraus da casa.

— Senhorita Braighton, o Sr. e a Sra. Braighton, o jovem Sr. Braighton e Lady Collington lhe aguardam no salão.

Sophia correu para dentro da casa e jogou as luvas e o chapéu para Wells.

— Papai?

Wells permaneceu inalterado pelo comportamento da jovem e simplesmente pegou os objetos sem dizer uma palavra.

Daniel ficou parado à porta e a observou com curiosidade. Seu coração saltou ao ver a animação dela. Houve um conflito entre ela e sua família, pelo menos era nisso que ele acreditava, mas talvez estivesse enganado.

— A família pediu para que também se juntasse a eles, meu senhor — Wells continuou no mesmo tom de voz monótono.

Daniel lhe entregou seu chapéu de uma maneira muito mais cortês e seguiu Sophia para o salão.

Sophia escancarou a porta e se jogou nos braços de um homem de olhos azuis e cabelo castanho com mechas grisalhas às têmporas.

— Papai!

Ele a acalmou e acariciou seu cabelo.

Parado ao batente da porta, Daniel esperou, pois não queria se intrometer. Tristeza borbulhou em seu âmago. Ela tinha sido toda dele até agora. Depois de dois meses de sua atenção total, ele teria que compartilhá-la. Afastou logo o pensamento infantil.

Lady Collington estava sentada no sofá com uma mulher de cabelo escuro e olhos da mesma cor dos de Sophia. Talvez ela tivesse cerca de quarenta anos, e exceto pelo fato de que a pele da Sra. Braighton era mais escura, Sophia era idêntica à mãe.

Um jovem rapaz de cabelo escuro e os mesmos olhos dourados concentrou-se exclusivamente em Daniel.

O conde entrou na sala e estendeu a mão, mas não disse nada. O irmão de Sophia quase não passava de um garoto e tinha todo o direito de avaliá-lo.

Seus olhos se encontraram e por vários segundos, Daniel pensou que Anthony Braighton não o cumprimentaria, mas então a expressão dele mudou de desconfiança para aceitação e o jovem estendeu a mão.

— Anthony Braighton.

— Daniel Fallon.

Daphne continuou as apresentações.

Sophia, agora sentada com a mãe, Angelica, ainda chorava. Levou cerca de dez minutos para que as lágrimas parassem de escorrer. Ela ergueu o rosto do ombro de Angelica e viu seu irmão, Anthony, pela primeira vez.

— Olá.

— Olá, Sophie.

Charles Braighton parecia amigável. Os homens da família de Sophie eram extraordinariamente altos. Ambos assomavam vários centímetros acima dos um e oitenta e três de Daniel.

A Sra. Braighton falava com um carregado sotaque italiano, o que fazia o inglês soar romântico e misterioso.

O Sr. Braighton disse:

— Lorde Marlton. Quero uma palavrinha com você em particular, se não se importar.

— Pai, para quê? — Sophia perguntou. Ele ignorou a filha.

Daniel assentiu, e seguiu o pai de Sophia pelo corredor. Ele não olhou para trás, mas ouviu a apreensão de sua noiva.

— Mãe?

A voz com o sotaque pesado de Angelica seguiu-se:

— Ficará tudo bem, minha querida. É apenas algo que um pai deve fazer.

Eles entraram em um escritório com uma pequena mesa e vários conjuntos de cadeiras para facilitar conversas. Revestimentos de madeira escura cobriam as paredes e um tabuleiro de xadrez estava montado em um canto. Charles Braighton serviu um copo de conhaque e ergueu a garrafa na direção do conde.

— Não, obrigado — Daniel disse.

Parado de pé rigidamente, Braighton bebericou seu conhaque e fingiu que estava lendo os títulos dos livros na estante.

— Minha filha.

Daniel não estava acostumado a se sentir nervoso, mas se o frio em seu estômago era algum sinal, a ansiedade havia definitivamente entrado em sua vida. Ele cerrou as mãos. Ninguém o impediria de se casar com Sophia, nem mesmo Charles Braighton.

— Ela passou por muita coisa. Esperarei que se eu permitir este casamento, você sempre a trate carinhosamente. — Ele colocou o copo na mesa.

O estômago de Daniel revirou. Cada músculo se contraiu.

— É claro, senhor.

Braighton se virou.

— Eu conheci seu pai. Frequentamos a escola juntos. Ele era um homem bom e justo. Ficou devastado quando sua mãe faleceu.

Daniel apenas observou e esperou.

— Eu a quero feliz. — Era uma exigência.

Daniel endireitou os ombros.

— Eu quero o mesmo.

O rosto de Charles Braighton ficou vermelho. Ele entrecerrou o olhar. Daniel pensou que o homem talvez estivesse passando mal, mas não disse nada. Foi necessário um esforço sobre-humano por parte do conde para permanecer em silêncio enquanto o pai de Sophia tomava alguma decisão interna.

— Ela pode ficar com medo na noite de núpcias. Ela tem um bom motivo para isso. — Debateu entre proteger sua filha e guardar seus segredos.

— Sua filha me deu a honra de contar sobre seus problemas do passado.

Braighton arregalou os olhos. Ele sentou-se atrás da mesa e inclinou-se sobre seus cotovelos.

— Ela contou?

— Sim, senhor.

— Isso me surpreende. Você quer se casar com ela mesmo sabendo que ela não é virgem?

A raiva de Daniel borbulhou como se ele fosse um vulcão prestes a entrar em erupção. Ele mordeu a língua.

— Eu fiz o pedido depois que a senhorita Braighton me confiou a informação.

Braighton sorriu e inclinou-se para trás.

— Não precisa ficar ofendido. É incomum encontrar um homem que não se importa com sua noiva estando corrompida.

— Ela não está corrompida. Ela é perfeita e qualquer mácula é culpa daquele desgraçado. — Se qualquer outro homem tivesse dito essas palavras, Daniel o teria desafiado para um duelo ao amanhecer. Como antes, ele precisou agarrar a parte de trás de uma cadeira para se impedir de avançar em Charles Braighton.

O rosto de Braighton ainda estava rubro enquanto ele movia sua cadeira para perto de Daniel.

— Você não precisa me convencer, Marlton. — Esfregou o rosto, o qual parecia ter envelhecido desde que entrara no escritório. — Eu não cumpri o meu dever. Falhei em protegê-la. Torço para que você faça um trabalho melhor.

Daniel pensou no que dizer em seguida.

— Farei tudo ao meu alcance para protegê-la, senhor. Sinto que devo lhe dizer que Pundington está em Londres.

O rosto de Braighton ficou ainda mais vermelho.

Daniel retornou à sua calma habitual.

— Será que estaria disposto a compartilhar algumas informações comigo, senhor?

— Informações sobre aquele canalha?

— Sim, senhor. — Aqui estava um homem que tinha todo o conhecimento para prosseguir com os objetivos de Daniel. Era importante demais para deixar passar, apesar do óbvio sofrimento de Braighton.

Mais de uma hora se passou antes que saíssem do escritório.

CAPÍTULO

XV

Daniel esperou no topo da escada em St. George enquanto a carruagem de Sophia estacionava.

Alegria cintilava nos olhos da mulher, e sua beleza o deixou sem fôlego. Envolta em seda branca e renda, ela poderia muito bem ser um anjo. O anjo dele, com cachos escuros presos no alto da cabeça e pequenas pérolas entremeadas aos fios.

Ela tocou nas finas pedras azuis do colar de safira que ele enviara como um presente de casamento e sorriu para o noivo.

Era o melhor dia de sua vida. Nada poderia se comparar a estar no altar com Sophia e ouvir o vigário os declarando marido e mulher. Foi necessário muito esforço para impedir que suas lágrimas escorressem.

Ele desejava puxá-la para seus braços e a beijar até perder o fôlego, mas contentou-se com um beijo nos nódulos de seus dedos quando saíram da igreja.

— Estou muito feliz, Sophie.

— Oh, Daniel, nunca estive tão feliz na minha vida.

Ele a ajudou a subir na carruagem e entrou em seguida. Enquanto os cavalos se afastavam da St. George, ele a segurou e a fez se sentar em seu colo.

— Daniel. — Seu nome saiu em um arquejo.

Era um som que ele poderia escutar para sempre. Tomou sua boca e ela derreteu-se contra ele. Todas as semanas se comportando como um cavalheiro paciente culminaram nesse beijo. Ele ansiava por ela, por inteiro.

Sophia segurou sua nuca, abrindo a boca para ele, onde suas línguas dançaram e entrelaçaram-se juntas até que ele estava faminto para tê-la nua debaixo de si. Pressionando seu peito contra ele, rebolou o traseiro da forma mais enlouquecedora.

Ele interrompeu o beijo.

— Se chegarmos nus na casa da sua tia, causaremos um belo rebuliço, meu amor.

Resfolegando, ela voltou para o banco acolchoado e arrumou o cabelo.

— Tenho certeza de que está certo.

A carruagem parou cedo demais para o gosto de Daniel. Ele fechou os olhos, querendo que os efeitos da intimidade dos dois se dissipassem o bastante para que pudesse descer e ajudá-la a sair. Maldito seja seu cocheiro pela eficiência; a porta se abriu e o degrau fora colocado cedo demais.

Tia Daphne organizou um café da manhã de casamento após a cerimônia. No final da tarde, os noivos escaparam para uma carruagem e começaram sua jornada para a mansão dos Marlton. Eles não pararam, como era esperado em uma hora tão tardia, e só chegaram no meio da noite. Sophia estava tão cansada que seu marido a carregou para o quarto principal.

Daniel dispensou Marie, dizendo que cuidaria de sua esposa.

Sophia estava parada no meio do quarto, os olhos semicerrados, e oscilou levemente de exaustão. Com gentileza, Daniel soltou os nós entrecruzados às suas costas. O vestido se amontoou aos seus pés, bem como o espartilho, dezenas de grampos e pérolas que cobriam seu cabelo.

Ele amaldiçoou a quantidade de grampos, mas, finalmente, o cabelo dela se soltou em cachos largos ao redor de seus ombros.

Ele a ergueu nos braços e a carregou para a cama. O cobertor já havia sido afastado quando a depositou sobre os lençóis macios, cobrindo-a antes de retirar a própria roupa e se deitar ao lado dela.

— Você quer que eu tire minha camisola? — Ela bocejou.

Ele mal tinha parado de sorrir desde que o pároco os declarou marido e mulher.

— Durma.

— Mas é nossa noite de núpcias. — Seu protesto veio em meio a outro bocejo.

— Meu castigo por não ficar em Londres. Foi tolice te arrastar para cá no dia do seu casamento. Eu te vejo pela manhã, meu amor. — Ele beijou sua bochecha e a observou.

Um protesto cintilou em olhos, mas então eles se fecharam. Um instante depois, ela dormiu. Seja lá qual fosse o argumento que ela estava prestes a fazer, esperaria até a manhã seguinte.

Maravilhado que a mulher extraordinária em sua cama era sua esposa, ele teve dificuldade para fechar os olhos. Ele a observou por um bom tempo durante a madrugada. Queria beijar seu pequeno nariz arrebitado, adorando a forma como se inclinava levemente na ponta. Sua pele era tão sedosa quanto creme quente, e ele desejava acariciar sua bochecha. Inspirou fundo para se acalmar. Segurando um de seus lindos cachos escuros entre os dedos, permitiu que as madeixas sedosas caíssem de volta no travesseiro onde seu cabelo se espalhou como chamas negras.

— Minha. — Precisou afastar pensamentos sobre Pundington para que a raiva não o dominasse. Ele devia permanecer calmo no que se referia àquele assunto a ser tratado. Nada devia interferir na vingança por Sophia e em sua felicidade.

Os cantos dos lábios dela inclinaram-se enquanto dormiam.

— Ninguém nunca mais irá machucá-la. — Ele fizera a promessa tão suavemente que nem sabia se tinha de fato ouvido as palavras e, ainda assim, elas vibraram no ar.

Sophia rolou para o lado, de costas para ele.

Daniel a envolveu em seus braços, e ela se aconchegou, aninhando o traseiro contra o seu membro. Ela não tinha ideia do que estava fazendo com ele.

Daniel não sabia quando adormecera, mas acordou com o sol infiltrando-se no quarto e sua esposa ainda aconchegada a ele. Sua reação fora imediata. Impulsionou os quadris para frente, se esfregando contra a bunda macia.

Ela murmurou alguma coisa e balançou o corpo.

— Você sabe o que está fazendo, meu amor?

Ela deu uma risadinha.

— Acho que sim. Estou fazendo certo?

Segurando seus quadris, ele a puxou com ainda mais força contra si.

— Você está fazendo completamente certo.

Estendeu o braço e cobriu o seio voluptuoso com a mão. Seu mamilo enrijeceu contra a palma, e seu membro contraiu-se de antecipação.

Ela arqueou as costas e um suspiro suave escapou de seus lábios. Em seguida, se virou para encará-lo. Mordendo o lábio inferior, franziu o cenho.

— Você deve me dizer se eu não estiver fazendo certo. Sei que eu não era… eu não…

Ele passou os nódulos dos dedos por baixo de seu olho direito até a ponta de seu queixo. Inclinando-se, beijou seu pequeno nariz como queria fazer na noite anterior. Roçando o polegar em seus lábios, continuou a carícia até a maçã de seu rosto, chegando, enfim, na massa sedosa de seu cabelo. Ele a beijou profundamente, e depois de forma mais carinhosa.

— Você é exatamente como deve ser, Sophie.

Ela deu um sorriso tímido, mas a tigresa brilhou em seu olhar logo antes de ela envolvê-lo em seus braços.

De repente, ela se afastou com os olhos arregalados, encarando a nudez dele. Hesitante, ela o tocou com timidez, depois com mais ousadia. A palma de sua mão deslizou lentamente sobre o mamilo masculino, seguindo para o abdômen onde parou.

Ele cobriu a mão dela com a sua própria e a ajudou até que ela o segurasse. Sophia ofegou, e o conde fez o mesmo, porém por motivos completamente diferentes.

A jovem esposa hesitou e titubeou, apenas tocando-o com as pontas dos dedos.

Ele não sabia quão erótico poderia ser tê-la investigando sua ereção com tamanha inocência, então se manteve o mais imóvel possível, o que se tornou cada vez mais difícil à medida em que seu corpo tensionava ao toque sutil.

Os dedos delgados continuavam enlouquecendo-o. Sophia arregalou os olhos ao ver a pele se esticar, e seus movimentos se tornaram mais fervorosos.

Em resposta, ele movimentou os quadris automaticamente. Segurando sua mão, ele a afastou de seu membro e rolou para cima dela.

— Não aguento muito mais disso.

— Você não gostou? — Mesmo que ela tenha perguntado na mais inocente voz, a malícia em seu olhar lhe disse que sabia o efeito que causara nele.

Sem hesitar, ele se inclinou e uniu seus lábios. Sophia abriu a boca em um arquejo, e ele deslizou a língua para dentro, os gemidos se ambos se mesclando.

O corpo suave e feminino se encontrava quente e maleável abaixo dele.

— Acho que você viu que gostei muito, mas qualquer coisa além daquilo terminaria rápido demais. Quero desfrutar de você um pouco mais.

Acariciou a junção entre as coxas. Em seguida, moveu para o lado e deslizou a mão para o centro. O que encontrou excitou-o tanto quanto ocorrera em seu primeiro encontro. Suas dobras eram macias e quentes.

Ela arqueou as costas e moveu-se contra seus dedos enquanto ele acariciava seu clitóris.

A respiração de Sophia saía em suaves ofegos, descompassada, os músculos internos retesando sob o toque dele.

Segurando o peso sobre ela, posicionou o membro em seu centro e deslizou lentamente para frente.

Ambos gemeram em uníssono. Ele tentou ficar parado enquanto ela se ajustava a seu tamanho, mas a sensação era avassaladora demais.

A jovem esposa se moveu, e ele perdeu o controle. Ele se afastou e arremeteu para frente com mais força do que pretendia.

A forma como ela se aconchegou a ele era divina.

Ele estendeu a mão entre seus corpos e esfregou seu cerne sensível.

Sophia ergueu-se para encontrar cada impulso e gritou o nome do marido, o corpo pulsando ao redor dele. Os movimentos contráteis o levaram ao limite.

Ele curvou-se sobre ela e estremeceu antes de desabar em cima de seu corpo lânguido. Pesado demais, decidiu inverter a posição e a colocou sobre seu corpo.

Com um suspiro saciado, Sophia recostou a bochecha contra o peitoral forte do marido.

Ela não sabia quanto tempo dormira daquela maneira, mas acordou com o membro dele endurecendo e a penetrando outra vez. Por que as mulheres não falavam sobre o quanto isso era maravilhoso? Se não fosse pela sinceridade de Emma, ela poderia ter morrido sem nunca saber.

Horas mais tarde, aninhados juntos como se tivessem nascido para se encaixar perfeitamente, tudo o que mais queria era dormir. Seu estômago, no entanto, tinha outras ideias.

— Estou faminta.

Ele estremeceu com uma risada, e a garota se virou para encará-lo.

— Você está planejando me matar de fome?

Ele riu mais ainda. O som era abundante, caloroso e preencheu o quarto e o coração dela.

— Não, você precisará de suas forças.

Ela ergueu uma sobrancelha.

— Por quê, meu senhor?

Agarrando sua cintura, ele a puxou contra si.

— Porque estou planejando passar muito tempo nesta cama ao longo das próximas semanas, e não quero que você se debilite.

Ela lhe deu um tapa, brincando.

— Não podemos apenas ficar neste quarto. O que os criados irão pensar?

O sorriso dele era travesso.

— Você quer fazer amor em outros cômodos? Hmm, a biblioteca tem um ótimo tapete. Nós, certamente, poderíamos experimentar isso.

Havia um novo espaço em seu coração que fora preenchido com Daniel. Ela afastou-se dele, mas não com uma urgência real.

Ele abraçou com mais firmeza, mantendo-a perto de si.

— Você é incorrigível, até mesmo para um inglês.

Daniel lhe fez cócegas, gerando uma série de risadinhas.

— Vamos nos vestir e ver se há alguma comida para nós, esposa. Está bem?

As bochechas dela doíam de tanto sorrir. Esposa soava tão encantador saindo dos lábios dele. Alegria borbulhou em seu estômago e espalhou-se exteriormente, preenchendo-a. Por três anos, ela convencera a si mesma que nunca seria chamada de tal coisa. Agora, era, definitivamente, a esposa de Daniel Fallon. Seu coração martelou com empolgação.

Sophia comera avidamente. Pouco tempo depois, recostou-se à sua cadeira e apoiou as mãos na barriga.

— Não consigo comer mais nada.

— Não sei bem se, como a Condessa de Marlton, você deveria se sentar em uma posição tão deselegante — ele provocou.

Ela endireitou a coluna e seu coração disparou. Santo Deus, ela se esquecera.

— Condessa.

— Sim, de fato. Você é a sexta condessa até hoje e, de longe, a mais adorável.

— Não diga isso na frente de sua madrasta.

— Na presença da minha mãe, ela é, claro, a mais adorável de todas as mulheres Marlton.

— Nossa, como você é volúvel.

— De jeito nenhum. Você sempre saberá que, para mim, você é a mais linda, e minha madrasta pode continuar feliz por seu filho a adorar. O que pode ser errado nisso?

— Nada. Você é o filho perfeito e o marido perfeito.

— É melhor esperar antes de fazer esse julgamento, amor. Você só está casada comigo há vinte e quatro horas. Tenho certeza de que irei lhe desapontar a qualquer instante.

— Nunca. — Cruzou os braços.

— Vamos digerir essa refeição com uma caminhada no jardim ou voltar para a nossa cama? — Ergueu as sobrancelhas dramaticamente.

Ela deu uma risadinha.

— Não podemos caminhar no jardim amanhã?

Sem mais insistência, ele segurou sua mão e, apressando-se pela escada, ambos seguiram para o quarto.

Três dias mais tarde, o mordomo interrompeu o jantar.

Dorn parecia tão velho quanto a casa de campo dos Marlton. Ele estava ereto, mas apenas ligeiramente enquanto entregava um bilhete em uma pequena bandeja de prata.

— Há uma mensagem, meu senhor.

— Obrigado, Dorn.

Ao lado da cadeira, Dorn esperou. Daniel ergueu o rosto.

— O mensageiro aguarda sua resposta, meu senhor.

Daniel leu o bilhete e franziu o cenho.

— Sinto muito, minha querida. Devo responder isto imediatamente.

— Aconteceu alguma coisa?

— Nada com o que se preocupar. Voltarei em breve. — Saiu da sala segurando o bilhete.

Havia algo errado. Ela terminou de degustar sua codorna e cutucou o que sobrara. Os criados ficaram por perto, esperando para servir o próximo prato. Sophia amassou o guardanapo e o esticou sobre seu colo outra vez.

Daniel retornou, sentou-se e pegou seus talheres.

— O que havia na mensagem?

Com a postura retesada, ele não encarou seus olhos.

— Era um bilhete de Thomas sobre um negócio no qual estamos trabalhando juntos. Tenho que encontrá-lo depois de amanhã para conversar sobre algumas coisas.

— Você vai embora?

— Apenas por uma noite.

— Esta é a nossa lua de mel, Daniel. — Ela falhou em manter seu tom de voz estável. Daniel meneou a cabeça para os dois lacaios que estavam perto das grandes portas de carvalho, dispensando-os.

— Me desculpe, Sophie. Sei que é extremamente rude da minha parte deixá-la até mesmo por algumas horas, mas isso é urgente e não pode esperar. Por favor, entenda que se não fosse crítico, eu jamais sairia do seu lado.

— Eu entendo — ela disse, em meio a um suspiro.

— Obrigado por isso.

Morder a língua para não retrucar não fora fácil. Ela não seria uma daquelas esposas que gritava e reclamava. Não queria acabar agindo como a mãe de Dory.

Daniel partiu depois no almoço no dia de seu encontro com Thomas.

Sophia esteve tão envolvida com o marido que não conhecera as outras pessoas na casa. Ela marchou para a cozinha. Uma brilhante chaleira preta borbulhava no fogo e enchia o andar inferior com um cheiro gostoso de carne.

A Sra. Grover, a cozinheira, virou-se de onde estava mexendo na panela.

— Olá, senhora.

Sophia aproximou-se e inspirou em conforto como fazia frequentemente na cozinha de sua família na Filadélfia.

— Pensei que você e eu poderíamos discutir cardápios e o que a sua senhoria gosta de comer.

Duas vezes o tamanho da panela que cobrira, a Sra. Grover colocou a tampa em outra, afastou-a da boca principal do fogão e ofereceu um lugar para Sophia na reluzente mesa de madeira.

— Sinto em lhe dizer, mas o conde não come muito. Ele gosta de ensopado de carneiro, porém come apenas quando é chamado para a mesa. Porém, talvez isso mude agora. Ele perdeu o apetite quando a mãe faleceu, e isso só mudou quando o pai se casou novamente.

— Oh? Eu não sabia que você estava aqui quando a mãe dele faleceu.

A Sra. Grover se levantou com um suspiro pesado e retirou dois pães do forno.

— Eu nunca me esquecerei daquela noite.

O aroma fermentado encheu a mente de Sophia com dezenas de lembranças felizes e fez seu estômago roncar apesar do café da manhã farto.

— Foi a noite em que vossa senhoria nasceu?

A Sra. Grover balançou a cabeça e cortou uma fatia de um dos pães. Ela a besuntou com manteiga e passou o pedaço suntuoso para Sophia.

— Não, a pobrezinha sofreu por três dias com uma febre antes que o bom Senhor a levasse. O conde ficou fora de si.

— Terrível. — Sophia abaixou o pão e segurou uma lágrima.

— Ele nunca se recuperou. Oh, melhorou depois que se casou de novo, mas a luz havia desaparecido de seus olhos. Mas ele adorava, sim, a mocinha.

— E quanto ao conde atual? O pai dele o adorava também?

— Argh. — A Sra. Grover balançou a cabeça. — Isso, ele nunca fez. Ele estava de coração partido por causa de sua primeira esposa, e nunca parou de culpar o menino pela morte dela.

— Mas isso é ridículo.

— As pessoas fazem coisas estranhas quando estão de luto, minha senhora.

— Suponho que isso seja verdade.

— É, sim. — Ela afastou o olhar, perdida em pensamentos e depois sorriu. — Foi um dia bom quando o antigo conde se casou de novo. Ficamos todos tão felizes quando Lady Marlton se apaixonou instantaneamente pelo nosso menino. Ela o criou como se fosse seu próprio, e ela mesma quase não passava de uma criança. Ficamos todos tão aliviados que o pobre garotinho tinha uma mãe para cuidar dele.

Sophia agradeceu a Sra. Grover e elas marcaram de se encontrar todas as manhãs depois da refeição para discutir o cardápio do dia.

Pensar no que Daniel se lembrava da época antes de Janette vir para Marlton ocupou grande parte de sua mente. Ele era um bebê. Será que sequer queria filhos? Afinal, eles nunca conversaram sobre isso. Pânico agitou seu estômago, mas ela forçou-se a permanecer calma. Ele deveria ter um herdeiro e a maioria dos nobres ingleses gostava de ter um sobressalente também. Se ela fosse afortunada, porventura teria uma menina primeiro e, depois, talvez pudesse ter três filhos. Três é um bom número, ela disse a si mesma. Agora que estava casada e não tinha medo do que acontecia entre um homem e uma mulher, ansiava por ter uma família grande.

Morando na América, longe de todos os parentes de seu pai e sua mãe, ela se sentia triste durante os feriados quando seus amigos tinham grandes reuniões familiares e eles só tinham os quatro como companhia. Ela teria apenas de perguntar a ele.

— Então, o que você acha que ele está fazendo? — Daniel sentou-se em uma cadeira de madeira.

O escritório de Markus possuía poucas superfícies macias.

Thomas inclinou-se contra a grande mesa, a qual ocupava a maior parte do cômodo.

— A questão é, eu ainda não tenho certeza. — Uma irritação renovada se alastrou pelo âmago. — Quão difícil pode ser descobrir o que um magnata do transporte está transportando?

Markus, tendo sido sempre o mais reservado dos quatro, relatou os fatos com pouca emoção.

— É lógico que seja lá o que ele está fazendo é ilegal, ou seria bastante fácil de descobrir.

Daniel assentiu.

— Braighton me contou que antes de encerrarem a sociedade, eles estavam tendo uma opinião divergente quanto ao tipo de negócio que administravam. Meu sogro estava perfeitamente feliz, e muito rico, transportando especiarias e grãos do oriente e da América.

— Isso não era satisfatório para Pundington? Ele não estava enriquecendo? — Thomas perguntou.

— Ele era bastante rico, sim, mas desperdiçou uma vultosa quantia de dinheiro e devia um favor para alguém. O Sr. Braighton não entrou em detalhes sobre a quem o favor era devido. Pundington teve que transportar mercadorias das Índias Orientais para a Inglaterra, mas se negou a divulgar para seu sócio qual era a carga. Dadas as circunstâncias, Braighton recusou fazer parte disso e, pouco tempo depois, romperam a parceria.

— Açúcar? — Markus sugeriu.

— Não consigo imaginar que Charles Braighton ficaria ofendido pelo transporte de açúcar para sua terra natal — Thomas argumentou.

— Deve ser algo ilegal.

— Absinto? — Markus sugeriu.

— Talvez, mas é mais provável que sejam escravos. — Thomas passou os dedos pelo cabelo.

— Escravos, escravos negros, aqui na Inglaterra. Para quem ele venderia? — Markus se levantou detrás da mesa enorme. O rompante pouco característico fez com que todos virassem a cabeça para seu anfitrião.

Thomas revirou os olhos.

— Não seja ingênuo, Markus. Existem pessoas que irão comprar, até aqui, no território do rei. Entretanto, se toda esta especulação estiver correta, tenho buscado informações no lugar errado. Michael pode estar tendo mais sorte.

Markus disse:

— Michael está bastante atolado em seus próprios problemas no momento. O pai dele o deixou em uma situação difícil.

— Verei o que posso fazer. Tenho alguns contatos antigos do exército que podem ajudar. — Thomas sentou-se na outra cadeira.

— Eu adoraria qualquer coisa que tornasse possível acabar com Pundington financeiramente. E, se puder fazê-lo ser expulso da Inglaterra permanentemente, isso seria um ótimo benefício. — Pela primeira vez em sua vida, Daniel desejou que assassinato fosse legal. Ele gostaria muito de matar Alistair Pundington lenta e dolorosamente.

— Se ele está traficando humanos, ficarei feliz em usar toda a minha influência para impedi-lo, Dan.

— Eu sei, Markus, e ficarei feliz em aceitar a oferta assim que tivermos certeza do que ele está tramando.

— Como está indo sua lua de mel? — Thomas perguntou.

— Minha esposa estava muito descontente quando saí hoje.

— Ora, está indo bem então. — Markus sorriu estupidamente.

Daniel ignorou a indireta.

— Que tal um pouco daquele conhaque que você guarda nessa sua mesa gigantesca, Markus?

O amigo pegou uma garrafa em uma das gavetas.

— Qual é o problema com a minha mesa?

Thomas e Daniel trocaram um olhar.

— Nada — Daniel respondeu.

— Nada mesmo — Thomas concordou.

Markus olhou para ambos e depois sorriu.

— Sei que é um pouco grande, mas Emma comprou como um presente para mim e o que eu deveria fazer? Não poderia dizer a ela que era grande demais para o cômodo. Ela teria ficado arrasada.

— Você poderia considerar tirar todos os outros móveis. E todos nós poderíamos nos sentar na mesa. — Thomas tamborilou os dedos na mobília.

Eles beberam e brincaram até o anoitecer quando Daniel os deixou para voltar para sua esposa.

Era tarde quando chegou em casa, mas ele encontrou a esposa o esperando em seu escritório.

Ela estava usando um sedutor vestido azul com um decote acentuado. Se ele arriscasse um palpite, também diria que sua esposa doce e inocente havia umedecido as roupas íntimas para fazer o vestido moldar-se a cada curva de seu corpo. Ele encontrou-se tanto intrigado quanto cauteloso acerca do motivo pelo qual ela sentia a necessidade de seduzi-lo.

— Você está adorável esta noite, Sophie. — Entrou no cômodo, inclinou-se e beijou sua bochecha.

— Obrigada. Você gostou do vestido? Tia Daphne disse que era obsceno, mas ela comprou para mim, de qualquer maneira. — Levantou-se e girou para que ele visse o vestido inteiro.

— Muito apropriado e talvez apenas um pouco obsceno. — Ele sorriu, sabendo que devia estar parecendo um idiota apaixonado. Talvez houvesse verdade nisso.

Ela olhou para seu vestido e murmurou algo para si mesma.

— Há algo em sua mente, minha querida?

Apesar do vestido atraente e do olhar tímido que lançara quando chegou, ela franziu o cenho e se jogou na grande poltrona à frente da mesa dele, parecendo abatida.

Ele inclinou-se contra a mesa à frente dela.

— Você está pensando em alguma coisa. — A porta se abriu e uma criada entrou carregando uma bandeja com duas taças e uma garrafa de vinho. Ela olhou para a mesinha de centro perto do sofá e depois para os dois ao lado da mesa.

— Está tudo bem, Molly, pode deixar aqui na mesa.

Molly olhou para o conde e depois para o cenho franzido de Sophia. Ela se apressou, colocou a bandeja na mesa, fez uma reverência e correu do escritório.

Daniel serviu o vinho.

— Você criou uma armadilha elaborada para me pegar, Sophie, e você já me possui. O que aconteceu nas últimas poucas horas para lhe fazer pensar que precisava ir a tal ponto para me atrair e por que desistiu? Posso te garantir que sua armadilha teria funcionado.

Ela ergueu o rosto, e ele viu a tigresa. Em seguida, ela desapareceu.

— Pensei em cortejá-lo e depois lhe perguntar uma coisa. Mas agora não tenho certeza sobre o cortejo ou a pergunta.

Ele lhe entregou uma taça de vinho e depois agachou-se à frente dela.

— Pergunte.

— Eu não deveria.

— Sophia, eu já fui severo com você? Eu te levei a acreditar que não pode conversar comigo? Você pode me perguntar qualquer coisa. — Seu coração bateu mais rápido. O que mudou em tão pouco tempo?

— Você quer filhos? — ela deixou escapar sem erguer o rosto.

Um sorriso surgiu nos lábios dele. Alívio o percorreu. Ela se preocupava com as coisas mais maravilhosas, sua pequena americana.

— Olhe para mim.

Ela o fez.

— O que a fez pensar nisso?

— Você quer? — ela perguntou.

— Eu lhe direi quando você me contar o que a fez se preocupar tanto com esse assunto.

Ela se levantou tão de repente, que Daniel precisou agarrar o braço da poltrona para não cair sentado no chão.

Em seguida, ela começou a andar de um lado ao outro.

— Eu estava conversando com a cozinheira. Ela me contou sobre o falecimento da sua mãe depois que você nasceu, e percebi que nunca discutimos isso. Eu realmente não te conheço tão bem, e amo crianças. Tenho apenas um irmão, e ele é mais reservado. Fiquei preocupada que você não iria querer filhos, mas pensei que se eu lhe agradasse seria possível lhe convencer a ter mais do que apenas um herdeiro, então planejei isso tudo.

Ele recostou-se outra vez contra a mesa.

— Você sequer respira quando divaga assim? Gosto muito de crianças. Nunca pensei muito sobre tê-las além da necessidade de um herdeiro. Entretanto, penso que, contanto que o seu trabalho para dar à luz ao primeiro não ameace sua vida, então poderíamos possivelmente ter mais alguns, se você quisesse.

Ela sorriu e saltitou pelo cômodo até que o encontrou, enlaçou seu pescoço e o beijou profundamente nos lábios. Seu vinho ficara esquecido do outro lado do escritório e o dele estava agora derramado no tapete.

— Estou tão feliz.

O conde acalmou sua respiração e controlou as emoções. Havia sido enfeitiçado por aquela mulher.

— Estou vendo isso, porém não tolerarei você correr qualquer risco desnecessário, Sophia. Um filho primeiro e depois veremos.

— Sim, meu senhor. — Seu sorriso permaneceu empolgado.

CAPÍTULO XVI

No décimo dia de sua lua de mel, Daniel recebeu uma carta e depois fora tomar o café da manhã.

— Preciso deixá-la hoje de novo, Sophie. Tenho uma reunião.

— Aqui no campo?

— É importante. Partirei depois do almoço. — Ela assentiu.

Uma hora depois, eles estavam no jardim aproveitando um dos últimos dias bons do verão quando Jasper, o lacaio de Sophia, entregou uma mensagem para sua senhora. Ela a abriu, empalideceu e o papel caiu de suas mãos.

Daniel o pegou da grama e leu a missiva onde Lady Collington relatou que o Sr. Braighton havia sofrido um derrame, e que os médicos suspeitam de apoplexia. Com o coração retumbando, Daniel chamou o lacaio que estava se retirando.

— Peça à criada de sua senhoria que arrume suas malas o mais rápido possível e solicite que uma carruagem seja trazida. Você irá com sua senhora, é claro.

Jasper começou a andar, mas parou.

— Meu senhor, o que há de errado?

Daniel não estava acostumado com serventes que faziam perguntas, mas entendia que este lacaio não era inglês. Além disso, o homem estava preocupado com Sophia.

— O Sr. Braighton está gravemente doente.

Os olhos do lacaio se arregalaram, e ele correu.

— Sophia, olhe para mim.

Ela ergueu o rosto com um olhar vazio.

— Não posso ir com você hoje. Tenho que tratar de um negócio importante. Irei até você em alguns dias. Você me entende?

— Sim, eu entendo.

Melancolia tomava conta da residência dos Collington. Wells abriu a porta, mas não disse nada enquanto pegava o chapéu e o agasalho de Sophia.

Ela passou por ele, seguindo para o salão.

Os olhos de Angelica estavam vermelhos e inchados. Sophia tentou se lembrar de ter visto sua mãe chorar antes e apenas a noite em que Pundington a violou veio à sua mente.

— Como ele está? — Ela a abraçou.

— O médico estava aqui agora mesmo.

— O que ele disse?

Os olhos de Angelica estavam tão tristes e perdidos, que Sophia olhou para o teto ou para o chão, para qualquer lugar, exceto sua mãe.

— Seu pai estava perguntando sobre você duas noites atrás. Ele estava um pouco confuso, depois cambaleou e caiu. Ele não acordou desde então. Conversei com ele, mas ele não me escuta.

Ela a abraçou de novo.

— Vá se deitar, mamãe. A senhora está cansada. Eu irei ver o papai.

O quarto estava escuro e abafado. Tia Daphne se encontrava sentada ao lado do sobrinho.

Sophia pensou que, pela primeira vez, Daphne parecia pequena e envelhecida.

— Olá, tia.

Daphne se levantou com a ajuda da cabeceira alta.

— Como você está, querida?

— Bem.

Daphne olhou para o chão.

— Marlton está aqui?

— Não, o conde tinha negócios que não podiam aguardar. — Ela não reconheceu a frieza em seu tom de voz.

— Entendo.

— Como meu pai está?

Daphne balançou a cabeça e a abraçou. Foi a primeira vez que tia Daphne tomara iniciativa em um ato de carinho.

— Não vou mentir para você, Sophia. O médico não deu muita esperança. Devemos orar por um milagre.

Sophia assentiu e sentou-se na cadeira que agora estava desocupada. O lado esquerdo do rosto de Charles Braighton estava caído e sua pele tinha um tom cinzento doentio. Sua presença normalmente robusta diminuíra.

A grande cama o fazia parecer pequeno e insignificante. Este homem, que havia sido o mundo inteiro dela a maior parte de sua vida, reduzido a nada em um leito.

— Mandarei trazer uma refeição leve. Você deve comer alguma coisa. — Daphne saiu. Sophia não tinha percebido que a tia ainda estava no quarto. Seu estômago revirou com a ideia de comer qualquer coisa. Quando entrou no quarto, a garotinha assustada de anos atrás afastou a adulta. Quando era pequena, Anthony fora para a escola e ela ficava sozinha frequentemente. Ela era solitária na época e sentiu a mesma sensação de abandono no quarto escuro.

Estendeu o braço para debaixo do cobertor e segurou a mão dele.

— Tão fria. — Ela tentou trazer o calor de volta para o pai. — Papai, por favor, acorde agora.

Segurando a mão dele com as dela, recostou a testa sobre os dedos unidos e rezou. Ela ainda estava nessa posição quando uma criada entregou uma bandeja de comida. E horas mais tarde, Angelica retornou para o quarto em um vestido fresco e parecendo um pouco mais descansada. Sophia ainda segurava a mão do pai e orava, enquanto a comida permanecia intocada.

— Sophia, está tarde. Vá para a cama. Ficarei com ele durante a noite — Angelica disse.

— Eu gostaria de ficar, mamãe.

Angelica deu a volta na cama e beijou o topo da cabeça da filha.

— Me dê algumas horas a sós com ele, *cuore mio*.

Relutante, Sophia saiu do quarto e foi para sua cama.

Quando o sono a alcançou, seus pesadelos fizeram o mesmo. Ela não tinha os sonhos apavorantes desde antes de seu casamento. Pensou que seu marido havia afugentado seus medos, mas parecia que não.

Quando o medo a despertou, o sol já estava infiltrando-se em volta da cama. Ela foi ao lavatório e jogou água gelada em seu rosto.

O sonho sempre foi uma recordação dos horrores da noite que mudou sua vida definitivamente, mas desta vez as visões estavam distorcidas. A surra foi a mesma, a dor e a constatação de que alguém em quem confiava a machucou ainda eram presentes. Quando virou o rosto para ver o dele, era uma versão retorcida de Daniel encarando-a de volta com um olhar sisudo.

Ela afastou os fantasmas de seu pesadelo, lavou-se e se vestiu.

O quarto de Charles estava escuro e o único homem que a confortou quando ela estava triste e a encorajou durante sua infância, estava deitado sozinho na cama.

Ela queria mover a grande cadeira para o lado oposto da cama. Por algum motivo, pensou que ele a sentia mais quando ela estava à direita. Seu lado esquerdo estava tão flácido e sem vida, que ela esperava alcançá-lo do outro lado. Ela conseguira mover a cadeira até a metade da cama quando a porta se abriu.

— O que você está fazendo? — Anthony exigiu saber.

Ela continuou puxando a cadeira.

— Eu quero me sentar deste lado.

Anthony entrou no quarto e ergueu a cadeira como se não pesasse nada.

— Onde você a quer?

— Bem aqui. — Ela apontou para um lugar perto da cabeceira da cama.

Ele colocou a poltrona no local indicado.

— Obrigada.

Seu irmão assentiu, e depois olhou para o pai.

— Nunca pensei que o veria assim. Temo estar despreparado para lidar com isso, Sophie.

Sua confissão a pegou de surpresa. Eles não conversavam em particular há anos. Ela se aproximou, envolveu-o com os braços e apoiou a cabeça em seu peito.

— Faremos o melhor possível, Anthony.

Ele a abraçou brevemente.

— Eu deveria ser mais forte, mas quando o vejo parecendo tão pequeno, quero fugir deste lugar e nunca mais voltar.

— Eu entendo.

Anthony deu a volta na cama, inclinou-se e beijou a cabeça do pai. Em seguida, aprumou a postura outra vez e lágrimas não derramadas brilharam em seus olhos.

— Por que você não vai dar uma caminhada? Depois pode passar um tempo com a mamãe. Eu ficarei com o papai.

— Acho que é uma boa ideia. Eu gostaria de uma caminhada, ou talvez vá cavalgar. Um pouco de exercício me faria bem. — Ele seguiu para a porta, e depois se virou de novo. — Quase esqueci de te falar, vi o tio Alistair ontem.

Ela cerrou os punhos com raiva.

— Não o chame assim. Ele não é nosso tio.

— Por que não? Nós sempre o chamamos de tio. — Ele estreitou o olhar para ela.

— Onde você o viu?

— Marquei de encontrar com um velho amigo da escola e fomos a um dos clubes de jogos. Ele estava lá. Foi bom vê-lo. Ele disse que tinha algumas oportunidades para mim. Eu…

— Não! Você não pode se meter com ele, Anthony. Ele não é confiável. — Ela o agarrou pelo casaco. A ideia do que Pundington poderia estar tramando lhe tirou o fôlego. Sua atenção em Anthony poderia ser apenas por maldade.

Ele segurou as mãos dela e depois soltou sua roupa. Em seguida, encarou-a nos olhos. Os dele estavam cheios de raiva.

— Desde quando você acha que tem o direito de me dizer o que fazer? Você vai me contar por que o odeia tanto?

Ele esperou por uma resposta, mas ela não disse nada. Empurrando suas mãos para longe, ele saiu do quarto.

Ela deveria ir atrás dele e confessar tudo. Se Anthony soubesse a verdade, ele não entraria em qualquer negócio com Pundington. Por que tudo tinha que ser tão complicado? Sua vida nunca seria normal. Ela segurou a mão do pai. Estava quente comparada com a do outro lado. Talvez ele a sentisse ali e havia esperança.

— Papai, estou aqui. Não se preocupe, eu não te deixarei.

Ela queria acreditar que sentiu seus dedos se apertando ao redor dos dela, mas era mais provável que fosse o que desejava ao invés da realidade.

Quando Daniel chegou três dias depois, encontrou Daphne no vestíbulo olhando para a escada.

— Lady Collington?

Ela estava usando um vestido cinza-escuro e já parecia de luto. O vestido de lã devia ser muito desconfortável, mas talvez esse fosse o objetivo. Seu rosto, que normalmente era animado, estava sem vida e cansado.

— É uma causa perdida agora. É apenas uma questão de quando Deus decidir levá-lo. Até mesmo Angelica aceitou isso, mas Sophia não o deixa. Ela não come ou dorme há dois dias. Nós todos tentamos convencê-la de que ela precisa se cuidar, mas ela é teimosa.

Como eles poderiam deixar sua Sophie negligenciar a si mesma?

— Mande levarem uma bandeja. Caldo e um pouco de torrada. — Daniel subiu de dois em dois degraus. Abriu a porta do quarto de Charles Braighton e encontrou sua esposa magra e deitada sobre a beirada da cama. Seus olhos angustiados estavam vermelhos e as bochechas fundas. Seu cabelo precisava ser penteado e lavado, e estava solto pelas costas. A respiração fraca de Charles preenchia o quarto. Sophia segurava sua mão e observava seu rosto.

— Sophie.

— Olá, Daniel. — Ela não se virou ou soou como se o estivesse esperando.

Sua voz soava insípida e fria.

— Você precisa comer alguma coisa.

— Isso é tudo o que tem a dizer para mim? — Permaneceu de costas para ele.

— Entendo sua raiva. Eu deveria ter vindo mais cedo. Não consegui vir embora. Sinto muito. — Ele tocou seu ombro.

Seu corpo enrijeceu.

— Eu precisava de você.

— E estou aqui.

— Pode ir. Não preciso mais de você. Posso lidar com isso sozinha. Aprendi isso enquanto você estava cuidado dos seus negócios. — A última palavra saiu com desgosto. — Sinceramente, não tenho mais nada para você, então apenas vá.

— Você precisa comer. — A bandeja havia sido entregue.

— Apenas vá. — Sua voz se elevou em um tom mais alto do que era adequado para um quarto de enfermos.

Afagando o braço do pai, ela se desculpou.

A raiva de Daniel agitou-se por dentro, mas ele continuou calmo por fora.

— Não sairei do quarto até você comer. Se você se alimentar, então irei. — O olhar que ela lhe lançou era odioso. Sua esposa linda e feliz havia desaparecido, e era ao menos parcialmente sua culpa. Ele nunca deveria tê-la deixado lidar com isso sozinha.

Ele observou enquanto Sophia se forçava a tomar o caldo e comer a torrada.

Quando terminou, Daniel manteve sua promessa e saiu do quarto.

Ele a verificava em intervalos regulares. A cada três horas, mandava uma bandeja e a forçava a comer. Ela se recusava a dormir, então ele garantia que estivesse alimentada.

Daniel estava parado às sombras, observando sua esposa rezar sobre a mão de Charles Braighton. Ela perdera vários quilos e seu vestido estava folgado em seus ombros, costas e cintura.

Angelica chegou no quarto tarde da noite. Ela sentou-se na beirada da cama, olhando tanto para o marido quanto para a filha.

Daniel era um intruso, mas não deixaria Sophia de novo.

O rosto de Angelica estava esgotado e seus olhos refletiam o sofrimento. Sophia contara a ele o quão próximos seus pais eram. Angelica estava perdendo não apenas o marido, mas seu amigo mais próximo e confidente.

A firmeza na voz de Angelica o surpreendeu:

— Sophia, acho que ele está se segurando a você. Você deve lhe dizer que está tudo bem partir. É cruel deixá-lo nesse estado por tanto tempo. Um homem tão forte e cheio de vida como ele está sofrendo para ser deixado assim. Mal consigo olhar para ele, pois minhas lágrimas me cegam. Deixe-o partir, *cuore mio*. Eu lhe imploro.

Angelica abraçou a filha e beijou suas bochechas. Ela também beijou Charles e sussurrou algo em seu ouvido.

Daniel nunca se sentiu confortável com pura emoção. Seu próprio pai nunca lhe mostrara qualquer sinal de sentimentalismo. Enquanto Angelica passava por ele, lhe deu um sorriso triste e beijou sua bochecha antes de sair do quarto.

Depois que sua mãe deixou o quarto, Sophia ficou sentada observando o pai respirar com dificuldade. O peso do mundo estava sobre seus ombros. Nenhuma quantidade de oração mudaria o desfecho. Lágrimas escorreram por seu rosto.

Enquanto o sol despontava sobre o horizonte, ela se inclinou para perto dele.

— Eu te amo, papai. Você fez o bastante. Eu ficarei bem. Não foi sua culpa e nem por um momento eu lhe culpei, embora saiba que tenha culpado a si mesmo. Estou bem protegida, e o senhor deveria se perdoar. Por mim, não há nada a perdoar. Você tem sido o pai perfeito durante esses dezenove anos. Nenhuma garota poderia pedir por mais do que o senhor fez, até mesmo aguentando minhas brincadeiras em cada oportunidade. Sei que eu deveria ter sido uma filha mais obediente e mais como uma dama, como a mamãe. Acho que, talvez, você me preferia como sou e é por isso que eu te amo tanto, papai. Está na hora de você partir agora. Deus deve precisar do senhor mais do que eu. Eu te amo. Pensarei sempre em você. Em todos os aspectos da minha vida, o senhor estará lá. — E beijou sua bochecha.

A respiração dele agitou-se. Ele apertou sua mão mais uma vez. Em seguida, deixou a terra com a bochecha de Sophia recostada contra a sua e as lágrimas da filha rolando pelo seu rosto. Ele não estava sozinho.

Daniel ergueu Sophia para longe do corpo de Braighton e a carregou para seu próprio quarto. Ela teve o sono agitado, mas dormiu, e ele se sentava perto da cama sempre que o assunto acerca de Pundington não o chamava para longe.

Ela falou em seu sono, então ele se moveu para a beirada da cama e afastou o cabelo de seu rosto.

— É apenas um sonho, meu amor.

Ela abriu os olhos e gritou. Com as mãos agitadas, ela chorou e se debateu como se ele fosse o diabo.

— Não.

— O que foi, Sophie? — Seu estômago se retorceu como se estivesse cheio de cobras vivas.

— Não, Daniel, de novo não. Por quê? Por que você fez isso?

Suas palavras não faziam sentido. Fora necessário permanecer no campo, mas ele ainda amargava com a culpa. Essa era a causa dos pesadelos dela? Parecia improvável. Não fazia sentido ficar remoendo isso.

— Com o que você sonhou, Sophie? Me conte. — Ele a segurou, mas ela se debateu.

Depois de um longo confronto, ela se acalmou.

— Não posso. — Seus olhos se fecharam, e a exaustão a dominou outra vez.

Ele a soltou e tocou sua bochecha ainda molhada por conta das lágrimas.

De novo, ela dormira agitadamente, mas ele permitiu que dormisse mesmo com o sonho. Ele só piorara a acordando. Torturado pela ideia de que ela o temia, o conde não fazia ideia do que causou sua inquietação. Decidindo que era apenas o choque de perder o pai, ele deixou passar.

Eles viajaram para o campo para enterrar Charles Braighton no jazigo da família na propriedade dos Grafton. Depois do funeral, Sophia voltou para Londres. Ela deixou claro que preferia viajar sozinha, mas Daniel mandou sua madrasta e irmã com ela. Daniel seguiu algumas horas mais tarde e sua chegada na casa causou um grande rebuliço. Ele não morava lá desde que saiu da escola.

Janette entrou no saguão de entrada.

— Pensei que fosse você, Daniel. Seus aposentos estão prontos. Eu me mudei para o quarto na outra ala do corredor. E é bastante confortável e a claridade é ótima. Sophia está se estabelecendo bem. Cissy e eu iremos para o campo assim que tudo for organizado. Acredito que a propriedade Dulcet serviria perfeitamente para nós, se você concordar.

A propriedade Dulcet era uma pequena chácara em um terreno bonito a cerca de uma hora da mansão dos Marlton. Janette sempre admirou aquela casa.

— Dulcet precisa de reformas. Mandarei trabalhadores imediatamente e você pode supervisionar as mudanças se quiser. Cissy deve ter sua temporada. Você deveria ficar aqui, mãe.

Ela balançou a cabeça.

— Você e sua nova esposa irão querer ficar sozinhos. Não é certo eu permanecer na residência dos Fallon quando não sou mais a condessa aqui. Sophia merece reinar sobre sua própria casa.

— Você é muito atenciosa. Insisto que fique até eu lhe encontrar uma casa adequada na cidade. Cissy não deveria perder o restante de sua primeira temporada. Sophia não se importará, tenho certeza. Onde está minha esposa?

Janette franziu o cenho.

— Ela está deprimida, Daniel. Ela foi para seu quarto, e mandei que descesse e almoçasse. Acredito que ela passaria fome se alguém não exigisse que ela comesse alguma coisa.

Ele travou a mandíbula. Daniel estava acostumado a consertar as coisas, mas ele não sabia como resolver isso.

— Acredito que esteja certa, mãe. Teremos que continuar lembrando-a disso até seu apetite retornar.

Janette assentiu.

Subindo dois degraus por vez, ele foi ver sua esposa. Era incrível o quanto sentira falta dela mesmo não sendo ela mesma. Ele bateu à porta do quarto principal e quando não houve resposta, abriu-a.

Vazio. Madeira escura, uma cama perfeita revestida com colcha azul-royal e detalhes dourados, duas poltronas acolchoadas perto da lareira, a mala de Daniel na beirada de um tapete de lã azul e creme aguardando seu valete, mas nenhum sinal de Sophia. Parecia que sua esposa não tinha sequer entrado neste quarto.

Uma onda de raiva incendiou seu coração e subiu pela garganta. Ele tentou controlar a fúria, mas quando bateu à porta dos aposentos adjacentes da condessa, parecia que um exército intrusivo chegara.

— Entre. — Sua voz estava calma, mas não receptiva.

Ele abriu a porta e entrou.

— O que você está fazendo neste quarto? — Seus olhos estavam arregalados e vermelhos por ter chorado.

— Fui levada a entender que este é meu quarto. Janette insistiu que eu o assumisse, e ela se mudou para o final do corredor. Se ela mudou de ideia, certamente, posso sair.

Ele deu vários suspiros profundos enquanto tentava manter o temperamento sob controle. Lembrando-se da perda dela e de seu óbvio sofrimento, começou a falar devagar, sabendo que perder a paciência não era uma opção.

— Janette está bastante contente. Eu esperava que você e eu pudéssemos compartilhar um quarto como fazemos em Marlton. Por que você pensaria em ficar neste quarto?

— Meu senhor, seria melhor se você respeitasse minha decisão e voltasse para os seus próprios aposentos. — Ela soava como uma condessa.

— Por quê? O que eu fiz? Não fiz nada. Não pude vir a Londres naquele momento, Sophie. O assunto que fui tratar era igualmente urgente. Não é como se eu tivesse lhe deixado sozinha. Sua família estava com você. Você estava sendo cuidada. — Sua voz se elevou apesar dos esforços para manter a calma.

— Que assunto era tão urgente?

Ele debateu por um segundo até encontrar um tom de voz calmo com o qual responder:

— Não posso discutir meus negócios com você neste momento.

Ela virou a cabeça, mas o tom choroso voltou.

— Vá embora, Daniel.

Por vários segundos, ele a observou.

— Imploro que você não faça isso, Sophie. Não destrua o que existe entre nós.

Quando ela não respondeu, ele saiu do quarto e fechou a porta.

CAPÍTULO

XVII

Quando ela não descia para as refeições, Daniel lhe enviava bandejas de comida. Ele acompanhava o envio e a observava, recusando-se a sair do quarto até que estivesse satisfeito que ela comera o bastante.

O tempo esfriou em Londres e Janette e Cissy prepararam-se para ir para o campo. A casa estava em um estado constante de movimento com toda a agitação e as malas sendo feitas. Ainda assim, Sophia não saiu de seu quarto.

Ele nunca perdeu uma refeição e pouco progresso fora feito a respeito de Pundington. Se não mantivesse sua esposa saudável, então não havia sentido em destruir o homem. Ele precisava estar presente nos horários das refeições e logo percebeu, mesmo que ela falasse pouco e não parecesse feliz em sua presença, que gostava de vê-la. Contentava-se com o fato de que ela nunca exigia que ele saísse.

— Janette irá se mudar para a Casa Dulcet em breve. — Daniel tentou conversar fiado com ela.

— O que é isso? — Havia um toque de preocupação em sua voz.

— Uma casa adorável que temos não muito longe de Marlton.

— Será bom ela ficar por perto, mas ela não precisava deixar a residência por minha causa.

Sua natureza bondosa o encheu de alegria.

— Eu disse isso, mas ela insiste que você deve ter seu próprio momento como condessa sem a interferência dela.

— Tenho certeza de que eu não me importaria de ela ficar. — Ela desviou o olhar para o dia melancólico, perdida em sua tristeza mais uma vez.

— Comprarei uma casa para ela em Londres também. Ela se recusa a voltar para cá na próxima temporada. Acredito ter encontrado algo adequado. Você gostaria de ir ver amanhã?

Ela negou com um aceno de cabeça antes mesmo de ele ter concluído a pergunta.

— Outro dia. Estou cansada, meu senhor. Irei dormir agora.

— Você dorme demais, Sophie. Você precisa sair deste quarto.

— Em breve. — A palavra soou vazia e falsa.

Em algumas refeições, eles nem sequer conversavam. Eles comiam, depois Daniel saía e voltava com o próximo prato. Ele nunca lhe pediu para voltar para sua cama. Ela teria que tomar esta decisão por si mesma, embora ele esperasse que ela retornasse logo.

Com frequência, eles conversavam sobre o clima. Na maior parte das vezes, ele lhe dizia que estava um dia lindo, e que ela deveria considerar caminhar no jardim ou no parque, o que ela sempre recusava.

Sua preocupação aumentava a cada dia em que ela se negava a sair do quarto. A Sra. Braighton a visitara, assim como Lady Collington. Nenhuma das duas conseguiu fazer Sophia reintegrar-se à sua vida.

Daniel sentou-se com Dory e Elinor enquanto esperavam no salão.

— Sinto muito pela espera, senhoritas.

Elinor estava sentada com os pés cruzados e as mãos entrelaçadas sobre os joelhos, perfeitamente confortável.

— Não há problema, meu senhor.

Dory estreitou os olhos. Ela caminhava como um guerreiro prestes a entrar no campo de batalha. Este era o terceiro dia seguido que as amigas de Sophia vinham vê-la. Elas foram dispensadas nos últimos dois dias, já que Sophia se recusava a ter companhia.

Daniel torceu para que hoje fosse diferente.

Janette entrou no salão franzindo o cenho e com as mãos cerradas.

— Senhoritas, sinto muito, mas a condessa não está pronta para receber companhia neste momento.

Elinor assentiu e levantou-se para ir embora.

Dory franziu os lábios e colocou as mãos nos quadris.

— Eu a visitei nos últimos três dias e me disseram a mesma coisa. É o bastante.

— Sinto muito.

— Eu também, Lady Marlton. Por favor, me perdoe. — Dory passou pela condessa-viúva, foi para o corredor e subiu a escada.

Tanto Janette quanto Elinor ficaram encarando suas costas, boquiabertas. Daniel riu.

— Eu já te falei o quanto admiro Dorothea Flammel, mãe?

Sophia não respondeu à batida incessante na porta de seu quarto. Talvez fossem embora se ela ignorasse.

Dory entrou e pairou sobre ela.

— Eu te visitei durante três dias e te escrevi cartas.

— Olá, Dory. — Seu coração doía, e nem mesmo a visão de Dory lhe trazia qualquer alegria. Ela olhou para os jardins. Ainda estava usando sua camisola branca, apesar de estarem no meio do dia.

— Olá para você. O que está acontecendo? Por que se recusou a ver todo mundo? Há pessoas que se importam com você, Sophia. Thomas Wheel também visitou várias vezes. Eu o vi noite passada no baile dos Blessington e ele me perguntou como você está. Eu disse que não fazia ideia.

Parte dela estava morta. Todos deveriam ver isso e deixá-la em paz.

— Você poderia ter mentido.

Dory escancarou a boca.

— Mentido? Que raios aconteceu com você?

Sophia se esforçou ao máximo para segurar outra onda de lágrimas.

— Nada, realmente. As pessoas perdem os pais todos os dias.

Dory apressou-se e se ajoelhou à frente de sua poltrona, segurando as mãos da amiga.

— Sei que está sofrendo e que sente falta do seu pai, Sophia, mas não pode parar de viver. Você deve seguir em frente e não é desta maneira.

Virando a cabeça, ela puxou suas mãos para si. Queria gritar ou bater em alguém até que se sentissem tão mal quanto ela.

— Você gostaria que eu fosse aos bailes como se não houvesse nada de errado?

Dory tocou sua bochecha.

— Não, querida, não isso, mas eu gostaria que você se banhasse e se vestisse todos os dias, e talvez recebesse alguns visitantes que lhe desejam o bem. Ninguém espera que você saia para dançar, mas você deveria sair deste quarto.

Quando ela dizia dessa forma, parecia algo tão pequeno a se pedir.

Sophia abaixou a cabeça e suspirou.

— Eu vou me vestir.

— Todos os dias. — A voz de Dory adquiriu um tom de advertência, que soou como o de sua mãe.

— Eu vou me vestir hoje e descerei para tomar chá com você. — Até mesmo o pensamento a deixava exausta.

— Se minha presença for exigida, então visitarei todos os dias e irei lhe arrastar para o chá. Se puder fazer isso hoje, então amanhã será mais fácil e o próximo dia será mais fácil ainda. Prometa-me que irá se vestir e tomar chá no salão todos os dias.

Sophia soltou um suspiro profundo. Era uma coisa tão pequena.

— Prometo que irei me lavar e me vestir todos os dias.

Dory entrecerrou o olhar e franziu o cenho.

— E descer para o chá. — A frase saiu em meio a um longo suspiro resignado.

— Ótimo. — Dory fez uma pausa. — Não sei se devo tocar neste assunto, mas tem havido rumores, Sophia.

— Que rumores?

— Estão dizendo que seu casamento está fracassando. Não é da conta de ninguém, mas criados conversam com outros criados, e eles contam aos seus patrões. É assim que boatos passam de casa em casa e depois para os salões de baile e clubes. Não sei o que aconteceu entre você e o conde, e não irei perguntar. Gostaria que soubesse que se precisar conversar com alguém, estou aqui por você. Você deveria tomar cuidado, querida. As pessoas da elite são muito cruéis e podem destruir até mesmo um casamento forte.

— Então o meu deve ser fácil para elas. — Daniel ficaria feliz em se livrar dela. Ela poderia ir para sua casa tranquila no campo, afinal.

— Você quer me contar o que aconteceu?

— Não. Nada aconteceu. Eu vou me vestir e descer para o chá se você tiver tempo para esperar.

Dory se levantou.

— Chamarei sua criada e a verei lá embaixo.

Como prometido, ela se lavou e se vestiu antes de se juntar às suas convidadas. No entanto, conversou apenas amenidades.

O conde pediu licença depois que ela entrou na sala. Foi gentileza da parte dele sentar-se com suas convidadas enquanto ela estava lá em cima. Provavelmente, ele não queria começar uma nova onda de boatos. O coração de Sophia retumbou ao vê-lo sair, mas ela se sentou e tomou chá.

O White's estava lotado, então Daniel permaneceu perto de uma lareira ao invés de tentar se espremer em uma das mesas de jogo. Ele bebericou seu uísque e observou o aglomerado de pessoas.

Ele estava de mau humor depois de te acabado de gastar dez minutos repelindo arrependimentos sobre seu casamento que está fracassando. Como a elite sempre sabia quando alguém estava vulnerável, ele nunca teria ideia, mas ela sabia. Como sempre, estava pronta para matar.

Determinado a não permitir que tais coisas interferissem em sua vida pessoal, bebeu o conhaque que pedira e se preparou para o próximo obstáculo. Assim que descobrisse o que afligia Sophie, eles resolveriam seus problemas. Ela tinha todo o direito de estar chateada por seu atraso para chegar em Londres, mas ele tinha certeza de que havia outra coisa, algo relacionado com seus sonhos.

Anthony passou pela multidão e apertou sua mão.

— Você não foi ver sua irmã. — Daniel fracassou em tentar esconder a decepção em sua voz.

— Tenho minha mãe com quem me preocupar. Você pode cuidar da minha irmã. — Amuado, Anthony cerrou as mãos e cruzou os braços.

— Sua mãe apareceu para visitá-la quase todos os dias.

Anthony o encarou como se talvez fosse usar aqueles punhos que ainda estavam cerrados.

— Sophia e eu tivemos uma discussão na última vez em que nos falamos. Não estou com pressa para reatar esse conflito.

— Qual foi o motivo? — Daniel perguntou.

— Nosso tio.

— Pundington. — Daniel quase gritou o nome antes de perceber que a multidão se virara para eles.

Anthony bateu o pé e apontou para Daniel.

— Não diga nem uma palavra sobre o meu tio. Ele está me ajudando com os meus negócios, e estou fazendo uma boa quantia. Tenho que cuidar da minha mãe agora.

Com esforço sobrenatural, Daniel tentou permanecer calmo quando disse em seguida:

— Não vou interferir nos seus negócios, Anthony. Só vou lhe dizer duas coisas, e acredito que deveria me escutar. Estou cuidando de você com as melhores intenções, e para a segurança e proteção de sua mãe. Primeiro, acho que você deveria ser cauteloso com seus negócios com Alistair Pundington. Ele não tem uma visão muito boa sobre o que é legal.

Daniel ergueu a mão para impedir Anthony de responder, a raiva crescendo por trás de seus olhos.

— A segunda coisa é em relação à sua irmã e o porquê ela gostaria que você ficasse longe de Pundington. Não estou em liberdade de divulgar a informação. Entretanto, sugiro enfaticamente que você pergunte a Sophia. Só o que posso lhe advertir, Anthony, é que se trata de um assunto delicado, o qual exigirá que você controle seu temperamento.

Anthony estreitou o olhar.

— Eu não entendo.

— Eu sei. Gostaria de poder lhe dizer mais, mas não posso quebrar a confiança de sua irmã, não importa o quão tolo penso que seja o silêncio dela. — Ele desejou ser capaz de resolver ao menos um problema, mas não trairia Sophia. Nem mesmo para o seu próprio bem.

Anthony assentiu e se afastou. Seus olhos eram tão reveladores quanto os de Sophia.

Confusão era melhor do que raiva. Daniel deveria ouvir seu próprio conselho em relação aos segredos que estava escondendo de sua esposa.

A voz familiar de Thomas interrompeu seu devaneio:

— Aquele garoto parecia prestes a explodir.

Daniel deu de ombros.

— Ele acabou de perder o pai. É de se esperar.

— Talvez ele te ajude na sua causa. Ele é próximo de Pundington — Thomas comentou.

— Eu sei, mas ele ama aquele desgraçado. Você descobriu alguma coisa?

— Descobri, mas não podemos falar sobre isso aqui. Podemos nos encontrar amanhã na sua casa?

— Muito bem. Estarei fora de casa até as três horas, mas posso te encontrar depois. Tenho uma pista sobre a origem da carga da última viagem de Pundington. Acredito que veio das colônias e que depois ele estava nas Índias Ocidentais. Tenho um mal pressentimento sobre essa coisa toda.

Thomas olhou em volta para os homens que lotavam o clube.

— Seria melhor se conversássemos sobre essas coisas em particular, Dan. Eu lhe vejo amanhã.

Como disse que faria, Sophia se vestiu todos os dias e desceu por algumas horas para receber as visitas. Ela estava bebericando o chá quando Fenton surgiu à porta.

— O Sr. Pundington, minha senhora.

O coração de Sophia martelou tão alto em seus ouvidos que ela não sabia se Fenton dissera mais alguma coisa.

— Mande-o embora.

Alistair irrompeu atrás de Fenton.

— Temo que eu já esteja aqui, Sophia.

Fenton olhou para ela e depois para Pundington, alterando o peso de um pé para o outro.

Seja lá o que ele tivesse a dizer, ela, certamente, não queria que os criados ouvissem. Ela se levantou, endireitou os ombros e manteve o rosto sereno.

— Está tudo bem, Fenton. Pode ir.

— Você parece terrível. — O velho repugnante deu um sorrisinho e enrolou seu bigode com uma mão.

— Ora, obrigada, Sr. Pundington. Não consigo me lembrar de um visitante mais gracioso. Você está aqui para prestar suas condolências pela perda do meu pai, presumo. — Seu tom sarcástico não fizera nada para mascarar a raiva e o medo que estavam logo abaixo da superfície. Nem impediu seu estômago de revirar.

Ele fechou a porta e avançou para o cômodo.

— Sim, bem, o velho Charles era meu amigo mais querido, afinal. Trabalhamos juntos por anos. Ele não teria nada se não fosse por mim. Espero ser recompensado, sobrinha.

Ela cerrou os dentes.

— Não sou sua sobrinha, e minha família não lhe deve nada.

— Sua família me deve bastante. — Seu tom era leve, mas a raiva em seu olhar fez o estômago dela embrulhar.

Pela primeira vez, Sophia desejou que fosse um homem. Ela queria desafiá-lo. Ela enfrentaria a prisão para ver Alistair Pundington morto no chão do salão.

— Mesmo se isso fosse verdade, o que não é, o que lhe faz pensar que tenho qualquer poder sobre o dinheiro? Eu era apenas a filha dele. Anthony e minha mãe cuidarão das finanças.

— Tenho certeza de que você terá uma vasta oportunidade de convencer seu irmão sobre a melhor forma de investir sua nova fortuna.

— Por que eu faria isso?

Ele continuou andando até que estivesse a apenas alguns centímetros dela.

— Porque você é minha. Eu a tive primeiro e, portanto, posso lhe reivindicar a hora que eu quiser. Estarei lhe esperando até você voltar para mim. Vou garantir que a sua vida seja um horror extenso até conseguir o que quero.

Suas palavras a fizeram estremecer, mas o medo se transformou em fúria.

— Você é louco, Pundington. Saia da minha casa.

Sua risada foi um som feio que a fez se encolher.

— Sua casa. Você acha que porque se prostituiu para um conde, isso faz de você uma condessa? Você nunca será nada além da meretriz que se entregou para mim pensando em ganhar minha fortuna.

— Me entreguei, seu desgraçado? Você roubou o que era meu, não passa de um ladrão e um criminoso apesar da máscara que ostenta. Não importa o quanto se esconda, Alistair Pundington, você nunca será mais do que um reles ladrão pela noite. Até mesmo agora, você tenta roubar o meu irmão.

Ele deu um tapa em seu rosto.

O impacto a fez cair de joelhos. Dor disparou por sua bochecha e olho, mas se levantou e tentou correr na direção da porta.

Ele a agarrou e a jogou no sofá.

Pressionando o corpo contra o dela, o canalha rasgou suas roupas. Sophia gritou.

Fenton e Jasper correram porta adentro e atacaram Pundington, mas o maníaco era alto e forte para sua idade.

Fenton levou um golpe forte, porém o esforço desequilibrou Pundington, e Jasper correu de cabeça contra sua barriga.

Eles estavam engalfinhados no chão quando Thomas entrou, ergueu Alistair e lhe deu um soco no nariz.

Houve um estalo satisfatório, e ele caiu no chão segurando o nariz ensanguentado.

Jasper se levantou e ajudou Fenton a fazer o mesmo.

— Devo jogá-lo na rua, senhor?

Thomas analisou o cômodo.

— Ouça-me com cuidado. Vá solicitar uma carroça para entrar pela porta dos fundos. Fenton, você está bem o bastante para fazer alguns lacaios colocarem esse lixo na carroça e ver se ele está sendo levado embora?

— Sim, senhor. — Fenton endireitou sua roupa e o colarinho.

— Ótimo. Cuide disso e tire-o daqui.

Sophia sentou-se no sofá segurando a bochecha e endireitando o vestido.

Os criados agarraram Alistair por debaixo dos braços e o arrastaram para fora do salão como se ele fosse um saco de farinha.

— Ele sempre virá atrás de mim... — Sophia disse. Ela agarrou o tecido do vestido rasgado sobre o ombro.

Thomas sentou-se ao seu lado.

— Ele se foi. Você está bem agora, Sophia.

— Minha senhora? — Marie correu para a sala. Com os olhos arregalados, fitou Sophia, boquiaberta.

— Estou bem, Marie — Sophia murmurou, baixinho.

— Nós deveríamos chamar o comissário de polícia. A senhora foi ferida — Marie afirmou.

Thomas tocou seu machucado levemente.

— Ela está certa, Sophia. Nós deveríamos chamar os oficiais e um médico para te examinar.

— Não preciso de um médico, e não quero as autoridades envolvidas. Haverá um escândalo se chamarmos alguém.

— Você contará a Daniel o que aconteceu.

Daniel ficaria furioso. Seu passado sempre a seguiria e envenenaria tudo o que era bom em sua vida. Ela fizera um ótimo trabalho nisso por si só. Seria melhor para ele não saber e talvez eles pudessem começar de novo.

— Se você não contar, eu o farei.

— Pensei que você fosse meu amigo, Tom.

— É exatamente por isso que contarei a ele. Sei que acha que somos ingleses frágeis, mas seu marido e eu servimos este país de várias maneiras. Não estamos sem meios.

Thomas sempre foi tão amável. Por que ele estava tão determinado quando ela precisava guardar esse segredo?

— Eu não sabia que vocês eram do exército. Daniel foi um soldado?
— Daniel lhe contou pouco sobre seu passado depois de Eton.

— Eu não era do exército, e nós dois éramos uma espécie de soldados. É uma longa história e é melhor que seja contada por Daniel. Tenho certeza de que ele não gostaria que eu divulgasse um passado que deveria ser esquecido.

— O que está acontecendo aqui? — Anthony era tão alto que preenchia a porta, mas estava apenas começando a amadurecer, apesar de magricela. Sua raiva era evidente, mas a juventude o fazia parecer petulante.

— Anthony, o que você está fazendo aqui? — Sophia perguntou.

— Sua irmã foi ferida. Você sabe onde o conde está? — Thomas sondou.

— Ela foi ferida e você apareceu para ajudá-la por acaso. — Anthony apontou seu dedo longo.

— Tom. — Sophia tocou seu braço para impedir Anthony de incorrer sua raiva. — É melhor que você vá embora. Vou explicar as coisas para o meu irmão.

— Explicar o quê, para mim? Não preciso que me explique nada. Tenho olhos e posso ver sozinho o que está acontecendo aqui. Você está...

Thomas avançou e agarrou a gravata de Anthony. Ele o puxou de maneira que seus narizes estavam quase se encostando.

— Não termine esse pensamento, garoto. Por causa da minha amizade com sua irmã, não vou te desafiar pelo que está insinuando, Braighton. Estou te avisando, não lhe darei essa cortesia outra vez.

Thomas soltou Anthony, curvou-se para Sophia, e saiu da residência dos Fallon. Sophia sentou-se na poltrona de respaldar alto.

— Por favor, sente-se, Anthony.

Ele virou-se de costas para ela.

— Eu prefiro ficar em pé. Quem te bateu? O que Wheel estava fazendo aqui? Onde está o seu marido?

Ele pensou que ela seria capaz de se envolver em flertes logo depois da morte de seu pai e algumas semanas depois de seu casamento. Responder poderia deixá-lo com uma impressão ainda pior. Seu primeiro instinto foi inventar uma história para contar a ele. Ela queria protegê-lo da verdade e preservar a inocência que lhe fora arrancada. Abriu a boca, pronta para uma mentira plausível, mas ele nem mesmo a olhou. Mentiras os levaram a este ponto. Ela tinha que lhe contar tudo.

— Seria mais fácil se você se sentasse, Tony. Você não vai gostar do que tenho a dizer, mas juro que é toda a verdade. Por favor, sente-se comigo por alguns minutos, mesmo que seja apenas porque sou sua irmã.

Ele sentou-se a vários metros de distância dela. Ele parecia ridículo, empoleirado na pequena cadeira, como se fosse saltar perante a mais ínfima provocação.

— O que estou prestes a lhe dizer é difícil para mim, mas eu deveria ter contado há muito tempo. Não queria estar fazendo isso agora, mas está claro que o preço de esconder meu segredo é perder meu irmão. O preço é alto demais.

Ela lhe contou tudo sobre a fatídica noite de três anos atrás e como nunca queria se casar. Explicou sobre Pundington rasgando seu vestido no baile e, finalmente, contou sobre o que aconteceu mais cedo naquele dia.

Quando concluiu, estava exausta e Anthony estava ajoelhado à sua frente com a cabeça em seu colo. Ela passou os dedos por seu cabelo macio e escuro.

— Eu tenho sido um idiota. Como você pode me perdoar? Por que aquele desgraçado não está apodrecendo em uma cela?

Um sorriso surgiu nos lábios dela.

— Não há nada que perdoar, embora você, provavelmente, devesse se desculpar com Thomas Wheel.

Ele ergueu a cabeça depressa, e pareceu um garotinho.

— Meu Deus, sim, eu devo. Tentarei encontrá-lo hoje. — Ele se levantou e passou as mãos pela roupa. — O conde sabe sobre todos estes eventos do passado?

— Ele sabe. Contei a ele antes de nos casarmos.

Todas as emoções e pensamentos cintilaram nos olhos de Anthony, sua surpresa inicial ao descobrir que Daniel sabia sobre o estado de sua pureza, fora seguida por admiração. Ela se repreendeu por seu tratamento recente para com o marido. Embora tivesse chegado atrasado em Londres, ele foi, e não a criticou quando ela recusou compartilhar sua cama. Ela vira sua raiva, mas nunca o temeu. Seus terrores noturnos a fizeram afastá-lo, mas agora estava clara a tolice de seus atos.

O grande relógio no canto do cômodo mostrava que era quatro e meia. Daniel deveria estar em casa. Ela odiava o fato de ele nunca ter discutido seus negócios com ela.

— Há mais algum problema? — Anthony perguntou.

Sophia deu de ombros.

— Não, eu só estava pensando em onde o conde está a esta hora.

Ele sentou-se na pequena cadeira de novo.

— Tenho certeza de que ele estará em casa em breve. Sophie, perdoe-me por perguntar, mas por que você não acusou Pundington? O lugar dele é na cadeia pelo que fez.

— Teria trazido um escândalo para a família inteira. Isso teria me arruinado e, provavelmente, causaria dificuldade até mesmo para você se casar. Mamãe e papai não quiseram arriscar, e eu só queria esconder do mundo.

— E agora?

A ideia de deixar o mundo ver o verdadeiro Alistair Pundington era tentadora, mas ela estremeceu ao pensar no público sabendo sua história.

— Agora, eu gostaria que ele pagasse, mas não quero causar escândalos ou problemas para Daniel. Acho que eu não conseguiria contar minha história a um estranho. Veja quanto tempo levei para dizer a você.

— Você discutiu uma acusação com seu marido?

Sua pergunta era tão simples, e ainda assim tão complicada.

— Não.

Ele lhe lançou um sorriso.

— Não lhe direi o que fazer, mas talvez você devesse conversar com ele. Ele parece um sujeito sensato.

— Pensarei nisso.

Anthony se levantou e ajeitou a gravata.

— Você ficará bem se eu for embora? Quero ver se consigo encontrar Wheel no clube. — Anthony aderiu à moda londrina com facilidade. Ele parecia um tanto elegante, e isso a distraiu de seus problemas.

— Estou bem. Fenton não permitirá mais ninguém na casa hoje, a não ser que seja da família. Estou cansada, de qualquer maneira. Acho que vou cochilar até o jantar.

Ele beijou sua bochecha.

— Então, eu a verei amanhã.

Mesmo com o rosto machucado e dolorido, Sophia ainda se sentia mais leve de alguma forma. O peso de seu segredo a sufocara. Derramar a vergonha que carregou como o casco de uma tartaruga trouxe leveza ao seu coração. Agora, exposta para todas as pessoas que importavam, impressionava-a que eles ainda a amassem. A vulnerabilidade que esperava transformou-se em um tipo de liberdade.

Seja lá onde Daniel estivesse, ele viria para casa logo. Ela tiraria um cochilo, tomaria banho e depois se vestiria para o jantar. Quando ele chegasse em casa, a encontraria vestida de um jeito irresistível. Consertar seu casamento era a coisa mais importante.

CAPÍTULO XVIII

Thomas bebericou seu conhaque e pensou seriamente em ir para casa mais cedo. No caminho, ele pararia na residência dos Fallon e conversaria com Daniel, depois passaria uma noite tranquila em seu lar.

Anthony Braighton pigarreou e olhou timidamente para ele.

Thomas franziu o cenho.

— O que você quer, Braighton? Já vou avisando, não estou com paciência.

— Eu lhe devo um pedido de desculpas, Wheel. Cheguei a uma conclusão, e era a errada. Já pedi desculpas para minha irmã, mas senti que deveria lhe encontrar e fazer o mesmo.

— Sente-se, Braighton.

— Estou em dívida com você por ter chegado em um momento tão conveniente.

Ele deu de ombros.

— O lacaio e o mordomo já estavam fazendo um bom progresso. Eu simplesmente terminei o serviço.

— Ainda assim, eu lhe devo. — Ele fez uma pausa e sua luta interna apareceu em cada traço de sua expressão.

Thomas riu.

— Nunca jogue pôquer, Braighton. Você e sua irmã tem os semblantes mais fáceis de ler que eu já vi.

Anthony sorriu.

— Tento evitar a mesa de carteado. A menos que esteja com uma sorte extrema, eu sempre perco.

— Você quer me perguntar alguma coisa?

Ele olhou em volta, nervoso.

— É sobre Pundington. Eu fui um tolo e dei a ele um pouco de dinheiro para um negócio. Agora estou preocupado que ele esteja fazendo algo ilegal. Não sei bem o que fazer.

Thomas franziu o cenho.

— Você discutiu isso com Marlton?

— Farei isso, mas ele não estava em casa.

— Quando você saiu da residência dos Fallon? — O coração de

Thomas bateu mais rápido. Anos de treinamento para servir à coroa o fizeram redobrar a atenção.

Anthony endireitou a coluna.

— Saí de lá apenas meia hora atrás.

Thomas olhou para seu relógio.

— Ele não apareceu para o nosso compromisso.

— Talvez tenha se atrasado.

Estreitou o olhar para Anthony.

— Conheço Daniel Fallon há mais de vinte anos e, nesse tempo, ele nunca perdeu um compromisso. Nunca.

— Você está preocupado que tenha havido um crime?

— Não sei. Vou procurar por ele, e veremos. Talvez você esteja certo e ele tenha simplesmente se atrasado por causa de seu compromisso esta manhã.

— Irei te ajudar a procurar. — Anthony saltou e bateu na mesa. Thomas deu a Anthony vários lugares para verificar, mas manteve os locais mais delicados para si mesmo. Ele não comparecia à ópera há algum tempo, mas parece que iria para lá esta noite. Checando seu relógio de novo, ele tinha tempo para averiguar alguns outros lugares primeiro.

Eles se separaram, dizendo que se encontrariam na residência de Daniel às onze horas da manhã seguinte.

Depois de verificar dois pubs de reputação questionável, Thomas descobriu que Daniel não esteve em nenhum deles há anos. Ele também se lembrou por que cresceram e pararam de frequentar lugares tão deploráveis. O fedor do último local permaneceu em seu casaco, e ele estremeceu ante à lembrança do verdadeiro odor fétido que encontrara quando abriu a porta. Ficou feliz que sua juventude perdida era coisa do passado, e que tinham superado tal insensatez. Eles poderiam ter acabado como o pai de Michael e levado suas famílias à ruína por causa do alcoolismo e de apostas desonestas.

A casa de ópera era uma visão muito mais agradável e o ar era bem melhor. Thomas caminhou até os fundos do teatro e ganhou passagem para o camarim da senhorita Charlotte Dubois.

Ela usava um vestido vermelho com renda preta que acariciava sua figura. Ele não percebera qual ópera estava sendo realizada, mas certamente pagaria para ver Charlotte em tal vestido por algumas horas.

— Olá, madame. — Fez uma longa reverência.

— *Monsieur* Wheel, que maravilhoso vê-lo outra vez. Faz tanto tempo. Você veio me ouvir cantar? — Ela virou-se completamente em sua direção, exibindo o decote ousado de seu vestido.

Thomas encarou a extensão dos seios volumosos desabrochando para fora do vestido. Ele sorriu e ergueu o olhar para seu rosto, que também estava adorável com toda a maquiagem exigida para o palco.

— Temo que não, madame. Estou procurando pelo meu amigo, Lorde Marlton. Eu estava me perguntando se você o viu ultimamente. É de grande importância que eu o encontre.

Um sorriso triste surgiu no rosto dela, mas transformou-se em sua fachada alegre habitual.

— Receio que não. Não o vejo há meses. Não desde a noite em que fomos ao teatro juntos. Estava claro na época que ele estava apaixonado pela garota adorável de cabelo escuro e olhos incomuns. Eu sabia que nunca o veria de novo.

Thomas estava tanto triste que ela não o vira, quanto feliz por Daniel não ter se ocupado com uma amante depois de seu casamento. Ele deu um sorriso tímido.

— Não me diga que uma mulher do mundo como você estava tomada de amor.

Ela não riu como ele esperava, mas ficou séria.

— Amor... não, mas eu gostava bastante do conde. — Deu de ombros e sorriu antes de se aproximar. — Talvez você gostaria de me levar para o teatro uma noite, *Monsieur* Wheel?

As curvas exuberantes de Charlotte e sua sagacidade brilhante o tentaram. Ela se exibia como um doce em uma vitrine ávido para ser devorado.

— Não consigo pensar em muita coisa que eu gostaria mais, mas acho que Daniel não gostaria disso, mesmo estando felizmente apaixonado.

— Ele está? Ouvi um boato de que este não era o caso.

— Londres é repleta de boatos, como você sabe bem. Este passará quando a elite ficar entediada.

Ela deu de ombros.

— Estou feliz e triste ao mesmo tempo. Pensei que, talvez, o casamento do conde não nos impediria de sermos amigos, mas se você diz que não é verdade, então devo procurar outro amigo.

— Tenho certeza de que você não terá problemas para achar um excelente amigo, madame. — Beijou sua mão, disse boa-noite e saiu apressado da casa de ópera.

À uma hora da manhã, ele pediu que seu cocheiro o levasse para casa. Estava exausto e embriagado. Ele fora a todos os clubes e pubs que se lembrava, onde Daniel poderia ser encontrado. Em cada um, tomou uma bebida para encorajar uma conversa-fiada com outros clientes. Tudo em vão. Ninguém viu o Conde de Marlton.

Sabendo que devia estar deixando passar despercebido alguma pista sobre o paradeiro de Daniel, não conseguiu dormir. Ele revirou no sono.

— Droga.

Thomas afastou as cobertas, pegou seu roupão e foi para o escritório. Seria uma longa noite, então pediu café e repassou todos os eventos mais uma vez.

O lugar à cabeceira da mesa estava vazio, deixando uma grande lacuna na conversa enquanto Sophia, Janette e Cissy se sentavam para o jantar. Daniel não viera para casa. Era a primeira noite, desde a morte do sogro, que Daniel perdia o jantar. Na verdade, era a primeira refeição que perdia desde que chegaram em Londres.

Sophia entendia que embora Daniel tenha sido um marido atencioso enquanto ela estava no andar de cima, agora ele, provavelmente, tinha voltado para sua própria vida. Sua amante devia estar muito satisfeita que a esposa inconveniente dele estava se sentindo melhor. Amargura e ciúme perfuraram seu coração em um lampejo, surpreendendo-a. Ela não sabia o quanto ficaria magoada quando ele voltasse para sua cantora de ópera. Ela não deveria estar surpresa. Não tinha ninguém a culpar, a não ser a si mesma. Depois de negligenciá-lo por todo este tempo, o que ela esperava? Os homens estavam sempre ávidos para terem suas necessidades atendidas.

Ele tinha sido tão doce e paciente enquanto ela estava de luto e se recusava a comer e dormia de forma tão agitada. Ele ficou ao seu lado. O mínimo que poderia fazer era permiti-lo ter sua própria vida. Se isso incluía outra mulher, ela teria que simplesmente conviver com aquilo. Foi seu comportamento que o levara a isso.

Lutando contra as lágrimas, tomou um pouco da sopa e evitou os olhares de pena de Janette e Cissy.

Janette rompeu o silêncio:

— Nós vamos embora para o campo amanhã.

— Será estranho estar aqui sem vocês. — Sophia gostava das parentes. Ambas eram meigas e encantadoras.

— Estou feliz que sua mãe tenha decidido vir conosco.

Sophia assentiu.

— O ar fresco fará bem a ela. Agradeço por hospedá-la com você até que eu e Daniel possamos ir para a residência dos Marlton.

— Você também irá para o campo em breve e então poderemos nos visitar frequentemente.

— Mal posso esperar para o Natal. Eu amo tanto o campo no Natal. — Cissy bateu as mãos fazendo sua colher tilintar contra a porcelana.

— Quero convidar minha família para as festividades. Se estiver tudo bem para a senhora — Sophia disse para Janette.

— Você é a condessa agora, Sophia. Não precisa pedir permissão para nada. De qualquer forma, adoro sua mãe e sua tia. Estou ansiosa para conhecer seu irmão também.

— Obrigada. — Sophia voltou a atenção para sua sopa.

Na hora em que o primeiro prato chegou, Sophia já havia mordido sua bochecha até sangrar.

— Vossa senhoria mencionou para você que estaria fora esta noite?

Janette balançou a cabeça.

— Eu não me preocuparia, minha querida. Tenho certeza de que ele foi apenas retido por um negócio ou outro. O pai dele se atrasava com frequência.

— Não notei essa característica em Daniel. — A voz de Sophia suavizou enquanto o comentário era feito mais para si mesma.

Janette deu uma pequena mordida no pato assado.

— Não. Daniel normalmente é pontual. Imagino que seja lá o que o atrasou deva ser de suma importância.

— Sim, suponho que seja.

Cissy descreveu o Natal na casa de campo em riqueza de detalhes. Sophia não ouviu absolutamente nada, pois sua mente rodopiava de preocupação quanto ao paradeiro de seu marido.

Já era quase três da manhã quando Sophia desceu os degraus. Havia planejado surpreender Daniel juntando-se a ele, mas ele ainda não havia se dirigido ao quarto. Ela caminhou até o escritório e bateu, mas não escutou nada. Abrindo a porta, encontrou o cômodo escuro e vazio.

Girou ao ouvir o som de passos, mas era Fenton atravessando o vestíbulo.

— Você sabe onde o meu marido está, Fenton?

— O conde não está em casa, minha senhora. — O tom de voz de Fenton não deu nenhum indício de seus pensamentos sobre o assunto. Ele revelava os fatos e nada mais.

— Entendo. Obrigada. — Subiu os degraus de novo.

Fenton a chamou em um tom mais suave do que antes:

— A senhora gostaria de chá ou de um chocolate quente? Posso pedir para a cozinheira levar para a senhora.

— Não. Obrigada, Fenton. Acho que irei apenas dormir. Boa noite. — Exaustão tomou conta de seu corpo e subir a escada foi uma tarefa árdua.

— Boa noite, minha senhora.

Sophia bebericou seu achocolatado na mesa do café da manhã. Ela passou a noite se revirando enquanto torcia para que Daniel viesse para casa. Era irritante a forma como o sol brilhava na janela frontal como se estivesse tudo certo no mundo.

Nada estava certo.

Ela pegou o jornal matinal no canto da mesa.

"O Sr. W foi visto saindo às pressas da casa do proeminente Lorde M. Este jornalista sabe por fontes confiáveis que M não estava em casa, e a senhora da casa é que foi chamada. Escândalos parecerem seguir a nova Lady M para onde quer que ela vá. Fontes me disseram que foi o irmão da senhora que os descobriu e evidências de uma luta estavam presentes. Os sinais não estão bons para aquela casa. Pode-se apenas especular o que Lorde M pensou ao chegar em casa após um longo dia."

— Fenton! — Sophia saiu correndo da sala de refeições.

Ofegando, Fenton apressou-se para o saguão empunhando o candelabro da mesa que havia no final do corredor. Não era de se estranhar, depois dos eventos do dia anterior, que Fenton viera armado. Ele devia estar esperando deparar com um banho de sangue.

No entanto, encontrou a condessa parada com uma mão apoiando-se ao corrimão da escada e a outra balançando o jornal matinal.

— Minha senhora? — Ele abaixou o candelabro.

Ela diminuiu a voz:

— Fenton, graças a Deus, você está aqui.

Fenton arregalou os olhos, mas seu tom estava reservado como o habitual.

— Como posso ajudá-la, minha senhora?

Era a primeira vez em que ela via surpresa em seu rosto e isso quase a fez sorrir, mas concentrou-se no assunto em questão. Várias criadas e a cozinheira espiavam pelas portas e de cima da escada. Ela não deveria ter elevado a voz, mas estava tão chocada com o que o jornal dizia, a ponto de perder o controle. O que Daniel pensaria?

— Preciso de uma palavrinha com você no escritório de vossa senhoria, por favor.

Fenton a seguiu e lançou para os outros criados um olhar severo enquanto fechava as portas.

Ela ainda balançava o jornal.

— Nós temos um delator na casa, Fenton.

— Um delator, minha senhora?

— Sim. Delator, informante, chame do que quiser, mas alguém que estava nesta casa ontem contou ao jornal a história que acabei de ler. Embora não possa lhe dizer se deram apenas meias-verdades, ou se o repórter presumiu com os fatos que tinha. Não aprovo minha vida pessoal servindo de alimento para fofocas, Fenton. Estou lhe incumbindo de descobrir quem fez isso, e espero que lide com o culpado adequadamente.

— Cuidarei disso, minha senhora. — Fenton soou ainda mais sério do que o normal.

Ela inclinou-se sobre a mesa enquanto tentava pensar nos detalhes.

— Fenton, vossa senhoria é um bom patrão? Quero dizer, ele é bom com aqueles que trabalham para ele? Paga bem?

— O conde é um homem justo, assim como seu pai o foi antes dele.

— Então por que alguém faria tal coisa?

Fenton respondeu calmamente:

— Para alguns, a tentação de um dinheiro fácil é grande demais para resistir.

Ela endireitou a postura e o encarou.

— Encontre o culpado e lide com isso, Fenton. Confio a tarefa a você. Não terei medo de falar na minha própria casa. Uma coisa é fofocar com os criados em outro lar, mas isso aqui é bastante diferente. Essa história chegou ao jornal em uma questão de horas. Alguém aqui, nesta casa, vendeu a história para um repórter. Quero saber quem.

Fenton curvou-se rigidamente e saiu do cômodo.

Sophia desabou na poltrona mais próxima e esfregou a lateral da cabeça, que agora latejava. Por que Daniel não viera para casa? Onde ele estava? Estava determinada a lidar com o fato de ele ter uma amante, mas ele não devia ser tão indiscreto a ponto de não vir para casa. Só Deus sabia o que estaria no jornal de amanhã.

Faltando um minuto para as onze da manhã, Anthony e Thomas chegaram à residência dos Fallon. Sophia esperava ver Anthony, mas a presença de Thomas era uma surpresa. Janette e Cissy partiram para o campo apenas uma hora mais cedo, então Sophia estava sozinha.

Os dois homens pareciam sérios, e uma sensação de pânico dominou seu corpo.

— Tom, o que houve? Aconteceu alguma coisa?

Ele estava prestes a responder, mas ela ergueu a mão.

— Vamos conversar no escritório.

— O que foi isso, Sophie? — Anthony exibiu saber, assim que a porta fora fechada atrás deles.

— Algum de vocês leu o jornal desta manhã?

Thomas franziu o cenho.

— Eu li. Você suspeita de um dos servos?

— Pedi para Fenton cuidar do assunto.

Anthony alternou o olhar entre os dois.

— O que havia no jornal? Do que você suspeita? O que está acontecendo?

— Acalme-se, homem — Thomas disse.

Sophia pegou o jornal na mesa e o entregou para o irmão, que franziu o cenho e bateu o jornal contra a perna.

— Nada disso é verdade.

— E ainda assim, nada disso é falso também. Eu corri da sala, e você chegou pouco antes, e houve uma briga. Como podem ver, a história possui fatos, mas poucas verdades. É assim que essas coisas funcionam.

Ela pegou o jornal de volta e o jogou na mesa.

— O que vocês dois estão fazendo aqui? O que aconteceu com Daniel?

Thomas possuía olheiras e sua postura parecia derrotada.

— A verdade é que eu não tenho certeza, Sophia. Não consigo encontrá-lo.

Odiando seus pensamentos, ela virou-se de costas.

— Havia aquela cantora de ópera... — A maioria das mulheres nunca admitiria que seu marido estava tendo um caso. Tais coisas eram conhecidas, mas nunca discutidas. Sophia estava cansada de mentiras. Elas só tornavam situações ruins ainda piores.

— Já fui vê-la. Ela não o vê desde a noite no teatro. Isso foi muito tempo antes do seu casamento.

Alívio inundou Sophia, mas o pânico o sobrepujou.

— Então onde ele está, Tom?

— Não sei, mas não é do feitio dele simplesmente desaparecer. Eu o conheço, Sophia. Ele é propenso a fugir quando as coisas estão ruins, mas não iria embora sem dizer. Ele não preocuparia sua família.

Thomas afastou o olhar, esfregando o pescoço.

— Estou preocupado.

Ela não sabia o que dizer ou fazer. Queria gritar, mas não faria bem algum e era improvável que a fizesse se sentir melhor. Ela preferia pensar que ele era um marido infiel do que na possibilidade de ele ter sofrido algum tipo de acidente.

— Talvez haja uma outra mulher que você não conheça.

— Investigarei isso. Vou pedir uma ajuda complementar e nós iremos encontrá-lo. — Sua voz soava com determinação.

Daniel era seu amigo, e seu interesse em achá-lo era pessoal. Pouco tinha a ver com ela.

Ainda assim, ela se preocupou. Não estava completamente convencida que ele havia sofrido alguma espécie de acidente. Era possível que, cansado de esperar por ela, ele tivesse encontrado uma mulher mais disposta. Talvez uma vez que a encontrasse, ele não visse motivo para voltar para casa.

Thomas e Anthony discutiam como proceder.

Ela perdera o fio da conversa. Não havia nada que pudesse fazer, a não ser esperar e se preocupar. O cômodo girou, e ela fechou os olhos desejando que a tontura passasse.

— Eu vou descansar.

— Você está doente? — Anthony segurou seu braço.

Ela afagou sua mão.

— Não, apenas cansada. Não dormi bem ontem à noite. Vocês me contarão se houver qualquer informação?

Thomas curvou-se, seu rosto uma máscara de preocupação e, talvez, de decepção.

— É claro.

Ela estava acostumada a decepcionar aqueles ao seu redor. Depois de pedir licença, ela foi para seu quarto.

Marie a ajudou a retirar seu vestido, e ela dispensou a criada.

Ela atravessou o cômodo e, pela primeira vez, passou pela porta adjacente ao quarto de Daniel. Ficou de pé na entrada e observou a grande cama. Pesadas cortinas azuis estavam puxadas para trás no dossel de madeira escura revelando a cama alta. Ela passou a mão pela colcha, puxou as cobertas e subiu. Uma familiaridade cálida a rodeou na cama de Daniel. Ela se aconchegou ainda mais. Mesmo com a luz do sol infiltrando-se no quarto, a exaustão a dominou.

Thomas estava sentado atrás da mesa e escrevia bilhetes para Michael, Markus, e um terceiro para Hardwig, detetive da polícia. James Hardwig havia sido um camarada alguns anos atrás quando ambos estavam no continente trabalhando para o rei. Eles mantiveram contato, e Thomas não tinha dúvida de que ele ajudaria.

Thomas chamou um lacaio para entregar as mensagens e depois se virou para o jovem sentado à sua frente.

— Sua irmã não acredita que algo esteja errado. Acho que ela tem certeza de que Marlton arranjou uma amante.

Anthony deu de ombros.

— Não é um cenário improvável. Muitos homens arranjam uma amante.

— Marlton não, não depois de seu casamento. — Thomas tinha certeza de que estava certo.

Anthony inclinou a cabeça para o lado.

— Espero que esteja errado. Temo que se estiver correto, seu amigo está correndo um sério perigo.

— Este é o meu medo também. — Ele parou para pensar. Ainda estava calculando os diversos cenários diferentes.

— Posso precisar da ajuda da sua irmã em algum momento. Espero que a opinião negativa dela não a impeça de auxiliar.

Anthony franziu os lábios. Thomas descobriu, algumas horas antes, que isso significava que ele estava pensando em alguma coisa.

— Acho que ela está apaixonada pelo marido. Ela irá ajudar se acreditar que isso o trará para casa.

— Espero que não seja necessário utilizá-la em nossa empreitada.

CAPÍTULO

XIX

Era a primeira visita de Thomas ao escritório de James Hardwig. Ele continha um odor forte proveniente de anos de fumaça de charutos. Com o papel de parede descascando e o tapete gasto, o homem em si estava em uma condição semelhante. Seu cabelo castanho e ralo parecia não ser lavado há semanas.

James precisava desesperadamente se barbear, mas os olhos castanhos iluminaram-se ao ver o velho amigo na porta. Ele deu a volta na mesa, o braço estendido, e balançou a mão de Thomas veementemente.

— Recebi seu bilhete, Wheel. Não tenho ideia do que fazer com ele. Mas é bom te ver, meu caro. Como você está? Não se casou ainda, eu sei. Sempre verifico os proclamas para ver quem foi para a forca.

— É bom te ver, Hardwig. Eu tenho um problema, e preciso da sua ajuda.

James ganhou peso desde que Thomas o viu pela última vez, e sua barriga pairava sem cerimônia sobre sua calça. Ele voltou para seu lugar, oferecendo a Thomas a pequena cadeira de madeira à frente da mesa.

— Qual é o problema, então?

— Preciso que isso fique em segredo.

James sorriu e esfregou sua barriga.

— Exatamente como nos velhos tempos então, Wheel. Tudo altamente sigiloso.

— Exatamente como nos velhos tempos, James. — Porém, desta vez, o desfecho era pessoal.

Depois que explicou toda a história do desaparecimento de Daniel, ele esperou enquanto James pensava. Ele trabalhou com James o suficiente para saber que, embora fosse um homem esperto, demorava a processar as informações. Quando estavam na França, a espera enlouquecera Thomas. Entretanto, o processo cauteloso de pensamento de James o salvou mais de uma vez, e ele aprendeu a ter paciência. O escritório era escasso, sem qualquer móvel além da mesa e das cadeiras.

O detetive pigarreou.

— Ele poderia ter arranjado uma nova amante.

— Não. Ele é apaixonado pela esposa — Thomas respondeu com firmeza.

Hardwig assentiu.

— Poderia estar embriagado e não quer ser encontrado.

— Isso seria muito pouco característico do conde. Ele é um homem adepto de moderação. Também é bastante confiável. Eu sabia que havia algo errado quando ele não compareceu ao nosso compromisso.

James coçou a barba por fazer em seu queixo.

— Esse tal de Pundington, você disse que ele atacou a esposa e você frustrou seus planos. Ele poderia estar envolvido, se tem um ressentimento contra a família.

— Daniel estava investigando-o. Ele tinha certeza de que o negócio de Pundington era ilegal, imoral ou ambos. Ele me disse que iria se encontrar com alguém que possuía mais informações.

— Ele disse quem era?

Thomas balançou a cabeça.

— Não. Eu gostaria de ter perguntado.

— Não adianta se recriminar. Você também estava reunindo informações para Marlton? — James tamborilou os dedos sobre o tampo desgastado da mesa. — É a sua especialidade, meu caro. O que esperava que eu pensasse?

— *Era* a minha especialidade. Agora administro minhas terras, meus negócios e, normalmente, não fico colhendo informações. Entretanto, quando meu amigo me pediu um favor, fiz algumas investigações. — Ele odiava admitir que James estava certo.

— E o que descobriu?

— Pundington está tramando alguma coisa. Seu negócio de transporte marítimo é legal no papel, mas não descobri o que ele está transportando. Todos os registros de embarque e desembarque dizem que ele está movimentando carvão e especiarias, mas não encontrei quaisquer compradores de suas remessas.

— Você acha que os documentos são falsificados.

— Tenho certeza de que ele não está transportando carvão ou especiarias. Estive em um de seus navios. Embora estivesse vazio, tanto o carvão quanto as especiarias deixam marcas nas embarcações.

James inclinou-se para frente com interesse.

— O que diz seu instinto?

— A princípio, suspeitei que ele estivesse contrabandeando absinto, mas o odor do navio era mordaz, embora não fosse de especiarias — Thomas afirmou.

— O que era? — O detetive ficava mais empolgado a cada segundo.

Thomas suspeitava que seu velho camarada tivesse trabalhado mais com papeladas do que com criminosos desde que partira da França.

— Humano, eu acho.

James bateu os punhos na mesa e levantou-se.

— Você acha que ele está traficando escravos?

— Não posso provar, James. Eu apenas suspeito.

— Que tipo de homem é este Pundington? — Seu rosto ficou rubro.

— O tipo que ataca uma jovem recém-casada em sua própria casa depois que o pai dela, seu amigo mais antigo, morreu — Thomas respondeu, amargamente.

James caminhou de um lado ao outro, flexionando as mãos.

— Mas, tráfico de escravos. Por que ele viria para a Inglaterra? Ele não pode vender sua carga aqui, correto?

— Não, não neste território, mas eu arriscaria adivinhar que ele faz algumas negociações aqui em Londres. Eu não me surpreenderia se ele pegasse um pouco da carga também.

— Você acha que ele está sequestrando súditos de Vossa Majestade e vendendo-os como escravos? — O rosto de Hardwig empalideceu, ele arregalou os olhos e agarrou a beirada da mesa. Ele desabou de volta em sua cadeira. — Isso é gravíssimo, Wheel.

— Se eu estiver certo.

— Você raramente está errado. — James respirou fundo e endireitou a postura. Ele apoiou os cotovelos na mesa e inclinou-se para frente antes de falar em uma voz conspiratória: — Do que você precisa?

— Preciso encontrar o Conde de Marlton. Já gastei a maioria dos meus próprios recursos. Se puder me ajudar a localizá-lo sem a sociedade descobrir que ele está desaparecido, então Marlton e eu iremos ajudá-lo a prender Pundington e ninguém precisará saber que você teve qualquer auxílio. — Thomas recostou-se à cadeira e observou James processar a informação.

Ele não hesitaria em ajudar a carreira de Hardwig. Ele era um homem honesto que estava sempre do lado certo, mesmo à face da tentação. Ele salvou a vida de Thomas em duas ocasiões e sua alma em outra.

— Me dê algumas horas, Wheel. Verei o que posso descobrir. Terei que fazer a maior parte sozinho já que deve ser mantido em sigilo. Tenho alguns homens que podem ser confiáveis com relação a questões delicadas. Não será tão difícil manter o nome de Marlton de fora, contanto que o encontremos depressa.

— Não preciso lhe dizer que qualquer atraso pode levar a um desastre.

James assentiu.

Eles se cumprimentaram e concordaram em se encontrar na casa de Thomas naquela noite.

Sem fazer ideia de quanto tempo estivera inconsciente, Daniel estava deitado com o rosto grudado em um chão duro enquanto ondas de náusea reviravam seu estômago. Ele segurou a cabeça latejante e sentou-se, permitindo que o mal-estar passasse aos poucos. Examinando seus membros, confirmou que estavam todos presentes e nenhum havia se quebrado ou ferido de maneira irreparável. Também estava claro que, pelo grande galo na parte de trás de seu crânio, ele havia sido nocauteado. Provavelmente, foi transportado como um saco de farinha já que cada centímetro do seu corpo estava espancado e contundido.

Quando foi capaz de levantar a cabeça do meio dos joelhos sem tudo girar, fez uma primeira análise de seus arredores. O pequeno cômodo estava vazio, exceto por um penico enferrujado. Havia uma janela, mas ficava perto do teto alto e nenhuma luz incidia por ali, então deduziu que já devia ser noite. Havia apenas uma porta. O lugar devia ser algum tipo de depósito. A janela permitia entrar o zumbido de pessoas e carroças, mas vinha de longe e ele duvidava que gritar fosse ajudá-lo. Sentiu o fedor úmido do rio e sabia que estava perto do porto.

Lutando para se levantar, Daniel atravessou o perímetro de sua cela e se jogou com força contra a porta, sem sucesso. As lembranças de antes de perder a consciência permaneciam turvas. Um bar cheio de fumaça e dois homens foram tudo do que se recordou. Ele sentou-se outra vez no chão frio e esperou a confusão de pensamentos se organizar. Por fim, seu encontro com um francês que vestia um colete vermelho voltou à sua mente. O encontro era sobre o negócio de importação de Pundington.

Daniel se passou por um cliente em potencial em busca de escravos brancos a serem entregues nas Índias Ocidentais. Tudo estava indo bem. O nome do francês era Jean LeBute. Ele possuía dois companheiros que eram quase trinta centímetros mais altos do que Daniel, mas o francês era um homem pequeno com grandes olhos e um nariz adunco. Eles estavam prestes a marcar uma reunião com seu sócio quando os pelos na nuca de Daniel se arrepiaram, seguido por uma aguda dor excruciante e depois mais nada, até acordar no chão duro.

Uma onda de tontura o forçou a voltar para o chão. Quando ouviu a porta rangendo ao se abrir, manteve a cabeça abaixada, erguendo o olhar apenas o bastante para ver os sapatos requintados do homem que entrara na cela.

— Estou feliz em ver que não está morto, Marlton — Alistair disse.

Daniel ergueu o rosto.

— Por quê?

Seu sequestrador riu.

— Você tem uma habilidade incrível de manter a calma mesmo quando sua própria vida está em jogo. Gosto disso em um homem com quem vou fazer negócios.

— O que aconteceu com o seu rosto? — Daniel perguntou.

Havia círculos pretos abaixo dos olhos de Pundington, e seu nariz estava inchado e retorcido para a esquerda.

— Um pequeno acidente.

— Por que eu faria qualquer acordo com um homem que me sequestrou? — Sua voz ainda estava inalterada.

Uma garota jovem e maltrapilha deu a volta em Pundington. Daniel pensou ter visto ela se encolher um pouco quando passou por ele. Medo ou nojo, ele não saberia dizer. Ela carregava uma bandeja, a qual colocou no chão a alguns metros de Daniel.

Daniel observou a comida na bandeja.

— Obrigado.

A garota ergueu os olhos grandes e acinzentados, mas correu para fora da cela.

— Existem muitos motivos para você fazer negócios comigo, Lorde Marlton. Você gostaria de ouvi-los? Você pode até gostar dos benefícios de tal parceria. Vi a forma como admirou Susan. Posso providenciar para colocá-la aqui para a sua diversão se você cooperar.

Daniel forçou-se a levantar e um dos guardas enormes da noite anterior entrou.

— Não estou acostumado a fazer negócios desta maneira, Pundington. Se você queria assinar um contrato comigo, por que simplesmente não marcou uma hora para me ver?

Alistair riu de novo e alisou seu bigode. A gargalhada repentina o fez tocar seu nariz e estremecer.

— Não brinque comigo, Marlton. Você tem investigado minhas relações comerciais. Não fui enganado nem por um instante. Sei de toda as vezes em que fez uma tentativa patética de descobrir informações. Qual era o seu plano, me arruinar? Todo este trabalho porque a sua esposa é uma puta.

Não foi fácil, mas Daniel não queria ser morto imediatamente e o gigante ainda estava ao lado de Pundington.

Ele manteve a raiva sob controle e apenas permitiu-se entrecerrar o olhar em resposta à óbvia tentativa de fazê-lo perder a paciência.

— Perguntarei de novo, por que eu te ajudaria? Eu abomino tudo o que você faz e representa. Nem sequer insinue que estou interessado naquela criança que você escravizou. Acredito que você não sabia sobre toda a minha pesquisa, ou eu não seria capaz de coletar tanta coisa.

Alistair balançou a cabeça para o guarda. Seus dois metros inteiros atravessaram a cela e agarraram Daniel.

Ele se debateu, mas foi em vão. Estava fraco demais por conta do ataque na noite anterior e seu algoz o superava em cinquenta quilos. Virando seus braços para trás com demasiada força, sentiu seus ombros quase serem deslocados.

Pundington sorriu e deu alguns passos para frente.

— Você fará o que digo, porque preciso de um membro desta maldita aristocracia inglesa para legitimar meu negócio. Quando a elite perceber que você me apoiou, serei capaz de vender minha mercadoria em qualquer lugar.

— Mercadoria. É assim que você chama roubar seres humanos das ruas e vendê-los como escravos?

— Exatamente. — Ele falava sobre suas atividades criminosas como se fossem normais. — Não seja tão moralista, Marlton. Eu nunca pego mulheres da sociedade, apenas camponesas.

O estômago de Daniel revirou, e ele tinha certeza de que não era por causa do galo em sua cabeça. Tudo sobre Alistair Pundington lhe causava repulsa.

— E você acha que isso torna certo?

Ele se aproximou tanto que seu hálito azedo embrulhou o estômago de Daniel.

— Não finja se importar com as massas de pobres, meu senhor. Perderei o respeito por você.

— Você está planejando que eu apoie sua causa. Por que eu faria isso?

— Daniel desejou estar em qualquer lugar do mundo que não fosse perto deste homem nojento e horrível. Até mesmo o bruto que estava dilacerando seus ombros era melhor do que Pundington.

— Você assinará os papéis para mostrar nossa parceria porque, se não o fizer, eu matarei Sophia Braighton.

— Você está com a minha esposa, Lady Marlton? — ele enfatizou a última palavra. O coração de Daniel estava em sua garganta. Ele falhara. De alguma forma, Pundington chegara à sua Sophia. Ele tinha que encontrá-la. Ele se lançou para frente, mas o agarre do guarda apertou e dor disparou pelos ombros de Daniel.

Alistair deu um sorrisinho.

— Eu a tive primeiro. Ela é minha. Ela nunca foi sua, Marlton. Você roubou minha propriedade, mas apenas por um tempo. Ainda assim, creio que a segurança dela seja importante para você, e você fará o que eu mando.

O coração de Daniel se apertou dolorosamente. A dor em sua cabeça diminuiu por causa do sofrimento terrível atravessando seu peito. Ele falhou com ela. Era seu dever mantê-la segura, mas este monstro colocou as mãos nela de novo.

— Se você é louco o bastante para acreditar que ela é sua, então por que a mataria?

— Posso ter qualquer mulher que eu queira. Apenas não gosto de ter minha propriedade tomada de mim por um jovem arrogante. Você pode ter um título, garoto, mas não é nada para mim.

— Você é louco.

Alistair acenou para o guarda, o qual respondeu jogando Daniel contra a parede.

Agonia o percorreu desde o pescoço às pernas. Apenas sua cabeça fora poupada do ataque contra a parede.

— Voltarei com os papéis para você assinar pela manhã. Sugiro que os assine, meu senhor. Não serei capaz de mantê-lo vivo apesar disso, mas pouparei Sophia se você não me der trabalho. — Alistair virou-se e saiu pela porta.

O guarda o seguiu.

— O que você descobriu? — Thomas perguntou sem hesitar, enquanto James Hardwig entrava em seu escritório.

O mordomo, que anunciara a chegada do detetive, saiu do cômodo e fechou a porta.

James ficou calado quando viu que havia outros dois homens no lugar.

Thomas fez as apresentações.

— *Sir* Michael Rollins, é claro, ouvi bastante sobre você e os sacrifícios que fez pelo nosso país. É uma honra conhecê-lo — James bajulou.

— Hmm...obrigado. — Michael balançou a cabeça e evitou o olhar divertido no rosto de Markus. O passado militar de Michael o fizera passar por alguns momentos constrangedores. Ele acreditava que tudo o que fez pela Inglaterra era bastante normal, mas muitos o veneravam como se tivesse realizado milagres.

Finalmente, James parou de tietar e voltou-se para Thomas.

— Não foi muita coisa, Wheel, mas acho que é um começo.

— Não temos tempo a perder, Hardwig. Sinto que o relógio está correndo. Diga-me o que descobriu. — Thomas sentou-se atrás de sua mesa e gesticulou para que o detetive tomasse o lugar à sua frente. Os outros dois homens permaneceram nos fundos da sala.

— Tenho quase certeza de que ele está sendo mantido perto do porto e que ainda está vivo. — Hardwig remexeu as mãos.

— Como sabe?

O rosto de James ficou levemente vermelho.

— Acredito que teríamos um corpo agora se ele estivesse morto, meu amigo.

Afastando qualquer emoção, Thomas concordou com o fato macabro.

— Rastreei seu paradeiro até uma reunião dois dias atrás. Ele se encontrou com uns sujeitos desagradáveis em um pub a poucos metros do cais. Marinheiros adoram conversar, então foi bem fácil descobrir que ele se encontrou com um francês, chamado de LeBute. Ele tem vários comparsas em quem meu escritório gostaria de colocar as mãos. Suspeitamos que ele contrabandeia absinto para a Inglaterra. Um de seus sócios recentes é Alistair Pundington. Ninguém pôde me dizer em que tipo de negócios eles estavam juntos, mas depois da nossa conversa, pedi para alguns dos meus homens saírem perguntando e descobrimos que inúmeras pessoas estão desaparecidas nos últimos tempos. Mais recentemente, uma jovem de dezesseis anos, que trabalhava no mesmo pub, desapareceu. Todos ficaram perturbados com isso, disseram que era uma boa menina. O proprietário disse que nunca teve problemas com ela e que a moça nunca faltou um dia de trabalho até algumas semanas atrás, depois ela simplesmente sumiu.

Thomas balançou a cabeça.

— É realmente muito pouco para partir daí, James.

— Foi o melhor que pude fazer. Seja lá o que Pundington está tramando, ele está mantendo em segredo. Nem sei por onde começar a procurar o conde nas docas. — Ele passou os dedos por seu cabelo ralo.

— Precisamos montar uma armadilha — Michael falou dos fundos da sala.

— O que você tem em mente? — Thomas perguntou.

— Precisaremos de ajuda. Você acha que a Sra. Braighton e Anthony estariam dispostos a ajudar? — Michael recostou-se à estante e encarou o lado de fora da janela.

Quase dava para ver a trama se formando em sua mente.

— Tenho certeza de que Anthony ajudará, mas a Sra. Braighton foi para o campo.

— Que pena — Michael disse.

— Minha irmã me disse que a Lady Marlton é uma excelente imitadora. Imagino que ela possa imitar a mãe à risca — Markus comentou.

— Brilhante — Thomas respondeu.

— Ela faria isso? — Michael questionou.

Thomas deu de ombros.

— Vou perguntar a ela.

— Sobre o que vocês três estão falando? — A cabeça de Hardwig virou-se de um para o outro.

Markus deu um tapa nas costas do detetive e riu.

— Desculpe. Estamos juntos há tanto tempo que esquecemos que os outros não estão... Bem, não sei do que você chamaria, mas nós sempre sabemos do que estamos falando.

Michael sentou-se na cadeira ao lado do detetive. Ele se inclinou para frente e encarou seus olhos.

— Você pode dar um jeito de Pundington ser seguido? Farei o máximo para ficar de olho nele, mas é sempre bom ter vários rastreadores, homens que sabem como não serem vistos.

James assentiu.

— De onde eles o seguiriam?

Michael ergueu o rosto para confirmação.

— O baile dos Southerton?

— O salão de festas possui pilares enormes e algumas alcovas, e os jardins podem esconder bastante. — Uma onda de empolgação surgiu no âmago de Thomas.

Michael disse:

— Nós não poderíamos pedir um cenário melhor. Você tem certeza de que ela consegue?

Thomas assentiu.

— Ela consegue. Já a ouvi imitando as pessoas, inclusive a Sra. Braighton. Ela é muito boa.

Markus franziu o cenho.

— A garota acabou de perder o pai, e acredita que Daniel arranjou uma amante. Tem certeza de que ela estará disposta a ajudar?

— Não conheço a nova condessa há muito tempo, mas acredito que ela ama o marido, e que fará o que puder para trazê-lo de volta. Ela fará. — Thomas soou convicto.

CAPÍTULO

XX

— De jeito nenhum. — O tom de Sophia estremeceu as paredes.

Thomas encarou-a, boquiaberto, um grau de surpresa que Sophia nunca tinha visto antes.

Se não estivesse tão brava com ele, ela teria achado engraçado.

Depois de chegar para o chá, ele explicou suas suspeitas e os planos para resgatar Daniel. Ele já havia recrutado Anthony e o trouxe junto pelo decoro.

Ela passara a noite inteira se revirando nos lençóis. Sua mente criou cada cenário de Daniel nos braços de sua cantora de ópera e de várias outras mulheres. Ela tentou ser corajosa e aceitar a situação, já que era sua própria culpa. Era óbvio que não funcionou. Chorou até dormir, apenas para ser acordada por pesadelos e chorar mais uma vez.

— Talvez você devesse descansar e nós voltaremos mais tarde — Thomas disse.

O comentário a irritou.

— Não preciso dos seus conselhos, Tom. Eu farei o que bem entender. Também não irei ajudá-los nesse esquema bobo de vocês.

— Por que não, Sophie? Ele é seu marido. Você não quer salvá-lo? — Não havia dúvida quanto à petulância nas perguntas de Anthony.

— Salvá-lo dos braços de alguma outra mulher. Eu não serei feita de tola, Tony.

Os olhos de Anthony incendiaram.

Ela viu isso milhares de vezes quando brigavam ao longo dos anos.

Thomas ergueu a mão para impedir o que ela tinha certeza de que seria um discurso.

— Braighton, você se importaria de me dar um momento a sós com sua irmã?

— Não ajudará nada. Ela é teimosa como uma mula. Sempre foi. Desde o instante em que nasceu, você não podia convencê-la de nada.

Thomas lançou um olhar severo para o jovem rapaz.

Anthony saiu do cômodo murmurando sobre esposas, teimosia, e algumas outras coisas ininteligíveis.

Sophia se levantou e caminhou pela sala. Ela não gostava de ser encurralada, e, definitivamente, não gostava de ser lembrada que Daniel escolheu outra mulher em vez dela.

— Você não me fará mudar de ideia, Tom. Não me importo com quem ele está dormindo, mas não terei meus assuntos pessoais exibidos para Londres inteira. Não vou a um baile sozinha enquanto há uma especulação sobre a infidelidade dele.

— Mas ninguém nem saberá que é você. Eles acreditarão que é sua mãe e depois você voltará para casa.

— Não. — Ela estava sendo teimosa, mas odiava tudo sobre este plano.

Quando Thomas falou de novo, sua voz suavizou embora estivesse tensa. Era tão diferente do comportamento tranquilo que ela associava a ele.

— Sophia, conheço Daniel quase a minha vida inteira. Eu o conheço melhor do que qualquer um no mundo. Ele nunca arranjou uma amante e desapareceu. Ele está realmente enrascado, ou teríamos ouvido falar dele a essa altura. Eu tinha um encontro com ele quando te visitei no outro dia, e posso lhe dizer que foi a primeira vez que ele faltou a um compromisso em toda a sua vida. Ele é meticuloso, pontual, e teria pelo menos enviado um bilhete se pudesse. Se você não vai fazer isso por ele, então devo implorar que faça por mim. Sei que estou certo sobre isso. Você precisa confiar em mim.

Thomas permaneceu sentado durante todo o seu raciocínio. Ela se virou para encará-lo e seus olhos azuis pareciam lhe suplicar. Ele se preocupava com Daniel. Estaria ele certo? Daniel estava realmente com problemas? Sophia se aproximou e parou à sua frente.

— Deixe-me ver se entendi corretamente, Tom. Você quer que eu vá ao baile dos Southerton, finja ser minha mãe e finja convencer Anthony de que é mais do que justo dar a Alistair Pundington parte do dinheiro do meu pai.

Ela ergueu a mão antes que ele falasse.

— Primeiro, ninguém irá acreditar que sou a minha mãe, especialmente Alistair. Segundo, se ele perceber nosso truque, certamente irá matar a mim, ou Anthony, ou ambos. Não posso arriscar a vida do meu irmão, Tom.

— Você permanecerá oculta nas sombras. Você é excelente imitando sua mãe. Pundington não chegará a te ver, apenas entreouvirá a conversa. Markus e eu estaremos observando para garantir que você e seu irmão estejam perfeitamente seguros.

— Você realmente acha que Daniel está em perigo? — Sua voz falhou. Ela caminhou para o outro lado do cômodo para esconder as novas lágrimas.

— Eu sei que ele está.

— Ele pode ter arranjado uma amante e irá aparecer em alguns dias. Então, nós todos nos sentiremos como tolos, mas serei eu quem terá que conviver com ele, ciente de que me importo mais com ele do que ele comigo. — Ela manteve seu olhar abaixado, sem fazer contato visual.

— Você não estará sozinha, Sophia. Daniel é muito apaixonado por você.

— Ele lhe disse isso?

Houve uma longa pausa.

— Não, mas é óbvio.

Sophia abaixou a cabeça, mas então se endireitou e o encarou.

— Eu farei, Tom. Não tenho certeza se acredito que ele está em perigo, mas farei porque não tenho sido uma boa esposa até agora e ele merece mais.

— Tenho certeza de que isso não é verdade. Você só está exausta. Deveria descansar agora. Está parecendo muito pálida.

— Não tenho me sentido bem nos últimos dias — admitiu.

— Vá e descanse agora. — Ele se levantou e beijou sua mão. — Obrigado, Sophia. Não sei o que faria se você tivesse recusado.

Ela riu.

— Eu recusei.

Ele teve a bondade de parecer arrependido apesar de seu sorriso.

— *Sir* Michael e eu voltaremos mais tarde com todos os detalhes do plano. Ele vai dar uma olhada no salão de festas e no jardim para descobrir o melhor local para a nossa pequena encenação.

— Como ele fará isso? Ele é próximo dos Southertons?

Deu de ombros.

— Não, mas Michael tem suas maneiras de entrar e sair dos lugares sem ser notado.

— Interessante.

A garota de olhos acinzentados voltou na manhã seguinte, retirou a antiga bandeja, e lhe trouxe outra. Era apenas chá e pão, mas o chá estava quente e o pão era melhor do que nada. Ele estava grato por ter alguma coisa para impedir o ronco em seu estômago.

Ela estava desnutrida e se afastava nervosamente toda vez que ele se movia.

Seus pés estavam pretos com terra e sujeira.

— O que aconteceu com os seus sapatos, Susan?

Ela deu vários passos para trás ao ouvir seu nome saindo da boca de um estranho. Havia inteligência em seus olhos e ela os estreitou para ele.

— Ele os pegou para me impedir de fugir.

Daniel olhou para ela mais atentamente. Ela era jovem e estava assustada, mas ele tinha uma suspeita.

— Ele pegou mais do que apenas os seus sapatos, não é?

Lágrimas surgiram em seus olhos.

— Eu não devo conversar com você.

— Eles apenas batem em você ou há mais do que isso?

Sua expressão se tornou sombria, e ela afastou as lágrimas de seu rosto.

— Onde estamos, Susan? Se você me ajudar, posso te levar para longe dele. Eu juro.

Ela deu de ombros, desamparada.

— Numa doca, em algum lugar. Eu não sei.

— Você pode avisar a alguém que o Conde de Marlton está sendo mantido em cativeiro?

Os olhos dela se arregalaram ao ouvir seu título.

— Ele vai me matar. — Ela pegou a bandeja e começou a seguir para a porta.

Daniel avançou e segurou seu braço.

— Eu vou te levar para longe dele, juro — ele repetiu as palavras, desesperado para fazê-la obedecer. Ela poderia ser sua única chance de sobreviver e manter Sophia segura.

Ela bufou de uma forma que era mais madura do que sua idade. Esses homens bateram e, provavelmente, estupraram essa jovem menina. Tudo isso era nítido na linha rígida em sua boca e no vazio em seus olhos.

— Que bem isso irá me fazer agora? Eu era apenas uma garçonete em um pub antes. Agora, sou boa apenas como prostituta. Eu era uma boa menina. — Suas lágrimas escorreram desenfreadamente.

Daniel pegou o lenço em seu bolso e secou seu rosto. Ela estava suja e as lágrimas criaram rastros destacando a sujeira.

— Você ainda é uma boa menina, Susan. Eu posso te ajudar, se você me ajudar. Caso contrário, ele irá te vender; ele te enviará para uma ilha em algum lugar e você nunca mais verá sua família e seus amigos. Ele vai me matar assim que conseguir o que quer. Acho que posso protelar por um dia, talvez dois, mas não mais do que isso. Nós podemos nos ajudar.

— Eu tentarei avisar alguém, mas não posso prometer nada. — Ela se afastou e olhou para ele.

— Onde ele está te mantendo? — Daniel perguntou.

— Há um prédio decadente a um quarteirão daqui. Ele me mantém no segundo andar, mas Bill me vigia, e ele é grande demais para ser vencido.

— Este prédio, é para o leste?

— Distante da água, um quarteirão. Você só está a alguns metros dos barcos.

— Há outra mulher de cabelo escuro e olhos dourados?

—Quem é esta mulher?

— Minha esposa. — Seu coração doeu tão terrivelmente que ele teve dificuldade para dizer as palavras.

— Não tem outra mulher lá dentro. Ele as mantém em um barco, em algum lugar.

Ele estremeceu com a ideia de Sophia estar presa no casco escuro de um barco.

— Obrigado, Susan.

Daniel afastou-se quando a porta foi destrancada e a mão robusta de Bill a agarrou e a puxou para fora.

O restante do dia, Sophia passou na cama ou sentada ao lado do penico colocado atrás de um biombo no canto do quarto. Ela poderia estar ficando doente, mas até agora só estava enjoada. Catalogando sua comida do dia anterior, ela se lembrou que sua náusea já durava três dias.

— Sophia? — A voz de tia Daphne a chamou da porta.

— Estou aqui. — Sophia estava atrás da tela.

— O que você está fazendo aí? Por que subiu de novo? Achei que tínhamos superado isso. Você está comendo, não está? — A exigência de Daphne era agressiva, gentil e peculiar à sua personalidade.

— Estou comendo, o que não adianta nada, e já vou sair. — Sophia achou a grosseria de Daphne reconfortante.

Quando ela apareceu, suas pernas tremeram. Logo após, colocou seu vestido cor de lavanda favorito, esperando se animar, mas seu estômago nauseado a fizera se arrastar.

Daphne disse:

— Minha nossa, menina, você parece terrível. Você está doente?

— Não sei o que é. Estou com o estômago inquieto há dias agora. Passo mal quando como e passo mal quando não como.

Daphne sentou-se na cadeira perto da penteadeira e observou-a se arrastando de volta para a cama.

— Sophia, não quero ser indelicada...

— O que foi?

— Quando foi o seu último ciclo?

Sophia pensou na pergunta.

— Não sei. Eu estava no campo com Daniel, depois papai adoeceu, e não pensei nisso. Acho que tem um bom tempo.

Daphne apenas a encarou e sorriu agradavelmente.

— Oh, tia. — Sophia se apressou e ajoelhou-se na frente de Daphne. — Eu estou grávida. Nunca pensei nisso. Como sou tola. — Ela estremeceu e queria dançar, cantar e pular de alegria. Acima de tudo, queria correr para Daniel e lhe contar a notícia. Isso a despertou.

— Não faça parecer como se fosse o fim do mundo. Você será mãe. Eu diria que em cerca de sete meses, talvez menos.

Sophia levantou-se e tocou sua barriga. O filho de Daniel crescia dentro dela.

— Uma mãe.

— Pedirei à cozinheira para preparar um chá de raiz de gengibre e torradas. Torrada era a única coisa que eu conseguia segurar nos primeiros meses em que estava grávida e o chá ameniza um pouco as náuseas. Vá se lavar e desça assim que puder.

— Sim, tia.

— Chamarei o meu médico e pedirei para ele te examinar, a não ser que Marlton tenha um médico particular. Onde está Marlton? Eu gostaria de ver sua reação quando você contar a ele. — Daphne deu um sorriso maior do que Sophia já vira antes.

— Ele não está em casa. Não o espero por um tempo. — Pelo menos era sincero, se não toda a verdade.

Tia Daphne deu de ombros e continuou sorrindo.

— Bem, lave seu rosto e venha ao salão para o chá. Organizarei tudo.

Vendo Daphne saindo do quarto, Sophia afundou-se lentamente na cadeira ao lado de sua penteadeira. Um bebê. Ela poderia ter um filho que lembrava Daniel, ou ele seria a imagem de seu papai. Uma lágrima escorreu por sua bochecha. Secando-a, desejou que seu pai tivesse sobrevivido para ver o neto. Talvez, seria uma menininha com cachos dourados, olhos azuis--claros, e o nariz do papai. Ela a vestiria em renda e laços e a chamaria pelo nome da mãe de Daniel. Ela percebeu que nem sabia o nome da mãe dele. Era melhor esperar para ouvir qual era, antes de se comprometer com isso.

E se Daniel estivesse em um perigo mortal? Ele poderia já estar morto. O pânico começou a surgir em sua barriga e alojou-se na garganta. Ela correu para trás do biombo antes que o pouco conteúdo de seu estômago fosse expelido.

Cambaleando para o lavatório, encontrou uma toalha, limpou a boca, e depois lavou o rosto como lhe foi instruído. Ela sentiu-se melhor fisicamente, mas agora sua preocupação com o marido a consumia.

Para impedir-se de entrar em pânico completo, elaborou o plano de descer para o salão e tomar um bom chá com tia Daphne. Depois, ela tentaria descansar até a hora de se arrumar para o baile dos Southerton. De repente, o medo de ser vista pela sociedade, sem Daniel, não importava. Ele estava em perigo. Precisava dela. E não se afastaria quando ela seria a mãe de seu filho. Daniel devia estar em apuros.

Ela seria uma boa esposa. Não reclamaria de sua amante, contanto que ele fosse discreto, e ela não o recusaria em seus aposentos. Seria uma boa mãe para seu filho. Sophia tinha certeza de que seria um menino e que, esperançosamente, teria outros filhos para adorar. Eles a manteriam tão ocupada que ela não teria tempo para se preocupar com amantes e afins.

Ela só tinha que trazê-lo para casa e tudo ficaria bem.

Surpreendentemente, o chá e a torrada caíram bem e ela estava começando a se sentir melhor. Pediu para a cozinheira preparar mais enquanto ela se aprontava para o baile. Thomas chegaria às nove horas para buscá-la, mas, às oito e meia, ouviu uma batida na porta de seu quarto.

— Diga aos cavalheiros que descerei em alguns minutos. Eles estão um pouco adiantados.

A porta abriu e Dorothea entrou usando um vestido azul primorosamente costurado com fios dourados. Ela estava adorável. Seu cabelo brilhava no mesmo tom dourado dos fios e sua pele reluzia. Seu sorriso indicava que estava empolgada com alguma travessura.

— Eu não estava à sua espera. — Sophia se levantou e abraçou a amiga.

— Markus me trouxe como uma distração — Dory disse.

Sophia não gostou do som daquilo.

— Isso não é uma brincadeira, Dory. É perigoso, e o seu irmão não deveria ter lhe envolvido.

— Um instante atrás, você estava feliz por me ver. Além disso, estou um pouco chateada com você por não ter me dito o que estava acontecendo.

— Ainda estou feliz por te ver. Você é minha amiga querida, e é por isso que não te quero correndo nenhum perigo. — Ela voltou para a penteadeira e sentou-se, permitindo que Marie terminasse de ajeitar seu cabelo.

Para se parecer com Angelica, usou um vestido preto grande o bastante para esconder todas as suas curvas.

Dory observou em silêncio enquanto Marie entrelaçava rubis no cabelo escuro de Sophia.

— Eu realmente quero que você arrume o meu cabelo um dia, Marie.

Marie sorriu.

— Eu ficaria feliz, senhorita.

— Não mude o assunto. Você não pode ir ao baile — Sophia disse.

— Você não é minha mãe. Porém, eu não me importaria se fosse. A minha própria tem sido brutal ultimamente. Ela está tão determinada que eu encontre um marido, que vai me enlouquecer. Partimos para o campo na semana que vem, e ela já está tramando a próxima temporada.

Sophia detestou este plano desde o início. Era ruim o bastante que ela e Anthony corressem perigo, mas odiava a ideia de que Dory estaria perto de Alistair.

— Não correrei qualquer perigo. Só vou falar com o Sr. Pundington em plena vista das portas do jardim e de todo o salão do baile, enquanto você e seu irmão caminham para o jardim. A esperança é que ele peça licença para seguir aos dois. Então, vou diretamente para a carruagem esperar você se juntar a mim: Há mais de uma dezena de lacaios que estarão observando a carruagem e nos escoltarão de volta para cá, onde iremos esperar os cavalheiros se unirem a nós.

— Você soou exatamente como o seu irmão. — Sophia riu.

Dory revirou os olhos.

— Ele repetiu o plano para mim cerca de cinquenta vezes nas últimas três horas. Meu irmão deve achar que sou burra.

— Não. Ele sabe que está te colocando em perigo. Não gosto disso.

A jovem deu de ombros.

— Você não tem outras opções a esta altura. Eu vou e ponto-final. Você está incrivelmente parecida com a sua mãe com o seu cabelo desse jeito e este vestido. Acho que vai envelhecer muito bem.

— Você alguma vez diz algo previsível? — Sophia perguntou.

— Eu, certamente, espero que não.

CAPÍTULO

XXI

Daniel estava deitado com o rosto colado no chão de sua cela.

Pundington estava vestido para a noite, todo de preto com um colete amarelo-canário.

Foi preciso um grande esforço para conter a vontade de zombar o traje ridículo, mas ele permaneceu em silêncio.

Outro par de sapatos, não tão bonito e muito maior, adentrou a cela com seu sequestrador.

Daniel presumiu que pertenciam a Bill, o guarda, ou um dos outros gorilas que trabalhavam para Alistair.

— Marlton, estou com os documentos para você assinar. — Daniel não respondeu ou se moveu.

— Levante-o.

Mãos robustas o arrastaram do chão e Daniel relaxou cada músculo. Ele caiu flacidamente sobre o braço de Bill. Resistiu à vontade de lutar ou de correr para a porta aberta. Não fizera nenhuma das duas coisas. Ele nunca conseguiria passar pelos guardas, e não tinha uma ideia real de onde estava. Era melhor ludibriar seus raptores do que tentar subjugá-los. Ele permaneceu inerte enquanto o guarda o segurava.

— Qual é o problema dele? — Pundington exigiu saber.

— Não sei, poderia estar doente ou morrendo. — O guarda o sacudiu.

Alistair levantou a cabeça de Daniel pelo cabelo.

Dor queimou seu couro cabeludo, mas ele continuou mole, mantendo os olhos abertos, mas desfocados.

— É melhor você não morrer antes de eu conseguir meus papéis assinados, ou sua esposa não sobreviverá à noite.

Daniel revirou os olhos.

Pundington soltou seu cabelo.

— Dê uma surra nele.

Seria difícil não se preparar para o golpe. Ele teria que simplesmente aceitar, se pretendia escapar e salvar Sophia.

— Senhor?

— Você me ouviu. Dê um murro na boca do estômago dele.

— Mas, senhor, ele mal está consciente. Não seria certo bater nele agora.

— Eu disse para você bater nele. Se quiser ser pago, fará o que mandei.

Babando, Daniel foi arrastado para a parede dos fundos. Bill o segurou com uma mão logo abaixo de seu ombro direito.

Daniel permitiu que seus joelhos se dobrassem, fazendo o guarda segurar todo o seu peso.

O punho enorme de Bill atingiu o estômago de Daniel como uma marreta. Uma lufada de ar e um grunhido escaparam da boca de Daniel. Ele desejou poder vomitar para causar certa impressão, mas lhe deram tão pouco para comer que seu estômago estava vazio. O grunhido e mais cuspe teriam que ser o suficiente.

— Ele deve estar morrendo.

— Leve-o para a casa. Chamarei um médico pela manhã se ele não estiver melhor. Enquanto isso, tranque-o no último quarto e fique de olho nele. — Repugnância escorria de suas palavras.

Bill o jogou por sobre o ombro.

Incapaz de respirar direito, ele soltava pequenos suspiros. Suas costelas doíam tanto que era bem capaz que ele, realmente, perdesse a consciência. Em todo o seu tempo na França, ele nunca teve um desempenho como o desta noite. Continuou pensando na guerra e em seu tempo na França como um esforço para se impedir de desmaiar.

De cabeça para baixo, ele mal enxergava o chão; cada passo dado para sua nova cela trazia um novo tipo de agonia. Suas costelas queimavam, e sua cabeça doía com o sangue correndo para suas orelhas. Ele contou e sabia que tinha dois lances de escada para cima e depois para baixo em um longo corredor. Não ouviu qualquer outra voz na casa, mas presumiu que Susan estivesse em um dos outros quartos.

Bill o soltou em uma cama que fedia a mofo, mas era macia e muito mais quente do que o chão de sua cela. Estava grato pela superfície mais suave. Fora tão espancado que não sabia se sobreviveria a mais uma surra.

A porta foi fechada e ouviu o ruído da tranca. Esperou quinze minutos antes de abrir um olho e ter certeza de que estava sozinho.

Quatro paredes, uma cama e uma penteadeira constituíam o quarto pequeno e decaído. Uma pequena janela ficava de frente para a rua, mas estava vedada e mesmo se não estivesse, era uma queda de dois andares. Todas as gavetas estavam vazias e era um milagre a cama ainda estar de pé.

Ele poderia arrancar uma perna e usá-la para golpear a cabeça de Bill, mas ele não fazia ideia de quantos outros guardas havia por ali. Sua morte não garantiria a segurança de sua esposa.

Sophia agarrou o braço de Anthony. A espera a estava matando. Eles passaram vinte minutos escondidos em um salão escuro, enquanto torciam para que ninguém entrasse.

Thomas enfiou a cabeça para dentro do cômodo e ela se sobressaltou.

— Relaxe, Sophia. Dory está guiando Pundington para a posição. Não vai demorar muito agora.

— Não gosto de ela estar tão perto daquele monstro, Tom.

Anthony soltou os dedos dela de seu casaco, já seriamente amassado.

— Ficará tudo bem, Sophie. É só por alguns instantes.

— Escute o seu irmão. Não vou deixar nada acontecer com ela. Assim que Pundington vir você, ou melhor, sua mãe e Anthony, ele deixará Lady Dorothea. — Thomas saiu.

— Não acho que qualquer coisa disso seja uma boa ideia, Tony. — Se apenas pudesse estar tão calma quanto Thomas.

Anthony afagou sua mão.

— É a única maneira de encontrar seu marido. Espere apenas mais alguns minutos.

Thomas abriu a porta.

— Está na hora. Sigam direto para o jardim. Não parem por nada e para ninguém. Sophia, mantenha a cabeça inclinada para baixo a fim de que ninguém veja seu semblante.

Eram menos de seis metros do salão às portas francesas que davam para o jardim. Pundington nem podia vê-los naquele momento, mas, ainda assim, a vontade de passar despercebida a dominou.

Anthony a manteve caminhando em um ritmo constante.

O jardim era exatamente como *Sir* Michael explicara, escuro com arbustos altos e densos. Sophia não conseguia ver Markus ou Thomas, mas eles estavam escondidos ao alcance de sua visão. Como combinado, ela e Anthony caminharam pelo jardim, conversando, mas ela atuou imitando a voz de Angelica o tempo inteiro.

— Você é jovem demais para se casar — disse.

— Mas ela é a única para mim — Anthony reclamou.

— Haverá outras, *Tesoro*.

— Não quero qualquer outra, mamãe. Não posso viver sem ela. Eu gostaria da sua permissão, mas tenho bastante do meu próprio dinheiro agora para fazer como desejo.

Ela ofegou, dramaticamente.

— Você usará o dinheiro do seu pai contra a minha vontade?

— Mamãe, por favor.

Eles pararam em um pequeno pátio, que possuía nichos recortados entre os arbustos. Sophia recuou para perto deles e Anthony permaneceu à sua frente, assim não importava de onde Alistair estivesse ouvindo, ele só escutaria sua voz e nunca veria que não era Angelica.

— Não. Por isso conversei com o advogado assim que seu pobre pai morreu. Eu tornei impossível que você controlasse o dinheiro de seu pai por si só até você ter vinte e cinco anos.

— Mamãe, o que você fez? — Ele ergueu o tom de voz.

— Tomei providências para que você administre o negócio com a ajuda de Lorde Marlton. O marido da sua irmã é um bom comerciante, e nós concordamos em muitas coisas.

— Por exemplo?

— Alistair ajudou seu pai a construir o negócio, e ele deveria ser pago pela sua metade. Seu pai era teimoso quanto a esse assunto, mas não é certo o que ele fez com seu sócio. Agora que Charles se foi, quero fazer as pazes com ele. Alistair foi um bom amigo para nós por muitos anos. — Seu pesado sotaque italiano tornava as palavras mais fáceis de serem ditas. Tornava teatral, e ela manteve Daniel em sua mente a todo instante.

— Isso é muito dinheiro. — Anthony ergueu a voz.

— Eu queria entregar o dinheiro dois dias atrás, mas preciso de Lorde Marlton, e ele não tem sido visto. Nem mesmo sua irmã sabe onde ele está. Ela acredita que ele tenha arranjado uma amante.

— O dinheiro é meu, mamãe. Não é certo você fazer isso comigo.

— Há bastante dinheiro, Anthony. Você será bem cuidado, e quando tiver vinte e cinco anos, assumirá o controle. Você é jovem demais agora. Vejo pela forma como se apaixonou por esta garota, que ainda não amadureceu o suficiente.

Eles adentraram mais o jardim. Depois de apenas alguns metros, Markus surgiu à frente deles.

— Ele se foi. Ele escutou cada palavra e depois saiu correndo mais rápido do que você acreditaria que um homem de sua idade é capaz.

— Você acha que ele os levará até Daniel? — A voz de Sophia vacilou.

Markus sorriu de forma reconfortante.

— Thomas e Michael já o estão seguindo. Vamos te levar para a carruagem e voltar para casa em segurança. Depois, veremos.

Markus ajudou Sophia a subir na carruagem de propriedade dos Marlton. Ela não esperava encontrar Elinor com Dory lá dentro, mas, de alguma forma, a presença dela parecia certa. A porta fora fechada, e seguiram pela rua com uma dezena de lacaios, Anthony e Markus as rodeando.

— Você está bem? — Dorothea perguntou.

— Estou bem.

Os olhos de Elinor estavam arregalados.

— Ele mordeu a isca?

— Onde você ouviu tal termo? — Dorothea questionou.

— Nos romances da Sra. Radcliffe. — Elinor remexeu as mãos em seu colo.

Os olhos de Sophia encheram-se de lágrimas que não caíram.

— É mais um romance dramático. A parte mais engraçada é que, não muito tempo atrás, eu estava vivendo uma vida tranquila na Filadélfia e ninguém sabia quem eu era.

Dorothea colocou um braço sobre os ombros de Sophia.

— Aquele homem é realmente terrível, Sophia. Ele olhou para mim como uma cobra olha para um rato prestes a ser devorado. Eu não tinha ideia.

— Sinto muito por você ter se envolvido, Dory.

A jovem esfregou seus braços como se houvesse um frio no ar.

— Não importa. Assim que ele te viu, ele correu pelo salão. Eu me virei para apresentar Elinor, e ele tinha sumido. Elinor disse que ele foi para o jardim.

Sophia perguntou:

— Por que você está aqui, Elinor? Pensei que tivesse mantido ao menos uma das minhas amigas longe do perigo.

Inclinando-se na carruagem, Elinor acariciou sua mão.

— A culpa foi minha. Eu segui Dory até a carruagem, e a obriguei a me contar tudo, e me recusei a ir embora.

Era bom ter amigos.

— Estou feliz que esteja aqui. Não sei como eu sobreviveria a Londres sem vocês duas.

Dory a abraçou mais apertado.

— Você não precisará. Vai viver uma vida tranquila na Inglaterra muito em breve. Você e Marlton viverão em paz assim que esse negócio com Pundington acabar.

— Se o encontrarem e ele estiver vivo. Do contrário, o bebê e eu nos mudaremos para o campo.

— Que bebê, Sophia? — Elinor perguntou.

Suas lágrimas venceram a batalha e escorreram.

— Eu vou ter um bebê.

Elinor gritou de animação.

Dory saltou e beijou sua bochecha.

— Essa é uma notícia maravilhosa.

— Você acha?

— É claro, nós achamos. É a coisa mais emocionante que eu já ouvi.

A carruagem parou na frente da casa e as moças seguiram para o salão. Os lacaios e o mordomo receberam instruções e Markus partiu.

Anthony ficou com as damas.

— Por que você está tão chateada com o bebê, Sophia? — Dory perguntou.

— Que bebê? — Anthony quis saber.

— Não estou. Só estou preocupada que Daniel não volte, ou se voltar, estará com tanta raiva de mim que não vai querer a criança.

— É claro que ele irá querer a criança — Elinor comentou.

Anthony interrompeu:

— Todos os homens querem filhos.

As três mulheres o encararam. Ele estava sentado em uma grande poltrona estofada com os pés apoiados em outra, parecendo muito com um jovem lorde.

— O que sabe sobre isso? — Sophia usou um tom duvidoso, um que reservava especificamente para Anthony.

— Todos os homens querem filhos. Mesmo os homens que ouvi jurarem o contrário, querem na verdade. Uma vez ouvi Beauregard Trent prometer que nunca teria uma daquelas coisas vermelhas que gritam em sua casa. Dois anos depois, ele tinha não uma, mas duas e era o pai mais amoroso que eu já tinha visto. Era nojento ver a forma como ele bajulava aqueles gêmeos.

— Por que ele jurou o contrário apenas dois anos antes? — ela perguntou.

Tendo a atenção delas, ele endireitou a coluna, abaixou os pés e esfregou o queixo.

— Eu acho, e não sou especialista, lembrem-se disso, mas acho que é a diferença entre os filhos dos outros e os seus próprios. Até eu preferia meus próprios jovens primos a outras crianças quando eles eram pequenos. Sempre achei as outras crianças um incômodo, mas gostava dos nossos primos quando vinham nos visitar. Até lamentei quando eles cresceram e não havia outros com quem brincar. Eu ficarei muito feliz em ver seu filho, Sophie.

As lágrimas escorreram livremente.

— Você estará na Filadélfia e nunca nem verá meu bebê.

— Eu visitarei. Talvez encontre alguém para administrar o negócio na América e eu possa ficar na Inglaterra. Acho que a mamãe iria preferir se eu ficasse aqui. — Ele balançou a mão, dispensando o assunto. — É cedo para falar sobre isso. Esta noite, nós permaneceremos calmos e iremos esperar. Há bastante tempo para grandes decisões.

Sophia secou o rosto com um lenço de renda e sorriu.

— Você está ficando bastante sábio, Tony. Não sei se gosto dessa sua nova versão. Prefiro você errático e fora de controle.

— Sinto muito por te desapontar. — Ele sorriu.

CAPÍTULO

XXII

Daniel ergueu os braços sobre a cabeça até que a dor em seus ombros diminuiu. A velha pensão com mobílias arranhadas e bambas não foi sempre tão danificada. Um grande quadrado no chão, onde um tapete uma vez esteve, não estava tão gasto quanto o restante. As barras na janela brilhavam por serem novas. A mudança para uma prisão era um evento recente. Pundington deve ter pensado que, nas docas, uma pensão passaria despercebida por muito tempo. Talvez até tenha decidido ganhar um dinheiro extra trazendo prostitutas para cá antes de embarcá-las para fora da Inglaterra.

Será que Sophia sofreu sendo surrada ou algo pior? Daniel cerrou os punhos até que os nódulos de seus dedos ficaram brancos. Ele afastou isso de sua mente. Seria perigoso se distrair diante da missão em jogo.

A fechadura era simples o bastante. Ele precisava de um grampo ou um arame, os dois de preferência. Antes, ele teria todas as ferramentas necessárias para sair deste tipo de situação, mas este tempo passou.

Talvez uma mulher tivesse perdido um prendedor quando isto ainda era uma pensão. Procurar pelo chão não levou a nada. Ele ergueu o colchão do estrado para verificar os dois cantos com cuidado antes de reposicionar a cama. Puxou a cômoda e olhou embaixo. Tudo era feito minuciosamente devagar para não alertar os guardas. Engatinhando no piso, inspecionou cada fenda do chão, mas ainda não encontrou nada. Arrastou as mãos pelas paredes procurando um antigo gancho de quadros, mas apenas pequenos buracos permaneceram.

A lua surgiu no céu. Estava ficando tarde. A porta estalou, e ele pulou para a cama. Não estava preparado para empreender uma fuga violenta, então grunhiu e deixou a cabeça pender para um lado.

Ao som de saias farfalhando, abriu um olho o bastante para ver Susan caminhando em sua direção. Ela carregava uma bandeja, a qual deixou na cômoda antes de ir até ele. A porta fechou e ela se sentou no colchão e pousou a mão sobre a testa dele.

Ele abriu os olhos e a garota ofegou.

Daniel colocou o dedo sobre seus lábios.

— Shhh... eu estou bem, Susan. Você sabe quantos homens vigiam este lugar?

— Normalmente, quatro, mas um saiu com ele, para proteção. Ele está sempre com medo de alguém o estar perseguindo.

Um guarda marchou pelo corredor.

— Pegue a comida — Daniel disse.

Ela foi até a cômoda, ergueu a tigela de sopa e a colher, depois voltou para a cama. Em seguida, sentou-se com as costas viradas para a porta e a vasilha na mão. Se o guarda entrasse, ele apenas a veria dando a sopa ao homem adoentado.

— O que você vai fazer?

— Nós vamos sair daqui.

— Como? — A mão dela tremeu, e a colher tilintou contra a tigela.

Daniel cobriu sua mão com a dele.

— Não tenha medo. Onde eles a mantêm?

— Um andar abaixo, mas tenho que ir à cozinha primeiro. Preciso levar a bandeja para lá. — Gesticulou para a grande bandeja de madeira sobre a cômoda.

— Você agirá o mais normalmente possível. Vá para a cozinha e depois volte para o seu quarto e espere. Você tem um grampo de cabelo? — perguntou, mesmo o cabelo dela estando solto nas costas.

Ela colocou a colher na tigela e puxou um pequeno grampo de entre os seios, primorosamente jateado com uma bela borboleta dourada presa à ponta. Ela encarou o objeto antes de entregar a ele.

— Era da minha mãe. Um presente de muito tempo atrás. Use como quiser. — Sua voz estava dominada pela emoção.

Daniel pegou a tigela e bebeu metade antes de devolver e fazer uma careta por causa do amargor.

— É uma vergonha admitir, mas eu preferia o pão seco e o chá.

A garota levou a tigela de volta para a bandeja e depois de lançar mais um olhar em sua direção, chutou a porta. O guarda a abriu, e Susan seguiu para o corredor.

De novo, ele esperou a porta se fechar antes de abrir os olhos. Em seguida, enfiou o grampo de Susan no bolso e se levantou da cama. Estava em uma condição tão ruim que um bom chute poderia tê-la destruído. Devagar e silenciosamente, ele desmontou a cama.

Pegando um pedaço da madeira, foi até a porta e esperou. O guarda subiu pelo corredor e depois fez o mesmo percurso em cerca de dois minutos.

Não era muito tempo.

Isso significava que ele tinha cerca de metade do tempo para abrir a fechadura. Um segundo guarda atravessou o corredor. Os dois conversaram sobre mulheres e a má remuneração. A conversa poderia cobrir o barulho da fechadura sendo destravada, no entanto, ele teria que lidar com os dois brutamontes. Ele não tinha escolha. Era sua melhor chance.

Com o grampo da mãe de Susan em mãos, pediu desculpas silenciosamente enquanto entortava a herança da garota. Com cuidado, quebrou a outra ponta e começou a trabalhar na fechadura. As trancas faziam ruídos, e seu coração disparou. Puxando os arames, pegou o bastão de madeira e esperou.

A conversa dos guardas prosseguiu do outro lado do corredor.

Os músculos de Daniel doíam pela falta de movimento. Pareceram horas antes de um par de botas pesadas descer os degraus.

Ele esperou até o guarda caminhar pelo corredor de novo. Quando chegou a um ponto onde Daniel pensou que o homem estava logo atrás da porta, ele a abriu.

Bill abriu a boca, imóvel. Logo, Daniel golpeou a lateral da cabeça do capanga com toda a sua força. O homem cambaleou e depois desmoronou.

Daniel o arrastou e o deixou deitado no chão. Aguardando, esperou ouvir o som de passos pelos degraus. Sem nenhuma agitação no andar inferior, começou a andar pelo corredor, contornando assoalhos apodrecidos, e grudou a orelha em cada porta antes de abri-las. Onde estava Sophia?

Passadas suaves o alertaram que alguém corria pela escada. Com seu bastão erguido, ele virou-se e deparou com *Sir* Michael Rollins.

Michael agarrou seu braço antes que a inércia completasse o golpe.

— O que diabos você está fazendo aqui? — Daniel abaixou o braço.

Michael sorriu.

— Resgatando você, é claro. — Ele olhou para Bill no fim do corredor. — Porém, parece que você já estava fazendo um bom trabalho sozinho. Aquele sujeito te deixou com esses hematomas?

Daniel tocou a lateral do rosto.

— Alguns deles.

Michael sorriu de novo e caminhou até o último degrau.

— A polícia está rondando a casa agora. Acho que é melhor se formos pela escada dos fundos para evitarmos todo o caos.

Daniel desceu os degraus.

— Tenho que encontrar Sophia.

Michael o acompanhou.

— Lady Marlton está em casa, Dan.

Daniel assimilou a informação. Então, deu um longo suspiro.

— Você tem certeza?

— Absoluta.

Durante todo o tempo passado em cativeiro, ele sofreu sabendo que falhara com sua esposa. Inclinando-se, agarrou os joelhos e respirou fundo.

— Ele nunca a pegou.

Michael balançou a cabeça.

— Ele tentou, mas com seus criados e Thomas, o canalha não teve chance.

— Criados? — Daniel questionou.

— Eu te conto sobre isso mais tarde. Agora, temos que ir.

— Acho que não — Alistair disse, do fim da escada inferior, apontando a pistola para os dois. — Vejo que se recuperou de sua doença súbita, meu senhor. Estou feliz com isso, mas eu preferiria se você ficasse. — Suor escorria pelo seu rosto e o nó de sua gravata estava desfeito. Ele parecia ter corrido pela cidade. A mão que segurava a arma tremia.

Daniel deu de ombros.

— Eu me curo rápido.

— Essa é uma boa notícia. Parece que tenho um uso para você, afinal. Pelo visto, ao menos sua sogra tem um pouco de bom senso. Ela é a única na família, então.

Michael bufou uma risada de escárnio.

— Receio que seu amigo terá que morrer, já que ele não tem utilidade e só iria atrapalhar meus planos. Uma pena também, pois soube que ele é um herói na Inglaterra. — Ele mirou.

Tiros ressoaram pelas paredes.

Daniel encolheu e girou para ajudar Michael, mas o amigo permaneceu parado e calmo.

Alistair gritou, soltou sua arma e caiu no chão segurando o braço. Fumaça e o fedor forte de pólvora encheram o corredor.

Michael afastou a fumaça e pegou a arma de Pundington.

— É você, Tom?

Thomas saiu do meio da nuvem de fumaça.

— É claro. Quem mais poderia ter dado este tiro?

— Foi um belo tiro, mas eu preferia que você o tivesse matado — Daniel disse.

Os três se reuniram ao redor de Pundington.

— Eu poderia ter feito isso, mas achei melhor vê-lo sendo enforcado — Thomas afirmou. Passadas pesadas subiram pela mesma escada dos fundos que Thomas usou.

James Hardwig surgiu, ofegante.

— Pegamos todos. — Olhou para baixo. — Este é o Pundington?

— O próprio — Thomas confirmou.

— Há mais um no corredor lá em cima — Daniel disse.

— Tudo bem. Estou vendo que teremos que levar este aqui para um cirurgião. Eles o manterão sob vigília durante a noite. Eu gostaria que você viesse amanhã para uma conversa, meu senhor. — James recuperou o fôlego. Seu peito estava estufado de orgulho.

Daniel seguiu pelo corredor.

— Por aqui — Thomas disse.

— Irei em um momento.

Seus dois amigos o seguiram, enquanto James ficou para ver Alistair sendo carregado pela escada.

Daniel tentou uma porta, mas estava trancada. Ele golpeou a madeira com o ombro e ela cedeu facilmente.

Susan gritou.

— Você está bem? — perguntou.

— Acabou? Eu ouvi tiros.

— Acabou, Susan. Venha agora. Nós iremos te levar para casa.

Eles seguiram adiante e passaram pelo detetive. Daniel parou.

— Acho que seria do seu interesse verificar o carregamento nas embarcações dele. Eu faria isso esta noite se fosse você. Tenho a sensação de que a pequena Susan aqui não é a única inglesa que foi sequestrada.

— Já mandei alguns homens para lá, mas eu mesmo irei assim que acabarmos aqui — James garantiu.

Daniel estendeu a mão e o detetive a apertou.

— Você fez um belo trabalho aqui, detetive. Farei com que seus superiores saibam disso.

— Obrigado, meu senhor.

Thomas deu um empurrão brincalhão em James e depois seguiu Daniel para a escada.

O sorriso de James Hardwig era tão amplo que ele parecia um pouco tolo.

Quando Daniel chegou em casa, as velas ainda estavam acesas no salão da frente. Ele abriu a porta devagar e enfiou a cabeça pela fresta. Anthony estava esparramado em uma grande poltrona, as longas pernas estendidas sobre o estofado, um braço pendurado no outro apoio e a cabeça pendendo para um lado. Parecia terrivelmente desconfortável. Dorothea e Elinor estavam encolhidas no sofá em um sono profundo e Lady Burkenstock cochilava no canto do móvel. Sophia estava parada perto da janela e deve ter visto a carruagem chegando. Quando ele abriu a porta, sua cabeça estava abaixada, mas ela o encarava. Em seus olhos, metade era a tigresa que ele amava e a outra metade era o cordeiro assustado que estava apenas começando a entender. Ela parecia não saber se queria fugir e se esconder ou correr para os seus braços. Traços do hematoma em sua bochecha apareciam por trás do pó aplicado para escondê-los.

Thomas e Michael o atualizaram sobre tudo o que aconteceu em sua ausência.

Ele sorriu, embora seu próprio coração estivesse batendo tão rápido que precisou engolir em seco. Acreditando que ela estava em perigo e agora vendo-a segura, poderia jurar que estava prestes a perder o juízo. Ele entrou na sala e abriu os braços na esperança de resolver o dilema interno dela.

Um choramingo escapou de seus lábios e ela correu pelo cômodo até os braços do marido.

Dor irrompeu em suas costelas, mas ele a esmagou em um abraço apertado. A dor teria que esperar para mais tarde.

Ela beijou seu rosto, e o conde se esforçou para não se encolher quando os lábios dela tocaram seu rosto ferido. Porém, quando Sophia segurou a cabeça dele entre as mãos, tocando o imenso galo que havia ali, ele não conseguiu mais se conter.

— Ai.

Ela deu um passo para trás e realmente olhou para ele pela primeira vez. Estava tão entusiasmada e nervosa quando ele abriu a porta, que não percebera o quanto seu marido estava ferido. Sua bochecha coberta de hematomas e as roupas esfarrapadas eram sinais óbvios, mas o galo em sua cabeça a preocupava mais.

— Minha nossa, Daniel, o que raios ele fez com você? Vou chamar um médico imediatamente.

Ele a puxou de volta para os seus braços e afundou o rosto no cabelo dela e na dobra de seu pescoço.

— Nada de médico. Estou bem, Sophie.

Eles ficaram aconchegados uma ao outro até que Thomas tocou em seu braço.

— Hmmm, nós todos estamos indo agora. É bom te ver seguro em casa. Virei pela manhã lhe buscar e te acompanharei para ver Hardwig.

Sophia afastou o marido e encarou os sete pares de olhos que os estavam observando e parecendo extremamente desconfortáveis. Suas bochechas enrubesceram, e ela não sabia o que dizer, havia se esquecido de todas as pessoas que passaram a noite graciosamente esperando ali com ela.

Ele puxou sua esposa contra si outra vez.

— Já está de manhã. Venha depois da duas e deixaremos esta coisa para trás. E obrigado.

Seus três amigos sorriram.

Michael deu um tapa em suas costas.

— Você devolverá o favor um dia, se necessário. Além disso, há mais do que apenas nós três para agradecer. Quase todos nesta sala tiveram um papel no esquema para te resgatar.

Daniel estreitou os olhos.

— Mal posso esperar para ouvir toda a história, e agradeço a todos vocês por esperarem aqui pelo meu retorno em segurança. Não percebi com quantos amigos realmente bons sou abençoado.

Sophia permitiu que suas lágrimas caíssem e até mesmo os olhos de Daniel marejaram um pouco.

Eles se despediram de todos e começaram a subir a escada. Fenton pigarreou alto.

— Com licença, meu senhor.

— O que foi, Fenton?

Fenton agarrou um lacaio pelo braço, enquanto Jasper segurava o outro braço do homem.

— Meu senhor, a pedido de sua senhoria, encontrei o delator. Este é Colby. — Sacudiu o braço do lacaio. — Ele tem vendido informações aos jornais; foi abordado primeiro pelo homem que atacou a condessa e depois percebeu que poderia ganhar um pouco mais com os jornais.

Daniel voltou para o vestíbulo.

— Colby, não é? Você foi tratado injustamente enquanto trabalhava aqui?

A bochecha do rapaz estava manchada de sujeira, e ele encarou os olhos de seu patrão.

— Não, senhor.

— Por que então, você comprometeria sua posição?

— O dinheiro era bom. — Sua voz era rude e sem remorsos.

Daniel suspirou.

— Dê-lhe o salário de um mês e coloque-o na rua, Fenton.

Fenton o encarou com os olhos arregalados por um longo momento. Endireitando a postura, empurrou o braço de Colby.

— Como quiser, meu senhor.

Daniel voltou-se para Sophia.

— Isso foi generoso da sua parte, Daniel.

Ele balançou a cabeça.

— Sem referências, ele terá dificuldade para encontrar um emprego decente. Não fui tão gentil quanto você imagina.

— Ainda assim, não tenho certeza se teria lhe dado um centavo.

— Ele foi atraído por Pundington assim como seu pai e seu irmão o foram. Ele pagará muito por isso, mas não será pela minha mão. — Daniel segurou a mão dela e ambos subiram os degraus.

Quando chegaram ao topo, Sophia soltou sua mão e seguiu para seus próprios aposentos. Cansado demais para discutir, ele a observou se afastar e dirigiu-se para sua própria porta. Um banho fumegante se localizava em um canto. Daniel suspirou. Ele precisava se lembrar de agradecer ao seu criado.

Esfregou o rosto, mas fazer a barba teria que esperar, então tirou as roupas imundas arruinadas. Quando afundou na banheira, seu corpo inteiro gritou de dor e prazer.

Enquanto cochilava, uma mão gentil acariciou seu rosto. Ele a segurou e abriu os olhos.

— Você está no meu quarto.

Ela tentou se afastar, mas ele a segurou.

— Pensei que fosse o nosso quarto.

— Deveria ser, mas quando te vi pela última vez, este não era o seu desejo.

— Muita coisa aconteceu desde que você foi tirado de mim. — Ela parou para respirar.

A própria respiração dele estava ofegante e seu coração disparava.

— Me conte. — Ela olhou para ele e depois para a banheira.

— É uma história bastante longa. Você ficará enrugado e a água esfriará antes que eu chegue na metade. Você gostaria de terminar seu banho e depois explico o máximo que consigo?

— Você me ajuda? — Ele lhe entregou a esponja de banho.

Sophia a pegou, com o rosto corado. Sua esposa era deslumbrante, e seu corpo se encheu de desejo por ela.

Eles permaneceram em silêncio ao longo do banho, e ela enrubesceu ainda mais, porém não virou a cabeça ao entregar a toalha a ele antes de estender o roupão.

Ela caminhou até a cama e se sentou. Em sua camisola e robe, com o cabelo escovado e afastado do rosto, ela estava irresistivelmente linda. Sua voz quase não passava de um sussurro:

— Se preferir que eu vá para o meu próprio quarto, eu irei, Daniel.

Ele se aproximou e sentou-se ao seu lado.

— Por que eu iria querer isso?

— Não tenho sido uma boa esposa para você. — Suas mãos se flexionaram sobre o colo.

Ele abriu seus dedos, segurou sua mão, e massageou até a tensão desaparecer de sua palma.

— Por que acha que não tem sido uma boa esposa?

— Eu te expulsei da minha cama.

— Por que fez isso?

Ela franziu o cenho.

— Depois que meu pai morreu, tive sonhos que me perturbaram.

— Conte-me sobre os sonhos. — Ele massageou sua mão e pulso.

Ela explicou como ele, de alguma forma, substituiu Alistair em seus pesadelos recorrentes.

A mão de Daniel aquietou. Ele se tornou o vilão nos sonhos dela. A única mulher que já amou o temia. Seu coração estava se partindo.

— Você sabe que eu nunca lhe machucaria.

— Acredito que você nunca me machucaria intencionalmente. — Ela tentou afastar a mão.

Ele a segurou firmemente, mas com gentileza, sem permitir que fugisse da conversa.

— Do que é que você tem medo?

Ela se afastou e atravessou o quarto. Abraçando o próprio corpo, bateu o pé no chão.

— Eu tentei, Daniel. Tentei mesmo. Sei que não parece que me esforcei, mas tenho pensado em pouca coisa além disso desde que você desapareceu. E eu não sabia onde você estava. Então, na verdade, não é tão repentino.

— Sophie, do que você está falando?

— Sua amante. — Ela revirou os lindos olhos como se isso devesse ser óbvio. — Realmente pensei que poderia ser uma boa esposa e tolerar você mantendo uma amante, mas sinceramente, não consigo. Se você precisa dessa mulher, então irei para o campo e sairemos em público quando for absolutamente necessário. Não é a vida que eu tinha em mente, mas acho que posso viver com isso. O que não consigo viver é com os olhares de deboche da sociedade londrina e os cochichos nos salões de festa quando eu entrar. Não tolerarei o olhar de piedade deles. Pobre Lady Marlton, cujo marido não lhe presta atenção — ela imitou um forte sotaque inglês.

— Nossa, você pensou muito nisso. — Ele lutou para segurar o riso, mas ao menos a dor em seu coração diminuiu.

Ela o encarou.

Ainda sorrindo, ele ergueu uma mão em sinal de rendição.

— Posso perguntar que tipo de vida você tinha em mente?

Ela suspirou e seus ombros cederam em derrota.

— Sou uma sonhadora. Eu te amo, e sonhei que você me amaria. Nós viveríamos no campo com o bebê e viríamos a Londres para as temporadas. Você adoraria nossos filhos e nunca pensaria em outra mulher. Pensei que eu seria uma esposa boa o bastante para você não desejar uma amante. Depois papai morreu e eu estava tão… triste… e não fui uma boa esposa e você foi tão atencioso, mas então saía o tempo todo para fazer… não sei o quê…

— Que bebê?

Ela tocou sua barriga.

— O nosso bebê, Daniel.

Seu cérebro virou um mingau. Ele encarou sua esposa, boquiaberto. Uma alegria tão grande quanto a do dia em que ela concordou em se casar com ele o inundou. Ele correu até Sophia, se ajoelhou diante dela e envolveu seu corpo entre os braços, apoiando a cabeça em seu ventre. O filho deles descansava dentro deste corpo perfeito.

— Nosso bebê — ele repetiu, com a garganta apertada.

— Você está feliz com a criança? — Ela soltou o fôlego.

— Eu estou feliz. — Beijou seu abdômen.

Daniel desejou sentir a criança que crescia dentro dela, e se aproximou ainda mais.

— Pensei que já tínhamos discutido isso. — Ele se levantou e a ergueu em seus braços. Com ela em seu colo, sentou-se na poltrona ao lado da lareira.

— Eu sei, mas fiquei tão feliz quando descobri que estava grávida e, quando conversamos, você parecia apenas tolerar a ideia. Eu só queria que você ficasse tão feliz quanto eu, e agora, vejo que está, então tudo está bem — Sophia tagarelou, sorrindo e franzindo o cenho a cada novo pensamento.

Ele riu.

— Eu amo quando você faz isso. Sophie, estou maravilhado que a mulher que amo e com quem me casei me dará um filho.

— Você me ama? — Ela arregalou os olhos.

— Mais do que tudo no mundo.

A jovem esposa enlaçou seu pescoço.

— Não me estrangule agora. — Ele riu.

— Me desculpe. É só que nunca pensei que você diria estas palavras para mim.

A expressão dele se tornou séria.

— Acho que há algumas coisas que deveríamos discutir.

Ela tentou sair de seu colo, mas ele envolveu as mãos ao redor de seu traseiro e a puxou para mais perto.

— Acho que podemos discutir estas coisas na posição em que estamos. Na verdade, acho que todas as nossas discussões sérias deveriam ser exatamente assim.

— Você é impossível. O que queria discutir?

— Não tenho uma amante, Sophie. Nem arranjarei uma. — Um sorriso iluminou os olhos dela. — Você não tem sido uma esposa ruim. Estava transtornada depois da morte de seu pai. Isso era completamente compreensível. Não mentirei para você: fiquei magoado quando você saiu da nossa cama, mas nunca pensei em você como uma péssima esposa e, certamente, nunca houve um momento em que me arrependi do nosso casamento. Eu te amo, e irei me esforçar para te fazer feliz pelo resto de nossas vidas.

Cuidarei de você e dos nossos filhos, e teremos a vida como sempre sonhou. Ou o mais perto disso quanto possível.

— Você promete? — ela perguntou.

Com a ponta dos dedos, traçou o contorno dos lábios carnudos.

— Eu já prometi, naquele dia maravilhoso em que dissemos os nossos votos. Eu lhe prometi todas estas coisas e mais, meu amor. Você é a coisa mais linda que já vi.

Ele quis dizer cada palavra, mesmo quando lágrimas escorreram pelo rosto dela e seus olhos ficaram inchados e o nariz vermelho.

— Obrigada. — Sophia estava chorando e rindo ao mesmo tempo.

— Posso te levar para a cama, Lady Marlton?

— Pode, meu senhor. — Ela usou a ponta do lençol para secar o nariz. — Mas acho que eu deveria lavar o meu rosto primeiro.

O conde gargalhou alto.

Seus lábios eram quentes e sedutores contra o pescoço delgado, a mão viril a acariciando logo abaixo do seio. Um sorriso surgiu nos cantos dos lábios femininos, e seu coração se aqueceu. Ela virou-se para ele e o beijou com ousadia.

Grunhindo, ele aprofundou o beijo, envolveu-a com os braços e a puxou com mais força contra si.

— Pensei que tivesse te perdido para sempre.

— Eu acreditei que você tivesse me deixado por outra. — Ele acariciou o meio das pernas da esposa.

Pequenos ofegos escaparam de seus lábios diante da alegria familiar em fazer amor com Daniel, os sentimentos agitando-a por dentro.

— Não existe outra para mim, Sophie. Quero apenas você, todos os dias, pelo resto da minha vida.

O conde acariciou seu cerne sensível, e ela ergueu os quadris da cama, cravando as unhas nos ombros másculos para reprimir que prazer que veio rápido demais. Ela queria desfrutá-lo mais lentamente.

Ele beijou sua boca, enfiando a língua quente entre os lábios entreabertos. De bom grado, permitiu que ele amasse sua boca da maneira que fazia em seu centro.

Sophia estremeceu de desejo. Com o mais leve toque, traçou um caminho ao longo da pele distendida do membro rijo, arrancando um gemido grave e rouco do peito do marido.

Ela repetiu o toque gentil e depois o agarrou com mais força. Daniel quase perdeu o fôlego tamanho o prazer.

— Sophie. — Seus dedos ocuparam-se entre as dobras delicadas e roçaram seu cerne sensível. Posicionando-se em sua entrada, deslizou lentamente, um centímetro de cada vez em uma lentidão torturante até que a preencheu.

Os gemidos dela se misturaram aos dele. Ela se ergueu mais alto enquanto encontrava cada investida com o movimento de seus quadris. Seu prazer intensificou e se alastrou como uma cascata.

Com os olhos fechados, Daniel aninhou sua cabeça.

— Olhe para mim, Sophie.

Ela encarou seu olhar repleto de paixão. O amor era tão evidente em seus olhos que a fez estremecer. Um grito escapou de seus lábios quando um orgasmo tomou conta de seu corpo. Daniel impulsionou uma, duas vezes e depois esvaziou-se nela com uma série de grunhidos e gemidos. Seu êxtase aumentou o dela e outra onda de prazer a percorreu.

Ele desabou em cima dela, seu peso servindo como um cobertor de proteção.

Sem hesitar, ela o envolveu em seus braços.

— Estou tão feliz por você estar seguro em casa, Daniel.

— Nunca mais irei lhe deixar.

Daniel estava se vestindo e Sophia levantou-se da cama, vestindo a camisola por sobre a cabeça. O sol infiltrava-se pelas janelas, refletindo em algo metálico na mesa.

Ela caminhou até lá e pegou a pequena borboleta dourada. Primorosamente jateada, era uma peça linda. Ao lado havia dois pedaços de arame.

— O que é isso?

Ele se aproximou da esposa.

— Pertence a uma menina chamada Susan, uma criança, na verdade. Pundington a manteve presa também. Ela deu para mim para ajudar a iniciar nossa fuga. Era de sua mãe. Eu esperava mandar consertar e devolver para ela.

A garganta de Sophia se apertou. O que aquela pobre menina deve ter sofrido. Ela, provavelmente, fora abusada. Sophia estremeceu. Para abrir mão da única lembrança de sua mãe e entregá-la a um estranho, ela devia ser uma garota corajosa. Sophia desejou ter apenas uma pequena lembrança de seu pai a que se apegar. Ela entregou a joia para ele.

— Você deveria mandar consertar imediatamente, Daniel. Como irá encontrá-la?

— Thomas me contou que ela trabalhava em um pub perto das docas quando foi sequestrada. Planejo começar por lá.

— Um pub? Oh, Daniel, isso não é lugar para uma menina, especialmente depois de tudo o que ela passou. Não podemos fazer algo por ela? Deve haver alguma posição aqui em casa ou no campo. Susan poderia trabalhar como criada, ou ajudar na cozinha seria adequado para ela.

Ele assentiu, colocou o grampo no bolso de seu colete e beijou sua bochecha.

— Verei se ela está disposta a mudar de profissão.

EPÍLOGO

— Como amo uma festa em casa. — Elinor balançou sua saia enquanto se sentava em uma das cadeiras abaixo de um enorme carvalho.

Sophia ocupou um lugar no cobertor de piquenique.

— Fico muito feliz. Planejo fazer uma todos os anos. — Ela pegou seu filho que estava gritando no cobertor. Agitando bracinhos e pernas, ele sorriu. Seus próprios olhos e o queixo de Daniel a encararam de volta, enquanto ele fazia um som de bolhas e babava em cima dela. Ela o abraçou e afagou suas costas. — É bom sair de Londres por um tempo.

— Também é bom fugir do mercado matrimonial. — Havia desprezo na voz de Dory, o que era normal quando ela falava de tais coisas.

— Sua mãe continua sendo muito complicada? — Elinor perguntou.

— Você é o meu maior problema. — Dory apontou para Elinor.

Ela apontou para si mesma.

— Eu, o que fiz?

— Não passa um dia sem que eu escute como você conseguiu fisgar *Sir* Michael e por que não consigo seguir seu exemplo e atrair um marido adequado... — Ela fez uma péssima imitação de sua mãe severa.

Os olhos azuis-claros de Elinor estavam arregalados e a boca aberta.

— Você me faz soar um tanto mercenária.

— Eu não, a minha mãe.

Sophia riu.

— Tome cuidado. Elas se juntarão a nós para o chá daqui a pouco.

As amigas a ignoraram.

— Eu não atraí ou fisguei *Sir* Michael.

— Não, o que você fez então? — Dorothea perguntou.

Elinor sorriu e agiu como se estivesse alisando uma ruga em seu vestido.

— Não fiz nada. Nós nos apaixonamos, como você bem sabe. Agora pare de tentar me fazer rir. Eu te conheço há tempo o bastante para estar acostumada com este jogo.

— Eu amo quando você começa a rir.

— Bem, está um dia muito lindo, e não irei morder a isca. — Ela endireitou a postura e pareceu satisfeita consigo mesma.

— Bom para você, Elinor. E Dory, foi uma boa tentativa. — Sophia tentou ser diplomática.

O bebê guinchou de novo.

— Você está de bom humor, Charlie. — Sophia procurou algo para limpar a boquinha babada.

— Devo levá-lo agora, minha senhora? — Susan perguntou.

— Odeio deixá-lo ir, mas está na hora de seu cochilo. — Ela entregou o bebê. — Obrigada, Susan. Por que não pega um livro da biblioteca enquanto Charlie dorme? Ele teve uma manhã agitada e deve cochilar por um bom tempo.

Susan sorriu e fez uma reverência educada.

— Obrigada, minha senhora, mas peguei emprestado Rei Lear ontem, e acho que ele deve me manter ocupada por algum tempo.

— De fato — Dory afirmou.

Com o futuro sexto Conde de Marlton nos braços, Susan atravessou o extenso gramado de volta para a mansão.

— Ela progrediu muito, Sophia — Dory comentou.

Sophia levantou e se sentou em uma cadeira ao lado das amigas.

— Não sei o que eu faria sem ela. De verdade. Charles a adora e ela a ele. Quando vi o quanto ela é inteligente, deu pouco trabalho para educá-la e torná-la uma babá adequada. Estou tão feliz que a trouxemos para cá depois que o negócio de Pundington foi resolvido. Cissy vem várias vezes por semana e elas conversam sem parar sobre Shakespeare. Até comecei a ler mais, já que estava me sentindo bastante ignorante com as duas tagarelando sobre sonetos e peças, as quais nunca me incomodei em ler.

— Não lhe fará mal ler mais. — Tia Daphne liderava o restante das mulheres que se juntavam a elas.

Sophia sorriu e pediu para uma criada trazer mais chá.

— A senhora está, é claro, correta. Acho que ler é relaxante.

— Seu marido não se importa? — Elinor perguntou.

Ela olhou para o campo, ao leste, onde Daniel caminhava em sua direção com Markus, Michael e Thomas. Seus primos, Frederick e Daisy seguiam logo atrás. Seu marido e a vida deles a enchia com uma alegria imensurável.

— Vossa senhoria é complacente.

— O que aconteceu com aquele homem horrível? — tia Adelaide perguntou. Não era preciso esclarecer de quem ela estava falando.

— Deveria ter sido enforcado. — Daphne bateu sua bengala no chão.

— Oh, minha nossa. — Virginia Burkenstock segurou a garganta.

— Ah, não fique tão ofendida, Virginia. O homem estava arrancando mulheres inglesas das nossas ruas e vendendo-as como escravas para terras desconhecidas. Ele deveria ter sido enforcado. — Daphne bufou, enquanto se sentava e colocava a bengala contra a mesa.

— Entendo seu ponto, Lady Collington. Apenas odeio pensar nisso. — Lady Burkenstock encolheu-se.

— Então, o que aconteceu com ele? — Adelaide perguntou.

Sophia ainda achava desconfortável o assunto sobre Alistair.

— Todos os seus bens foram reivindicados pela coroa, e ele foi banido. Enviaram-no em um navio para a Austrália. Se ele colocar o pé em solo inglês de novo, ele, certamente, será enforcado.

— Bem, ao menos ele nunca mais nos incomodará — Angelica disse.

Sophia assentiu e observou Daniel se aproximar o bastante para que seus olhares se encontrassem.

— Foi um dia adorável, minha querida — Daniel disse, em seu quarto, tarde da noite.

— O tempo estava ótimo — ela comentou.

— Seu tio e Lorde Flammel parecem estar em lados opostos da política. Eles estavam quase brigando quando pegamos nosso conhaque.

— Acho que conseguiram se acertar. Eu os vi se embebedando juntos mais tarde. É melhor você trancar seu armário de bebidas, ou até o final da semana estaremos sem uma gota sequer.

Daniel riu. Ele caminhou até onde ela estava sentada à penteadeira, pegou a escova de sua mão e a deslizou por suas longas madeixas.

— Você parecia séria quando o chá chegou esta tarde. A conversa não era do seu agrado?

— Não foi nada. Tia Adelaide perguntou sobre Pundington.

A mão dele parou por vários segundos antes de voltar a pentear o cabelo sedoso. Ela se virou em sua direção, pegou a escova e a colocou na mesa.

— Eu quase não penso mais nele, Daniel. Não precisa se preocupar. — Ela se levantou e envolveu os braços ao redor de sua cintura.

O conde a abraçou e beijou o topo de sua cabeça.

— Mas eu me preocupo. Prometi te manter segura e te fazer feliz. Eu não poderia viver comigo mesmo se quebrasse essa promessa.

Ela beijou seu queixo.

— Você nunca quebrou promessa alguma. Tenho tudo o que sempre quis e muito mais.

— Então, sua vida está à altura do sonho, Lady Marlton?

Com um sorriso, ela o puxou na direção da cama.

— Minha vida superou os meus sonhos no segundo em que você começou a me amar.

Ele a seguiu para a cama e cobriu o corpo dela com o seu.

— Neste caso, você terá que sonhar mais alto, Sophie. Todos os dias, meu amor por você cresce mais do que no dia anterior e sinto que nunca irá se nivelar.

— Tenho certeza de que os meus sonhos conseguem manter o ritmo, meu senhor. Tenho uma imaginação excelente. — Ela ergueu os quadris contra os dele, fazendo-o grunhir.

A boca de Daniel cobriu a dela, e sua imaginação voou alto mais uma vez.

Obrigada. Espero que tenha gostado de Noiva Corrompida. Eu amo este livro e estou muito feliz por ter sido capaz de trazê-lo de volta.

Prontos para ler mais sobre os amigos de Sophia? Continue lendo Noiva Inocente e descubra como Elinor conseguiu seu 'Felizes Para Sempre'.

NOIVA INOCENTE

Tristes para sempre... a menos que alguns sonhos realmente se tornem realidade?

Elinor Burkenstock nunca acreditou em contos de fadas. Claro, ela sempre foi uma tola por amor – qual mulher não era? Mas Elinor sabe a diferença entre ficção e verdade. Devaneios e realidade. Amor verdadeiro e falsas promessas... Até que o impensável acontece, e o noivado de Elinor é rompido subitamente e ninguém, muito menos seu noivo, lhe diz o porquê.

Os dias como herói de guerra de *Sir* Michael Rollins parecem estar muito longe dele quando, depois da última comemoração antes de seu casamento, ele toma um tiro e suas feridas o deixam em um estado terrível. Ele não quer nada além de se casar com Elinor, a mulher de seus sonhos mais loucos. Porém, o pai da jovem proíbe a união... e logo Michael encara uma escolha desesperada: Poupar Elinor de uma vida com um homem despedaçado ou arriscar tudo para ganhar seu coração – até que a morte os separe?

A.S. FENICHEL

PRÓLOGO

— Ainda não tinha estreado quando o conde estava noivo. Sei apenas dos rumores. — Elinor desejou que Sophia mudasse de assunto. Ela esperava fazer uma caminhada tranquila nos jardins ornamentais para se afastar do salão de festas.

Sophia ajeitou o cabelo escuro.

— E quais são os rumores?

Elinor encolheu-se. Como ela odiava fofocas.

— Esqueça, Elinor, você não precisa me contar.

Não era que não confiasse em Sophia, mas falar de tais coisas a lembrava do artigo do jornal que quase a destruíra.

— Eu odeio boatos. Eles são frequentemente exagerados e nenhum de nós sabe, de fato, a verdade. Bem, exceto aqueles que estão envolvidos.

— Sim, é claro, você está certa.

Os arbustos se agitaram à direita, e Michael saiu da sombra da moita. Seu cabelo escuro pairava sobre os brilhantes olhos azuis, e ele estava amarrotado por ter se escondido no jardim.

— Perdoem-me, senhoritas.

— Michael — Elinor sussurrou.

— Eu estava esperando até que pudesse conversar com a senhorita Burkenstock a sós. Espero não ter lhes assustado. — Ele se agitou, inquieto, o que era incomum. Michael estava sempre no controle.

Toda a espera, e agora ela não conseguia impedir as lágrimas de caírem.

— Devo ir embora, Elinor? — Sophia perguntou.

Ela esquecera que Sophia estava ali.

— Obrigada, Sophia.

— Tem certeza de que ficará segura? — Sophia cruzou os braços.

O sorriso de Michael foi caloroso.

— Você tem minha palavra de que não farei mal algum a ela.

— Elinor? — Ela estreitou o olhar.

Uma onda de tontura a varreu.

— Eu ficarei bem.

Sophia assentiu e se afastou.

— Elinor — ele disse seu nome como uma prece.

— Sim, *Sir* Michael? — Fingindo não estar afetada por ele, ela afastou o olhar. Ela desejou poder ser mais como Dory. A amiga era excelente em fingir que não se importava.

— Eu a estava observando dançar. — Dando um passo à frente, seu olhar se conectou ao dela. — Você parecia estar se divertindo. Especialmente quando dançou com Travinberg.

— Você está com ciúmes, *Sir* Michael? — Virou-se de costas e analisou uma rosa amarela. Inclinando-se para baixo, cheirou a doçura da flor, procurando qualquer coisa que a ajudasse a manter a compostura.

Ele diminuiu a distância, aproximando-se ainda mais a ponto de seu calor se espalhar pelas costas delgadas.

— Eu te desejo tanto que estou fora de mim. Odeio cada homem que sequer olhar para você ou até mesmo aqueles que apenas viram o rosto na sua direção. A última semana foi uma tortura. — Todo o tormento da anterior agitou-se no âmago dela.

A jovem o encarou.

— Então por que saiu da cidade e me deixou para lidar com o escândalo sozinha? Você me deixou com apenas um bilhete para me fazer companhia, e nem era um bilhete significativo. O que eu deveria fazer?

O sorriso dele se alargou.

— Meu Deus, você é ainda mais linda quando está com raiva.

Maldita seja sua pele clara por não esconder seu rubor.

— Não mude de assunto. Posso não ser a garota mais esperta em Londres, mas sei que o que você fez foi terrivelmente desagradável. Eu poderia ter sido arruinada se não fosse pelas minhas boas amigas.

A voz dele permaneceu baixa e calma.

— Não fugi de você. Eu fugi para tentar me tornar alguém de quem você possa se orgulhar.

Era impossível ficar indiferente. Ela queria respostas. Se não fosse pela gentileza de suas amigas, estaria arruinada agora, e era tudo culpa dele.

— Para onde você foi?

Michael segurou suas mãos.

— Eu serei digno de você, Elinor. Prometo que serei, se você apenas esperar por mim.

— Esperar? Por quanto tempo? Mamãe não permitirá que eu espere se outra oferta for feita. E se o cavalheiro possuir um título? — Pânico comprimiu seu peito até que ela teve dificuldade para respirar. Ela precisaria fazer uma lista com as diversas maneiras de protelar os planos de sua mãe.

Ele a puxou para perto e roçou o nariz em seu pescoço.

— Alguns meses são tudo o que peço, minha querida. Dê-me apenas alguns meses, e terei dinheiro o suficiente para ir até seu pai e fazer uma oferta. Sem dúvida, você consegue segurar sua mãe por alguns meses.

— Suponho que consigo, mas por quê? Eu tenho o meu dote. Isso certamente será o bastante para vivermos confortavelmente.

Afastando-se, ele encarou seus pés, os quais remexiam de um lado ao outro.

— Não quero me casar com você pelo seu dinheiro, Elinor.

Seu coração bateu loucamente.

— Mas não é por isso que você me cortejou?

Ele beijou a ponta de seu nariz.

— Não irei negar que vim a Londres nesta temporada porque precisava me casar para recuperar o dinheiro que meu pai desperdiçou. — Ele beijou sua bochecha. — Eu tinha a intenção de encontrar uma noiva rica para viabilizar este plano. — Beijou sua outra bochecha. — Então te conheci, e você era a solução perfeita para todos os meus problemas.

Ela tentou se afastar, mas ele a manteve perto e beijou seus lábios. Foi apenas um roçar de lábios, mas a adrenalina desceu até os dedos de seus pés e atingiu todos os lugares no centro de seu corpo.

O físico de Michael preenchia todas as curvas femininas dela conforme a abraçava e espalhava beijos por sua bochecha e pescoço.

— Eu sabia que era você, Elinor. Tão linda, charmosa e doce... não consegui resistir a você. Eu queria ser digno do seu amor, e nas semanas em que a cortejei, encontrei uma maneira de ganhar dinheiro suficiente para restaurar minha casa de campo e ainda possuir o suficiente para ter um bom começo no casamento. Fiz um negócio em relação a grãos. Levará um pouco de tempo para os meus planos vingarem, mas em alguns meses, serei capaz de mostrar ao seu pai que sou digno de você.

Foi difícil não deixar que os lábios dele a distraíssem de suas palavras. No entanto, ela o ouviu dizer que ele a amava. Respirou normalmente outra vez, embora seu coração ainda estivesse disparado.

— Eu teria lhe dado o meu dinheiro com prazer.

Enrijecendo o corpo, ele franziu o cenho.

— Podemos pegar o seu dinheiro e guardar para os nossos filhos.

— Filhos. — A ideia de ter bebês com Michael a fez balançar de alegria.

— Você quer filhos, não quer?

Ela o encarou, segurando lágrimas de felicidade.

— Oh, sim. Eu quero uma casa cheia.

— Eu tenho uma casa bem grande. — A tensão ao redor dos olhos dele diminuiu, e seu sorriso alargou-se.

— Ótimo. — Lágrimas escorreram pelo rosto da jovem, que nunca estivera tão feliz.

Com os polegares cobertos pelas luvas, ele secou gentilmente as gotas de suas bochechas.

— Você esperará por mim então?

— Eu irei esperar, Michael.

Beijando-a profundamente, ele abraçou mais apertado, eliminando qualquer espaço entre os dois.

A boca de Elinor se entreabriu sob a dele, e ela derreteu contra seu corpo. Visões de Michael e uma casa cheia de crianças com seus maravilhosos olhos azuis ocuparam sua mente. Seu coração batia tão rápido que quando ele se afastou, ela ofegou por ar.

— Tenho que ir, antes de realmente te arruinar. — Sem fôlego, seus olhos brilharam de paixão.

— Tem mesmo? — Não queria que ele fosse embora. O que queria era mais de seus beijos.

Ele riu e depositou um beijo casto em sua testa.

— Não será por muito tempo, meu amor. Voltarei para Londres assim que possível, e iremos nos casar.

Mais uma vez, a solidão a pressionou.

— Não vá.

— Eu devo, mas voltarei. Eu prometo. — Deu um passo para trás.

— Michael.

Ele se virou. Lutando contra a emoção, forçou-se a dizer:

— Você me ama, Michael?

Ele a envolveu em seus braços como se não a visse há anos.

— Eu te amo mais do que a vida, Elinor. Não irei lhe trair. Por favor, confie em mim.

Ela beijou timidamente a pele atrás de sua orelha.

— Eu confio em você. Eu só quero…

— Sim, meu amor, o que você quer?

— Eu quero… eu não sei. — Sua língua tocou o lóbulo da orelha masculina.

Agarrando seu traseiro, ele a pressionou com força contra sua excitação. Surpresa, mas não amedrontada, ela arqueou-se contra ele.

Os lábios dele encontraram os seus em um beijo voraz, e ele a acariciou em todos os lugares, puxando-a para trás dos arbustos espessos. Elinor começou a respirar com dificuldade, conforme Michael beijava sua orelha, pescoço, avançando um pouco abaixo da garganta. Ele afagou o topo de seu corpete, puxando gentilmente o tecido para libertar o mamilo.

O ar frio era estranho e prazeroso contra sua pele sensível. Com o polegar, ele roçou ao ponto intumescido e depois o cobriu com a boca.

Elinor o puxou para mais perto, querendo algo, porém sem saber do que se tratava. Tudo girava da maneira como acontecia quando ela bebia vinho demais. Era maravilhoso e terrível ao mesmo tempo. Agarrou os braços dele com mais força, sem querer soltá-lo.

Ele a afastou.

— Não.

Ansiando por mais, ela o segurou.

Michael arrumou seu vestido e colocou um cacho solto para trás de sua orelha.

— Preciso ir. É difícil demais estar aqui no escuro a sós com você. Não serei capaz de me conter.

— Eu não pedi para você se conter — Ela surpreendeu a si mesma com sua ousadia.

Ele sorriu.

— Não, você não pediu, mas irei esperar e lhe tomar quando você for minha, meu amor. Nós podemos esperar pela nossa noite de núpcias, e prometo que valerá a espera. — Beijou a ponta do nariz delicado e se foi.

CAPÍTULO

I

Ver a costureira

Encontrar o presente perfeito para Michael

Pedir dinheiro a mamãe para comprar um prendedor.

Escrever para Michael, a fim de que ele saiba que estou pensando nele

Elinor tinha muitos outros itens para acrescentar à sua lista matinal. Uma batida à sua porta a forçou a abaixar a pena.

— Sim.

Sua mãe entrou.

— Seu pai quer vê-la no escritório dele, Elinor.

— Por que o tom tão formal, mãe?

— O assunto é bastante urgente. — Virginia Burkenstock entrelaçou as mãos e fez uma careta; o semblante amargurado muito diferente de sua habitual expressão serena.

Elinor guardou a lista na gavetinha da escrivaninha, se levantou e alisou sua saia. Quando chegou ao escritório de seu pai, o nervosismo revirou seu estômago. Ela entrou com sua mãe logo atrás.

Rolf Burkenstock coçou sua barriga proeminente, e depois ajeitou o fraque. Ele apontou para a cadeira ao lado de sua mesa.

— Sente-se, filha.

A jovem obedeceu.

— Você não irá se casar com *Sir* Michael Rollins. — Pigarreando, ele remexeu em um documento em sua mesa.

Por trinta segundos completos, Elinor não conseguiu responder. Era revoltante ele cancelar seu casamento apenas um mês antes do dia há muito esperado, então ela tinha certeza de que havia entendido errado. Ela o encarou, aguardando algum sinal de que ele diria algo mais ou a faria entender.

— Pai?

— Não falaremos mais deste assunto, Elinor. É ruim o suficiente termos que lidar com fofocas sobre o rompimento do compromisso. O homem deveria ser deixado com um pouco de dignidade. — Com o novo condado do pai, significava que *Sir* Michael Collins agora estava abaixo dela, mas ela nunca imaginou que qualquer um dos dois homens voltaria atrás com sua palavra. Recentemente agraciado com o título de Conde de Malmsbury pela coroa, Rolf tinha uma nova noção de seu próprio valor. Ele estava mais orgulhoso, perdera muito de sua humildade natural, e vivia com medo de fofocas e escândalos.

Os olhos de Lady Virginia estavam inchados e o nariz vermelho. Ela mordeu o lábio e fungou, algo que sempre fazia quando estava tentando conter as lágrimas. Várias mechas de seu cabelo loiro haviam escapado de seu coque normalmente perfeito.

Papai não tinha chorado, é claro. Sua altura imponente e penetrantes olhos azuis-claros geralmente intimidavam Elinor, mas agora ele não fazia contato visual, olhando de um ponto na parede para outro no tapete. Como um diplomata pela coroa, ele encontrava reis e príncipes com frequência, mas sua própria filha o deixava desconfortável.

— *Sir* Michael desistiu? — Elinor estava mais calma do que acreditava ser possível.

Nenhum de seus pais a encarava.

— Pai, o que está acontecendo? — Sua voz endureceu.

Sua mãe respondeu:

— Ele foi ferido, Elinor.

— Ferido? Quando? Como? Por que não fui chamada para cuidar dele? — Pânico surgiu em seu peito. Ela correu para pegar seu agasalho e solicitar a carruagem para levá-la à casa de Michael.

Seus pais gritaram em uníssono:

— Pare!

AGRADECIMENTOS

Livros como esse vêm do coração e, portanto, precisam de muita ajuda para verem a luz do dia. Escrevi Noiva Corrompida como parte de um processo de cura. Eu queria que as pessoas soubessem que encontrar a felicidade depois da tragédia, qualquer tragédia, era possível. Minha própria jornada tem muitas voltas, então quero agradecer às pessoas que me motivaram e me ajudaram ao longo do caminho:

Eleanor Fenichel, minha mãe; Harvey Fenichel, meu pai; Lou Fenichel, Linda Tugend, Amy Fenichel, Kenny Tugend, Lisa Brown, Debra Kaplan, Clinton Haldeman, Lorraine Mannifeld, Bill Kaplan, Keith Mannifeld, Stacey Carton, Denise Ragolia Ayers, Dave Mansue, Karla Doyle, Karen Bostrom, Shelly Freydont e NANOWRIMO.

SOBRE A AUTORA

A.S. Fenichel também escreve como autora de romances contemporâneos sob o pseudônimo de Andie Fenichel. Depois de deixar uma carreira bem-sucedida na área de TI, em Nova York, Andie seguiu seu sonho de longa data de se tornar uma escritora profissional. Desde então, nunca olhou para trás.

Nascida em Nova York, Andie cresceu em Nova Jersey e agora mora no Missouri com seu herói da vida real, seu marido maravilhoso. Quando não está enfurnada em um livro, ela gosta de cozinhar, viajar, aprender sobre história e zanzar por seu jardim. Em paralelo, é mestre em criar gatos, e seus bebês peludos a mantêm muito ocupada.

Conecte-se com Andie www.asfenichel.com www.andiefenichel.com

A The Gift Box é uma editora brasileira, com publicações de autores nacionais e estrangeiros, que surgiu no mercado em janeiro de 2018. Nossos livros estão sempre entre os mais vendidos da Amazon e já receberam diversos destaques em blogs literários e na própria Amazon.

Somos uma empresa jovem, cheia de energia e paixão pela literatura de romance e queremos incentivar cada vez mais a leitura e o crescimento de nossos autores e parceiros.

Acompanhe a The Gift Box nas redes sociais para ficar por dentro de todas as novidades.

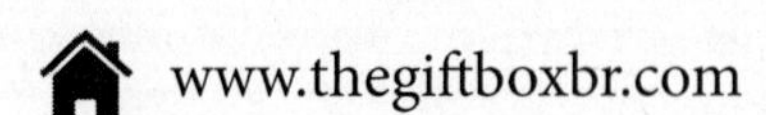

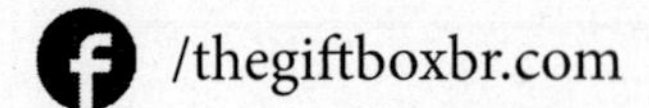

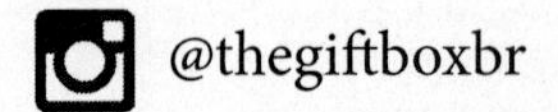

Impressão e acabamento